胡亚林 ◎ 著

岁月情怀

中国文史出版社

图书在版编目（CIP）数据

岁月情怀 / 胡亚林著. —北京：中国文史出版社，
2024.1

ISBN 978-7-5205-4611-9

Ⅰ.①岁… Ⅱ.①胡… Ⅲ.①小小说-小说集-中国
-当代 Ⅳ.①I247.82

中国国家版本馆 CIP 数据核字（2024）第 024432 号

责任编辑：方云虎
封面设计：江　风

出版发行：中国文史出版社
社　　址：北京市海淀区西八里庄路 69 号　　　邮编：100142
电　　话：010-81136630
印　　装：廊坊市海涛印刷有限公司
经　　销：全国新华书店
开　　本：710 毫米×1000 毫米　　1/16
印　　张：21.5
字　　数：175 千字
版　　次：2024 年 5 月北京第 1 版
印　　次：2024 年 5 月第 1 次印刷
定　　价：79.00 元

军旅情怀展风采

——胡亚林小小说集《岁月情怀》序

申进科

老战友胡亚林小小说集《岁月情怀》即将出版。他邀我给该书做序，我欣然接受了。

阅读全部书稿后，我注意到写兵的作品占 80% 以上，其中空军题材就占 50%，引人注目，突出反映了我军现代化建设时期空军飞行员、地勤、后勤官兵以及家属为守卫祖国蓝天安宁牺牲奉献的感人故事。在这本集子里，除了军旅作品外，胡亚林还把目光投向历史深处和社会现实，把更为广阔的生活画面呈现读者面前。一篇篇不同题材的小小说作品，犹如一道道亮丽的风景线，精彩纷呈。

亚林是一位空军老兵，也曾经是空军航空兵师的一位政工领导干部，我曾见证过他的一段空军岁月。

说来也巧，就在我捧读他的书稿《岁月情怀》时，他曾经所在的部队飞行二大队的先进事迹，被中央宣传部向全社会宣传发布，授予他们"时代楷模"称号。那天晚上，亚林收看中央电视台《时代楷模发布厅》节目后，非常兴奋，和我电话交流说：真为老部队感到高兴啊！

　　亚林的作家梦萌生于新闻写作几年后。我们曾经合写过一些新闻述评作品，如《实事求是难不难?》等，受到广泛关注。我们有时闲聊，他提到小小说创作的事，雄心勃勃，规划宏伟。没想到三十年后，他竟在小小说创作中汪洋恣肆，一发而不可收，六年内连续出了三个小小说集子，不少作品上了国家权威报刊，甚至顶级的《小说选刊》。成绩斐然，难能可贵。

　　亚林曾经工作过的空军航空兵部队，不仅出了一个"时代楷模"飞行二大队，之前还出了一名"感动中国"的飞行员刘锐。当年，我荣幸参加了"感动中国"颁奖仪式。不久，听亚林说，他以刘锐和机组为原型，创作了《飞行员的婚礼》小小说，作品上了全国重量级的大刊大报，让飞行员们个个伸出了大拇指。

　　以小小说这种文学形式反映火热的令人向往的空军部队生活，在空军部队范围内，据我所知并不多见，亚林应该是少数中的一个。题材优势，使他占尽先机。面对浩如烟海的小小说，读者的眼光越来越挑剔，思维越发刁钻。如此情况下，题材的独特性，或者说神秘化、陌生化，就成了决定小小说作品成败的关键。可以说，亚林的小小说作品，正契合了读者的这个口味，让读者感觉新鲜和过瘾。

　　因为是军人出身，我爱读兵味十足的作品，亚林的《岁月情怀》集子，自然就有了很大的吸引力。

　　《跟飞机说悄悄话》是一篇写了三代飞机警卫以飞机为战友，视战机如生命的感人至深的小小说。故事以城市兵马文的成长历程为线索，以故事套故事的方式，讲述了老连长、老班长、新兵马文三代军人与飞机悲喜交集的错综情感。面对警卫岗位，马文思想产生了动摇。班长及时靠上去做他的思想工作，要求他与飞机建立感情，并给他讲了老连长的故事，原来老连长是名出色的飞行员，因身体患病停飞。他不坐机关，主动要求到落后的警卫连工作。他不但带出了一批优秀警卫兵，也让连队甩掉了落后的帽子，结果英年早逝。马文的思想成长过程水到渠成。故事耐读让人感动，作品令人信服地展示了空军官兵的精神世界。

《和飞机交朋友》是《跟飞机说悄悄话》的姊妹篇。马文从一名警卫兵成长为警卫排长，事业上是成功的。但是，在爱情上却遇到了新问题。在省城里有着舒适的工作和生活环境的女友，怎么也看不上他在部队成长进步的优点，原因是部队环境艰苦，发展路子窄，没出息，不如脱下军装回省城与自己过理想中的夫妻生活。因此，在她来到部队目睹马文工作的全过程后，处处觉得不顺眼、屡屡使小性子。在无意中看到马文枕下的日记时，灵魂好像得到了一次深刻的洗礼。警卫兵许飞机为什么大学毕业后，自觉放弃省城的特殊工作和生活环境，来到父亲（老连长）曾经战斗过的艰苦环境中，甘当一名警卫兵？马文为什么与飞机有那么深的感情？一个个问号通过马文的日记被拉直，让她得到了真实可信的答案：马文和他的士兵们是一群有血有肉的凡人，有着寻常的苦恼与快乐，更是具有奉献与担当精神的中国当代军人，他们用汗水与泪水、用自己的忠诚与热爱，捍卫着祖国的蓝天和大地，如此才有了人民祥和安康与富有诗情画意的生活。

《招飞》讲述了飞行师高师长的军旅生涯及家国情怀。在个人成长的几十年间，高师长凭着高超的飞行驾驶技术和强烈的使命感、责任感，在飞行训练经历恶劣天气、飞机故障、鸟撞等种种危险与挑战中，次次化险为夷，出色完成了各项飞行训练任务。在高师长因年龄限飞退出领导班子之际，夫人设宴为其庆贺，却在此时听到儿子参加招飞通过的消息。

作品通过高师长夫妻对话的形式，在回忆与现实中自如转换，将

一位舍小家顾大家，为保家卫国历经重重危险磨难而不改初心的当代军人形象刻画出来，也从侧面表现了作为军人家属的无私奉献精神。父亲退出飞行队伍，儿子勇敢接过父亲的重担，体现了新一代年轻人自觉传承父辈革命精神与革命传统的崇高使命。正因为亚林十分熟悉飞行部队生活，取材定位精准，作品写来轻松自如，真实可信。

小小说中的人物形象不仅需要刻画，还需要"对比"，在"对比"中展现出各种人物的个性。在《机械师与飞行员》这篇作品中，"他与飞行员"这两个人物形成鲜明的对比，他是飞行员，他是地勤机械师；一个在天，一个在地；一个受人敬仰，一个默默无闻。这一连串对比都是在悄无声息中被作者轻描淡写地叙述出来的，顷刻间将军人的铁骨和义薄云天的气质展现在读者的眼前，让人不仅感动，还有感慨。在地勤机械师的视角里，飞行员是主角，在读者的视角里，地勤机械师同样是主角，甘于奉献的战友情是一种博爱。他们有共同的信仰和追求。

《最后一个军礼》写一个普通的军人出身的保安彪叔，踏踏实实地做好本职工作的同时，努力发挥传帮带的表率作用，在他的带领下，小区治安井然有序，小区面貌焕然一新。他勤劳本分、严格要求，对工作一丝不苟、任劳任怨，对新来的"我"言传身教，对小区的住户了如指掌，做到"人熟脸熟、车熟户熟"，并能及时地帮他们解忧排难。在他的带动下，我也很快熟悉了小区的环境。

彪叔要告职返乡了，作为和彪叔朝夕相处的"我"可谓五味杂陈，想着和彪叔相处的日日夜夜，无限感慨，十分难舍。彪叔的执着，彪叔的操守，在我的心目中留下了不可磨灭的印象，像一座灯塔照亮了前行的路。望着彪叔离去的背景，我感到无比的敬畏。其实，这个故事也是部队生活的延续，在彪叔身上，同样充满强烈的兵味。

　　无论是亚林的军旅作品，还是历史回忆和社会现实作品，都有一个显著的特点，那就是人物赋予责任感，有担当有正义，传递着浓浓的正能量，符合特定环境下人物的行为准则，又富有献身精神和战斗天地的毅力。作品的感染力很强，常常读着读着，心中就涌动一股无穷的力量。

　　岁月如歌。军旅生涯三十年，是亚林展示风采的三十年；

　　二十年从军人到百姓，从行政领导干部到小小说作家的转型，亚林相当成功。然而更值得称道的是，亚林的军旅情怀始终不变。他说"军旅小说军旅情，写兵歌兵"心甘情愿走到底。亚林创作激情高涨，尤以军旅作品创作笔耕不辍，必定会在小小说创作的路上越走越坚实，越走越辉煌，这也是我作为他的老战友、文友感同身受又十分期待的事儿。

　　是为序。

（作者为原中国人民解放军空军首任新闻发言人）

目 录
Contents

父　亲[*]

飞行副大队长申勇强参加天安门国庆阅兵后不久，便兑现了与父亲两年前的约定，高高兴兴地休假。

勇强到家的当天下午，刚要开会的区领导得知消息，决定推迟半小时开会，迅速赶到距区政府不远的申家慰问，勇强父亲高兴得合不拢嘴。虽然，老人家也是见过世面的人，但区领导带队到家慰问，毕竟是第一次。

与勇强父亲握过手，带队的区领导有一种似曾相识的感觉，随口问了勇强父亲一句："你当过兵？"

"我是一名退伍老兵。三十年前一心想当飞行员，因身体原因没有圆梦。第二年当了一名空军地勤兵，好在天天与飞机和飞行员打交道，五年飞机'保姆'当得也够充实和风光。"

"那退伍后呢？"

"进厂当了工人。作为父亲，我在培养儿子方面下了大功夫。

* 原载于《渤海风》杂志 2019 年第 4 期，2019 年被《金麻雀》网刊评为年度小小说佳作奖。

十多年后，一米八个头的儿子让我梦想成真，招飞成为大飞机部队的一名飞行员。"

"你是申家的功臣！"

"我儿子才是功臣呢！当了副大队长后，勇强今年荣幸地作为备份机参加天安门国庆阅兵，飞机即将到达天安门，便按命令迅速脱离编队，完成最美'返航'。"勇强心直口快的父亲，为自己是内行而乐滋滋的。

一听到勇强父亲的"备份"说，大家面面相觑，气氛骤然降温。"既然备份机未通过天安门上空接受党和国家领导人检阅，就等于没有参加国庆阅兵吧。"领导身边人的无意嘀咕，这让勇强父亲心情郁闷。

"你们不懂就不要乱说！"不一会儿，一脸严肃的区领导因急于开会，肚子里的话还没有来得及说便离开申家。临走时，区领导约定晚上宴请申家表示祝贺。

面前尴尬的一幕，让勇强父亲心里很不是滋味："备份怎么了，备份并不意味勇强不优秀！为啥看不起我儿子？！"

还是勇强淡定，他笑着劝父亲消消气："领导们工作都很忙，能推迟开会来家里看望咱们，已经够关心的了，应该感恩！"

"看你，嘴上怎么也没个把门的，嘴快实话实说，坏了咱家的好事。让我说你什么好呢，咋就不长记性呢！"勇强母亲狠狠地数落着父亲。

母亲清楚记得，勇强第一次休假时，街道领导专门请她一家人吃饭。席间领导频频向勇强敬酒，勇强父亲杯杯替喝，并告诉大家飞行员一般情况下是禁酒的，为的是身体始终保持健康状态。弄得大家对勇强父亲有一种说不出的感觉。再就是，大家对飞行员和飞机诸多方面，有一种神秘感和兴趣，问这问那，总想知道些以前不知道的"秘密"。勇强父亲提醒对待涉密问题要严肃，不该知道的不要问。更离谱的是，有个领导非常欣赏勇强穿的皮棉飞行服，勇强父亲说那是特种服装，绝对不可以送人的。

"飞行员是国家的特殊人才，老子保护飞行员儿子就该尽心尽责。别人怎么看，我才不在乎呢！"

"老东西，你那臭脾气、倔性格和嘴快的毛病，也该改改了！"

"也真是的，这些领导为什么就那么不理解人呢？"勇强父亲说着走出了家门。

在区政府附近，勇强父亲与下午到家慰问的区领导刚好碰面。

"老哥哥，我陪区委书记正要去你家呢。晚宴书记表态参加。对不起啊，下午因开会时间较紧，没跟你作解释。"

"没啥的，我这个空军老地勤，按照'三老四严'要求做人做事习惯了。领导，你还记得当年我们一块战斗的激情岁月吗？"

"看来你早就认出我了。老哥哥，那年你代理机械师，在上级组织的一次比武中，发现机组有弄虚作假的问题后，宁肯放弃机组立功获奖机会、主动暴露问题的举动，给我们飞行人员留下了深刻的印象。所以，我们都喜欢飞你机组的飞机！"

原来，该领导是勇强父亲老部队的飞行领航员，停飞转业后一直在基层工作，不久前才从外区调来担任区领导。在下午会议后，他向区委书记汇报了相关情况，书记当即表示要他陪同到申家看望并致歉。

在申家，勇强向两位领导汇报了天安门阅兵的盛况。末了，勇强仍像沉浸在空中阅兵的兴奋中，"虽然，自己作为备份机没有飞过天安门广场，但看见战友们的完美表现，同样感到自豪！"

"荣誉面前，做个诚实人和真实的自己，像我的儿子！"

"'备份'其实很重要。正式受阅飞行员位置固定，而备份飞行员无法知晓自己会在哪个位置，只有熟悉编队所有飞机的位置、航线以及飞行技术特点，才能在出现空中特情时担当全方位替补的角色。"内行的区领导侃侃而谈。

深受感动的书记，向父子表示祝贺："勇强是参加阅兵的功臣，也是我们全区的光荣！"

"其实，过去在部队代理机械师两年，我也算是干部队伍中的老'备份'了。"

"没错。那年我调团政治处帮助工作，印象最深的是你把党委决定给你提干的名额，硬让给了同是机务兵的牺牲飞行员的儿子！"老战友爆料时，竖起了大拇指。

母　亲[*]

　　一场飞行事故，让跳伞后的飞行中队长郑锋身负重伤。好多次这个刚强的年轻人，面对陪护的母亲，为自己今后再也不能重返蓝天了而悄悄流泪。

　　"儿子别难过，一定会好的！"望着痛苦之中的郑锋，这个平日里爱说会讲的老教师一阵揪心的疼。

　　多年前，丈夫英年病逝。郑锋的哥哥，当兵第一年在参加那场边境作战中英勇牺牲。作为母亲，撑起了郑家的一片天。

　　而今，郑锋飞行训练又遇险负伤。恋爱女友来医院看望，没说几句话便一去不返，让郑锋很伤心。

　　看出异常情况的郑母，对儿子的恋爱关系就这样"黄了"不忍心，又不愿为此事在儿子伤口上撒盐。

　　半年后，曾被医生断言失去飞行能力的郑锋，身体奇迹般地好转并转入部队疗养院治疗。郑母密切配合主管的女医生，不断帮助儿子做着正确的康复锻炼。

---

　　[*] 原载于《宝安文学》2020 年 2 月 2 日副刊。

郑母与女医生俨然像一对母女，常常说些悄悄话。

在了解郑锋已恋爱后，女医生告诉郑母自己的女同学也恋上了年轻飞行员。可是，近期又出现了波折。

"何不联系她来疗养院散散心，咱们给她支支招。"郑母说这话底气是不足的。

郑母怎么都想不到，儿子的恋爱女友在听说他脱离生命危险，待恢复健康仍要重返蓝天后，感情急刹车，理由是：没有安全保障的婚姻不幸福。

周六上午，郑母与女医生正聊着天，儿子的恋爱女友突然出现在她们面前。

"孩子，回来了好，我就知道你心里仍然有他呢！"郑母抢先一步说话。

"老人家，您认错人了，这是我的女同学。"女医生赶紧解释。

秀丽端庄的姑娘，文质彬彬，少言寡语。

"此次见面，我感到老同学变了，变得好陌生，仿佛站在我面前的已经不是你了！"

"嗨，心烦着呢。找了飞行员男朋友，虽说名声好听些，可天天提心吊胆怕出事。这不，几个月前他在训练中飞机发生事故，人受了重伤。老同学，你说我能不慎重考虑这桩婚姻大事吗?!"

"你现在有什么打算?"郑母抢着问。

"决定吹！"姑娘语气坚定。

"难道再没有挽救的余地了?"郑母追问。

"听说男朋友在疗养院治疗期间，还做着重返蓝天的一切准备，他母亲支持恢复飞行的态度也十分坚决。天哪，越想越害怕，我才不愿今后当烈属呢！"

"姑娘，你……你……"郑母惊疑地突然有些站不住。

"您是谁？我不认识您！"

"我是郑锋的母亲。你越说我越感到就是我的家事呢。"

"别开玩笑了，哪有这么巧合。"姑娘根本不相信。

此时，郑母心里真不是个滋味儿，但还是强忍着。

面对尴尬的场面，姑娘应对不及，脸唰地一下红了。

"姑娘，即使你真是郑锋的女朋友，也没有任何关系。恋爱自由，你有你的选择权利，我们绝不强人所难。不怕你笑话我老太婆讲大道理，这保家卫国、为蓝天站岗的工作，总得有人去做吧！"

没想到，郑母一番通情达理的言语，让姑娘敬佩有加，突然变了个人一样，先前那种很不理性的态度烟消云散。

这时，女医生也觉得老同学有不太对劲儿的地方，便拉她走开。

当晚，在郑母要与姑娘正式"摊牌"时，女医生开心地说："此'老同学'非彼老同学，此'老同学'非一般老同学。"

"你说得怎么让我糊涂呢！"

"老人家，在我向这位'老同学'介绍您和您儿子及家庭的情况后，她觉得眼前一亮，她说：'爱蓝天的飞行员值得爱，支持爱飞行事业的母亲更值得爱！'疗养院的偶然巧遇，让她开心满意。如果您母子俩同意的话，她愿意留下来当个称职的陪护。"

"你怎么越说我越糊涂了！"

"这位当医生的'老同学'，对她姐姐轻率处理与你儿子的恋爱关系，非常不赞成，与姐姐大吵了一场之后，妹妹就冒名顶替姐姐应了我的邀请，再模仿姐姐的态度，想听一听我这个军官大姐的最终意见。"

"那妹妹又不认识你，不怕露馅了？"

　　"她们是一对从长相到声音都难以分辨的双胞胎，这不，连我都给蒙住了。"戏剧性的一幕，让郑母暗自兴奋，她想，儿子重返蓝天一定能顺利成功。

　　突然，不善唱歌的郑母，大胆地唱起了《我爱祖国的蓝天》的歌曲，尽管女医生提醒她注意音准，郑母却越唱越来劲。

儿　子[*]

周日中午。

将军走进空勤灶时，班长马空军正火急火燎地跟浙江的战友打电话："早些天我让你采购的鳗鱼，今天必须准时寄到！"

忽然，见一个身着飞行服、很有派头的中年人到来，马班长判断可能是首长级的，立刻敬礼迎接。

"首长，中午这几个主菜是我们空勤灶最近推出的，请您慢慢品尝。"

"什么手掌手背的，我只是下部队与老飞们同吃、同住、同飞行的一名普通飞行员，千万不要搞任何特殊！"

将军是在飞行师长任上提升的。由于飞行年限未到"杠杠"，仍需下部队保持飞行技术。

其实，将军内心里还埋藏着二十年前一段不堪回首的往事，一想起来，心头便隐隐作痛。

"嗨，今天主菜是谁的手艺，吃起来味道真不一般！"与将军同

---

* 原载于《山西文学》2020 年第 2 期。

桌就餐的飞行员边吃边说。

"马班长现在是一人吃饱全家不饿。最近连续利用休息时间，专门到地方酒店拜师学艺，成果丰硕！"飞行大队长曹宇及时爆料。

将军眼前一亮："行啊，小伙子干得不错！"

"比起你们这些蓝天骄子，我做得差远了。空勤灶，就是专门为飞行员'量身打造'伙食的地方。既要保证饭菜色香味俱佳，又要严格遵守营养和品质要求，是我们这些老炊的职责所在。有什么要求，尽管提出来，我保证很快落实，让你们满意。"马班长诚恳的态度，让大家感到很真实。

不一会儿，马班长的手机响了，浙江战友告诉他，下午五时鳗鱼送到空勤灶，总算让他放心了。

在不被飞行员们知晓的情况下，马班长悄悄告诉首长，是想用鳗鱼这味食材，给江苏籍的大队长做一道特别的生日菜：清蒸鳗鱼。

为学做江浙地区的这道传统菜品，马班长曾特意拜师"高手"。他说此菜最讲究食材的原汁原味，需先将鱼洗净，鱼身切段，底部微连，再加入葱、姜、蒜，上锅蒸十几分钟，出锅淋上热油即成。

将军佩服小伙子的事业心。

用过午餐，将军稍事休息之后，又径直来到空勤灶。将军对马班长的表现产生了浓厚兴趣，故意试探地问道："既然有这么好的炊事技能，你想不想去上级领导机关为首长服务呢？"

"我还是喜欢跟部队一线的飞行员们打交道。可能我爸爸不知道我的想法，但是他给我起的马空军名字，就是希望我在空军部队里有所作为！大学毕业后，我就想当一名飞行员，无奈身体不符合条件。曾经迷茫、彷徨过。梦里，牺牲的爸爸骂了我。我想，既然成不了飞行员，也要当一名天天为飞行员服务的后勤兵。"

"你爸爸是谁？叫什么名字？"将军连续问道。

"我爸爸……嗨，算了，过去的事情已经翻篇了。"马班长有些难为情。

"你爸爸的照片可以给我看看吗？"

马班长只好请将军移步到空勤灶隔壁的宿舍，打开抽屉，他第一次拿出爸爸身着飞行服的照片给人看。

望着亲切熟悉的面孔，将军的手颤抖了，泪如泉涌。二十年前的那一幕又浮现眼前。

将军当时还是副大队长，调到新机团改装训练，教员是老练的大队长。改装初期进展非常顺利。不料，一次飞行中发动机出现故障，飞机疾速下降。教员果断命令学员跳伞，而自己硬是驾着像脱缰野马的飞机，掠过城市上空，冲向山谷。

"首长认识我爸爸？"

"何止认识，你爸爸既是我的大哥，又是我的飞行教员，更是我的大恩人，我们永远都怀念他！"

"马班长，鳗鱼送到了！"

一阵催促声，将马班长和将军一并拉回空勤灶，此时的将军，俨然像学徒的炊事兵。

经过一番熟练操作之后，马班长把滚烫的热油淋在鳗鱼上，鱼身瞬间腾起一股香气。

傍晚六点，金灿灿的阳光透过窗花铺满空勤灶餐厅的饭桌，看起来暖洋洋的。

大队长曹宇看见自己餐桌上一条清蒸鳗鱼，便将鳗鱼盘子推至餐桌中央。然后，夹一筷子鳗鱼放进嘴里，舌尖上泛起了儿时的味道。有点像妈妈的味道，又有点不同，他默默地笑了，"一定是母亲托妻

子给我开的小灶！"

拨通妻子的电话，曹宇却得到了意料之外的答案。"哪是我做的啊！几天前，你们空勤灶的马班长电话找我，专门问咱们老家清蒸鳗鱼的制作方法！"

曹大队长终于明白了，"难怪年初马班长那么下功夫，建立飞行员的饮食习惯与爱好、营养状况和生日档案呢！"

"小伙子有出息！"将军感慨道。

将军离开部队半年之后，从空军后勤学院毕业的女儿，主动申请到了马空军所在的空勤灶担任营养技师工作。

要说这事儿，曹大队长着实费了一番心思！

婚 礼[*]

    飞行大队长刘强经过半年甜蜜的恋爱，终于抱得美人归。虽然公婆因故与准儿媳文娟未曾谋面，但是二老相信儿子的眼力，更佩服姑娘的可敬之举，满心赞成两个孩子的婚事。

    今晚，结婚仪式在飞行员俱乐部里举行。参加婚礼的特邀嘉宾老团长，在团首长的陪同下，与飞行员及随军家属们早早落座。

    站在新郎新娘身边的婚礼主持人，是飞行员们力推的随机应变、现场发挥出色的参谋长。眼前，他一改飞行塔台手握指挥话筒的严肃表情，笑逐颜开。在指挥全场高唱《我爱祖国的蓝天》之后，精彩幽默的开场白，逗得大家乐不可支，掌声不断。

    前面，两个传统婚礼环节，雅俗共赏，进展顺利。

    可是，后面在飞行员称为"飞行转场"环节中，由参谋长设计的"亲切的吻"这一环节里，新郎新娘就是不在状态，可急坏了他。

    情急之中，他使出激将的招数，新娘渐入佳境，而新郎却还是进入不了状态。

---

    * 原载于《西南作家》2020 年第 1 期，《河源日报》2020 年 9 月。

"刘强，拿出'空中战神'的表现给心上人看看！"参谋长有些急眼了。他内心里直骂刘强："傻小子，战巡南海、亮剑西太是一把好手，可在自己的新娘子面前害羞了，太不可思议！"

他至今还清楚地记得那次远海战巡中的惊险历程，那时刘强和战友途中突遇雷暴天气。当时的选择，要么提前返航，要么穿云。返航固然稳妥安全，这意味着任务以失败告终，但穿云又危机四伏。关键时刻，刘强和机组决定：穿云！三十分钟穿云后，战机最终飞抵预定空域。

为此，刘强作诗一首：左翼挂着太阳，右翼挂着月亮。铁翼迎着长风锤炼，战鹰掠过乌云飞翔。苦练精训夺第一，制胜空天美名扬！

当参谋长正要进一步启发刘强时，新娘突然抱过新郎的头，"叭"地对嘴猛亲了一口，逗得飞行员们一阵嗷嗷叫："没看见，再来一个！"

其实，文娟刚才的大胆一吻，也是有着强大心力支撑的。自从上高中时看到报纸上刊登的《折不断的钢铁翅膀》一文，就非常崇拜那个经历严重飞行事故后，重返蓝天的英雄，发誓要嫁给一个驰骋蓝天的飞行员，现在终于圆梦成真。既然爱刘强一颗飞翔的心，从省会城市辞职走进山沟，把自己纯真的爱情献给他，让战友们见证这个难忘时刻，有什么不好呢！尴尬之下，主动强吻了新郎，她感到此时自己才是世界上最幸福的人！

"刘强，傻傻地站着干啥？还不赶紧还上一个！"参谋长示意新郎果断行动。

飞行员们也有节奏地叫着："新郎亲一个！亲一个！"

羞涩中的刘强，脸憋得通红。他看了看面前期待的战友和笑容可掬的老团长，突然，抱起新娘，顺时针打了个转，然后，对准新娘的嘴唇，使劲亲了一口。放下新娘，满嘴口红的他，不忘幽默："刚刚我表演的科目是'强行起飞，空中加油'！"立即引来全场的一片掌声和欢笑声，气氛第一次出现了高潮。

一比一的表现，哪里是飞行员们所盼的结果。参谋长接过下面递来的一张纸条看了看，"扑哧"笑出了声，"有人提议，请新郎新娘朗诵一首诗，好不好哇！"

一阵喝彩之后，参谋长分工新娘和新郎要读的句子。看到"今夜训练如何飞？"新娘不解地问："怎么这个时间还要飞行训练啊？"等不及的飞行员们，齐声高喊："快读出来！读出来！"

新娘：今夜训练如何飞？

新郎：练习科目是起落。

新娘：要当合格飞行员，

新郎：基本技术必掌握！

"此诗字面并不难懂，关键要领会其中的意涵，当合格的飞行员和做满意的老公都重要！"参谋长的点评，画龙点睛，饶有风趣。

随之，笑声、掌声、叫好声连成一片，气氛再一次达到高潮。

这时，很有成就感的参谋长，确保现场气氛不降温，决定使出最后的"撒手锏"。

"刘强，空中突击，一击精准中靶。面对实战经验丰富的对手，你们机组一举摘得某项重大军事比赛桂冠。请你根据这个真实的命题，作诗一首。"参谋长的突然"发难"，让新郎措手不及，不过，稍加思索，他便脱口而出："靶场一片草，目标很难找。要想打得准，苦练加技巧！"

"好诗！好诗！"哄笑声持续不断，有些飞行员和随军家属笑出了眼泪。

平静下来，参谋长又幽默出招，执意让新娘再大声朗读一遍。

此时，新娘已琢磨出诗的套路和意涵，羞得直往新郎怀里钻，"嘻嘻嘻，我怎么也张不开口……"

"今晚咱俩的表现精不精彩，坐在团首长中间的爸爸可全看见了！"新郎悄悄地说。

"怎么，老团长就是爸爸?"

"对呀！今天是爸爸遭遇飞行事故身负重伤后、重返蓝天十周年纪念日。老人家不但是你曾经崇拜的英雄，也是我们年青一代飞行员一直要学习的楷模！参加咱们的婚礼，是他想给你一个意外的惊喜!"

"都怪你，不早点告诉我，羞死人啦!"

瞬间，面对咄咄逼人的参谋长和不依不饶闹腾的飞行员们，再看看笑得非常灿烂的爸爸，新娘立即态度十分坚决地说："读就读，谁怕谁呀!"

……

相　亲*

飞行大队长朱晨面对团长的命令，终于答应休假回家相亲。

朱晨本想，既然团里已决定自己参加明年国庆天安门阅兵，干脆放弃休假，多参加团里编队训练，积累经验。

可是，年龄已三十有三的他，不得不让团长操心。这不，团长黑着脸骂了他，他才真的害怕了。毕竟自己的年龄确实不小了，别说部队首长操心着急，父母二老也为他的终身大事伤透脑筋。母亲通过熟人介绍，认识了公安干警淑英姑娘，满心欢喜。朱晨到家的第二天，母亲就唠叨相亲的事。无奈，朱晨只好同意与女方见面。

这天早上去相亲，朱晨早早到达与介绍人约定喝早茶的地方。天气刚刚还晴空万里，瞬间乌云密布。凭职业敏感，他异常兴奋，"好一个飞行复杂训练的天哪！"

忽然，不远处一个熟悉的身影跃入朱晨的视线，"这不是自己崇拜多年的孙老嘛！"

孙老是参加过两次国庆天安门阅兵的老飞行员，与朱晨同住一个

---

* 原载于《珠江时报》2019 年 10 月 25 日。

城市。在朱晨上高中和大学时，孙老就曾先后受邀来朱晨的母校和学院作过参加阅兵的报告。那时的朱晨，发誓今后一定要当个翱翔蓝天的飞行员。这之后，朱晨几次主动拜访过孙老，即使当了飞行员和大队长，仍与孙老保持着密切联系。

朱晨三步并作两步来到孙老面前，并主动介绍自己。

看见站在面前昂首挺胸、英俊魁梧的朱晨，结束晨练的孙老，知道他是个飞行狂，也就三句话不离本行，"小伙子，我也好长时间没'飞'了，现在咱俩飞个模拟复杂气象编队训练吧！"

在公园的一角，只见一老一少拉开架势，像完全置身于部队演练场一样，各自用粗壮的大手当着飞机。

起飞、转弯，

加入航线、上升高度，

航线结合点上会合，

保持队形。

两人一整套动作，行云流水，配合密切，精彩纷呈。

不远处，相亲介绍人见时间已超过二十分钟了，还不见男女人影，只好尴尬离开。路上她接到淑英姑娘的道歉电话，说局里临时部署任务，身不由己，敬请谅解。而朱晨这边，精彩演练之后，孙老又兴致高涨地讲起了印象深刻的国庆大阅兵。

"那天上午九点多，突然空中云量大增。在长机（前机）的带领下，全部飞机掠过水汽团，穿过层层浓积云，准确进入阅兵航线。但当编队机群接近天安门东侧上空时，滚滚浓云包围了我们，飞机完全处在云中飞行。编队只好以长机为基准，全靠飞行员的双眼紧紧注视前机，准确而柔和地操纵着飞机以保持队形。就这样，空中梯队在领航编队率领下，准时通过天安门。"

"不好，相亲的时间过去一个多小时了。老人家，改日我再来请教您好吧！"

"都错过了那么长时间，还不泡汤。哈哈，小伙子，今天的你很像当年的我！"

"孙老，我这里有张姑娘穿警服的照片，挺英武漂亮的。只可惜我没把握住机会。"朱晨将照片递给了孙老看。

接过照片，孙老不禁怔了一下，很快，他又乐哈哈地说道："姑娘不错，我看你英俊魁梧，也很帅气呀。放心，有你这样的好小伙儿，姑娘跑不了！"说完，孙老掏出手机，"咱俩先合个影，我也好沾点灵气啊！"

朱晨错过相亲的时机，自然没少挨母亲的责怪。不过，母亲知道儿子心事，只好依了朱晨阅兵之后再说。

自从错过相亲机会，淑英心中也留下一丝愧意和遗憾。她不知道，未曾谋面的他到底会如何想。一段时间，稳重成熟的淑英，显得有些不太自在。

知女莫如父。孙老故意说："淑英，别太遗憾了。如今，这个社会好小伙儿多的是！"

"爸爸说什么呀，他是一名优秀的空军飞行员，据说在空军的比武中还拿了好几个大奖呢！"

"既然他优秀，我女儿也不差。放心，有你这样英武漂亮的警花，小伙子跑不了！"

第二年天安门国庆阅兵，通过电视呈现给全国千家万户。吸引淑英目不转睛的轰六两个编队和"八一"飞行表演队的八架歼击机，在云量较多、能见度十分不好的情况下，准时飞临天安门上空，喷射绚丽的七彩烟带。此时，覆盖的云层神奇般大面积散开。随着巨大的

飞机轰鸣声，人们眺望长空，战鹰牵着长长的彩色烟带，威武壮观地通过天安门。此刻，淑英与现场观众一样兴奋地跳了起来。

"淑英，你想知道那第二个轰六飞机编队长机机长是谁吗？"

"是谁呀？"

"他与咱们家很有缘，好戏还在后头呢！"孙老笑得合不拢嘴。

"玩"的乐趣*

说到玩，辛睿，是飞行大队里爱玩、好胜的飞行员。

运动场上，他总觉得时间不够用，玩得不尽兴；游艺室里，他兴趣盎然，最后一个离开。赢了一个球，他像个孩子高兴得蹦蹦跳跳，输了一把牌，他非要赢回来才肯罢休，不然，眉毛竖起，双目滚圆，仿佛要开大战的样子。甩老 K，四人四副牌，玩得开心痛快。为此，他成了飞行大队"备受争议"的飞行员。

三年前，辛睿从航校毕业分到部队，改装训练飞得漂亮，是大家公认的"苗子"。可是，平时辛睿却很少利用业余时间钻研业务。

中队长提醒他注意，他却说："我的飞行技术与爱玩密不可分，苦恼和烦闷不属于我，这是飞行精力集中，注意力科学分配的首要条件。"

大队长批评他贪玩不钻研业务，在新飞行员训练中影响不好。他却直言不讳："飞行是一门复杂的技术，不能死记硬背，关键是要善于理解，发挥和运用，同时还要有自己的创造。"

---

* 原载于《金雀坊》2021 年第 1609 期。

听完飞行理论课，大家及时整理笔记并进行复习，辛睿却提前打量预习新的课目。训练参谋检查他的学习情况时，他说：地面苦练，苦中有巧，学习上就要掌握主动权。

第二年年底，针对新飞行员训练情况，上级机关有意在部队重点宣传一批改装训练的先进典型，在训练部门推荐的名单上，辛睿名列前茅，但最后还是落选了。

同批的飞行员替辛睿打抱不平，他只是欣然一笑，业余时间照例尽兴地玩。不过，听到安排飞行计划，无论是"楚河汉界"举子即胜，还是"拱猪"得了一把好牌，他都会立即从那种紧张、热烈的气氛中跳出来，迅速转移注意力，找训练部门要求多飞行几个起落。下部队两年，尽管他的训练出勤率表格中百分之百红星闪闪，但他却一直抱怨自己的"飞行强度不够"。

当有人认为"天赋好"是辛睿的一大特点时，团长很不赞成地摇摇头。

周末的傍晚，辛睿从棋牌室急匆匆地跑到团长办公室。

"团长，您叫我是不是为飞行训练的事？"

"年轻人，你能不能少贪玩点，争口气，好好表现表现。"

"怎么了，团长？"

"我最近看了你的两个记录，飞行记录簿，考核成绩栏里大大小小的科目几乎全是五分，可你的档案袋里怎么一张奖励卡片都没有呢？"

此刻，站在团长面前的辛睿，两道剑眉像两座起伏的峰峦，明澈的眸子似深不见底的秋湖。稚嫩的小脸，被一身显肥的棉飞行服衬托得增了几分老成。

"团长，我这人最不善于表现，我想做一个真实的自己……"

转眼间，辛睿这批新飞行员下部队已三年有余，上级决定从中提拔一名中队长。团里上报辛睿，结果在师里"卡壳"了。

有人替他"惋惜"，辛睿心里也不是滋味。

不久，他向团长坦露心声：今年我才二十出头，飞二十年才只有四十多岁，今后的日子将是我们年轻人施展身手的大好时光！

就这样，在升迁问题上没让师团领导操心的辛睿，对飞行训练保持的那种热度始终不减。

这天下午，碧空万里。辛睿随副大队长飞行最后一个起落。登机后，请示开车，滑出，听到指挥员"起飞"的口令，作为僚机的辛睿，按照长机的命令迅速接通发动机最大按钮，即将离陆。突然，他发现自己的位置有些冲前，仪表显示飞机离陆速度正常。容不得多想，飞机已腾空而起。

辛睿见长机晚于他的飞机离陆，两架飞机的位置接近平行，稍稍稳一下杆，想同长机一起编队。但长机速度却意外的慢，后劲有点不继。

注意间隔，稳住杆，蹬平舵——只听耳机里传来塔台指挥员的呼叫。可是，长机却带着坡度向他的飞机靠近。

危险，两机将要相撞！机场地勤人员一片惊叫声。

在此紧急关头，辛睿沉着而机敏地带了一点杆后，又向外侧压了点坡度，拉大了与长机的间隔，及时避免了一场两机相撞的事故。

这时，辛睿有意往后扫了一眼，惊见长机大速度下坠，瞬间，一团火光，一股浓烟……

此时，指挥员令辛睿在空中耗油。

塔台上的官兵尽力抑制着内心的悲痛，望着上空这只失去战友的鹰，既担心他飞不回来，又担心即使飞回来也不会再上蓝天飞行了。

当飞机油量耗至规定的数据时，辛睿按照指挥员的命令加入了着陆航线，从一转弯，到放襟翼，一套完整动作规范，有条不紊。

事故后的第一个飞行日，辛睿飞得干净、利索，当他驾机着陆后，来部队指导训练的将军让师长陪他，破天荒地亲自到停机坪接机。

"小伙子，飞得棒，好样的！"将军紧紧握着辛睿的手。

"报告首长，我是 B 型血，B 型血的人适于飞行。今后就看我的吧！"

最美的妹妹*

当林秋月从林县长的小车上下来，时间刚好定格在夜间十一点整。她惊讶，从县城火速赶到军机发生事故的马山村，仅仅用时一个钟头，简直是飞到村里来的。

在马山村紧急组织的群众大会上，林县长手握话筒，长话短说："今晚因天气突变，部队一架在训飞机出了事，飞行员在这一带上空成功跳伞。全体村民要全力以赴寻找营救，及时报告情况。"

"飞行员是国家用黄金堆起来的重要人才，也是我们情同手足的兄弟。安全营救受伤的亲人，今夜全看乡亲们的了！"林秋月接过县长的话筒补充道。

"这个姑娘是谁呀？没听说咱们县上近期有女领导上任！"村民们悄悄议论。

身背简易药箱，穿着雨衣行走在崎岖泥泞山路上的林秋月，好像不在状态。林县长后悔没能及时拦住正发着烧的妹妹的强行跟随，嘴里不停地嘟囔着："这儿飞机训练出事又不碍你什么，身体不好干啥

---

* 原载于《金雀坊》2020 年第 1150 期。

非要来受这份罪；再说了，你部队不久前已撤编，都脱了军装，何苦要掺和到这里面来？!"

"哥你不懂，空军是一个大家庭，一方有难，八方支援。更何况我半个月前还是飞行部队的一名航医，最有资格参与营救战友的行动!"

知道面前得理不饶人的姑娘，是县长当过兵的妹妹，村民们纷纷请教寻找的注意事项，有人还主动替姑娘背药箱。

"乡亲们要排出扇形队列寻找，既要细致观察树上，又不能放过脚下一寸土地!"林秋月不时地提醒大家。

老天爷也不配合行动，雨下得越来越大。

好战友，你到底在哪里？林秋月心里暗暗呼唤着。她想象得到，跳伞的飞行员此时受到何等的惊吓和煎熬。林秋月的眼窝形成了"堰塞湖"。

林县长实在不忍心妹妹带病参加行动，但又拗不过她孩子般的倔强。妹妹深爱那身空军蓝，热恋军营那如诗如画的生活；痴迷机场那轰轰烈烈的飞行训练。正是这样，部队撤编，妹妹伤心地哭了好几回。

林县长记得，去年初，爸妈鉴于妹妹二十五六岁了还不考虑找另一半的事，非常着急。通过组织介绍，他认识了驻地机场飞行员赵天。小伙子高个头，英俊魁梧，飞行技术好，是部队重点培养的人才。当时，在千里之外的另一个空军部队当航医的妹妹，因为经常咳嗽、发低烧正住院治疗。得知此事，婉言谢绝。无奈，当哥的自作主张，将妹妹留在家里的彩照与对方做了交换，妹妹打电话给爸妈告了自己的黑状。直到妹妹年初转业之后，兄妹俩才算结束了"冷战"。

时间不知不觉已到凌晨一点，苦苦寻找行动，并没给乡亲们增添丝毫倦意。而身体持续发烧，在林秋月眼里，乡亲们的身影越发模糊变形……

约在凌晨四点，从乡亲们亲切的呼唤中，林秋月感知寻找工作已经顺利结束。此时，躺在县医院的她已昏睡了近三个小时。

醒来的林秋月，坚持要去隔壁的病房探视双腿受伤的飞行员。当她走近躺在床上的飞行员，猛地怔了一下，怎么会是他！很快，林秋月稳定情绪。看见部队派来的专家医生和相关人员的精心检查与陪护，林秋月一颗悬着的心，终于落下了。

这时，双腿疼痛难忍的赵天，看见似曾相识的林秋月，对视之后，微笑对接微笑，谁也没有主动吐露一个字。

清晨，在军地主要领导赶来医院慰问之前，林秋月悄然离开医院。行前，她请护士转交了自己写给负伤飞行员的一封信和一个小包。

带着疑问，赵天打开了信封。

"赵天，很佩服你的勇敢行为，在恶劣的天气中，强行驾机避开县城，将危险留给了自己，全县人民感谢你！你我无缘，就让我做你的妹妹吧。秋月重症复发，病魔缠身，虽靠药物维持生命，但时日已不多。盼你积极配合治疗，尽快康复，早日重返蓝天！"

脑海里的问号终于被拉直，硬汉赵天泪流不止……

半个月后，赵天的身体状况基本稳定。林县长代表县领导欢送赵天转部队医院疗养，赵天突然问起林秋月的情况。

"她的病情……"

"其实，去年我牵线交换照片，妹妹十分看好你，只是因自己患肺癌而谢绝了你。如不是前段癌症复发病危，她说出了心里话，我

们还一直埋怨她呢！后来我们才知道，部队撤编前，她不愿给组织增加负担，只坚持服药，结果……"林县长有些哽咽，"妹妹的军人情结很深，她留下了遗言，让我一定代表她参加你重返蓝天的飞行日！"

此时，眼圈泛红的赵天，颤抖的双手从包里取出一副听诊器，抽泣地说不出话来。

师　傅[*]

这是 20 世纪 60 年代末的事儿。

机关干部下基层当兵锻炼。年轻的葛参谋是汽车兵出身，被分到远离机关的汽车营当兵，心里怪不痛快的。

傍晚，负责带他的副营长出车刚归队，还未与小葛见面，就领受了与他执行装运水泥到远郊战备工地去的任务。

水泥淋不得雨，路远，天黑，偏偏雷暴雨又要来凑热闹。

晚饭后，小葛检查车辆左前轮胎时，发现状况不太好。

"先用着，我心里有数。"灯光下，一个身材高大的老兵从驾驶室走出来。他年近五十，一张黑而壮实的国字形脸，两鬓已经花白。右额角上那个半寸长的伤疤引人注目。

"怎么是……"小葛惊奇地正要说下去，老兵快言快语："当兵就要像兵样，别扯没用的。今后，你就叫我老兵得了。"

此时，小葛愣住了。

"还傻站着干什么？盖油布去！"老兵的口气很严厉，说话时，

＊ 原载于《金雀坊》2021 年第 1710 期。

右额上的伤疤悠然凸起。

老兵和小葛一起摊开油布，一人一边打起结来，待小葛打好结刚想上驾驶室时，老兵指指小葛打的结说："就你打的这种结，如果车子震得厉害些，结头就会开，水泥淋到雨咋办？"

小葛想，公路平坦又宽广，车子哪会震动到把油布揭开的地步。虽然心有不快，还是照着老兵的意思把结重新打好。

"你来开车。"

"好。"望着阴沉沉的天空，小葛告诫自己，路上千万不能出洋相呵。

卡车一出仓库，暴雨就急骤地倾泻而下，雨点像敲鼓似的打在车顶上，又噼噼啪啪地撞击驾驶室的挡风玻璃。小葛迅速打开雨刮器，镇静地握着方向盘，卡车迎着风雨快速前进。

车子开到三岔路口，小葛还想往前开，老兵却说："向右转。"

"啥？"小葛观察了一下：右面是一条泥土路，不但路面窄，又高低不平，路的右边是小河，左边是稻田，在这种路上开车，稍有不慎，车子不是掉入河中就是会陷进田里。"放着宽广平坦的公路不走，却偏走这种泥泞不堪的小路，真是自找苦吃。"小葛明显急了。

"少啰唆，照我说的做。"

无奈，小葛还是将车子右转弯，一面降低速度，一面把脚靠在刹车上，以防万一。

卡车在泥泞不堪、坎坷不平的小路上艰难地行进着，颠簸着。借着闪电，小葛发现不远处路中间有个大坑洼。糟糕，这种路卡车咋能走呢？小葛心里嘀咕着。

停车后，老兵不顾雨水淋着，下车在坑洼边走来走去。不一会儿，只见他走到驾驶室里拿出两把铁锹，交给小葛一把说："快，挖些泥填到坑洼里，填高后，再铺上两块木板，前轮吃在板上，然后冲过去。"

"前轮？"小葛像被电触了一下似的，下意识地瞧了下左前轮。老兵大概看出了小葛心思："不要紧，填平坑洼后，把它换下来，新胎力道足，笃定能冲过去。"

"在这里换胎？没带千斤顶，怎么办？"小葛表情难受。

坑洼填平。老兵放好铁锹，拿出两块尺把长的木方子对小葛说："它可是代替'千斤顶'的好材料。当年，我在朝鲜战场上抢修被炮弹炸坏的轮胎时就是这样干的。"老兵抹了一把脸上的雨水说，"决定的因素是人不是物。马上好好配合我。"

换好胎，老兵在填好的洼地铺上了木板。小葛在他的指挥下，把车子慢慢地开了过去。

待老兵上车，小葛连忙换排挡，加速，卡车迎着风雨继续前进。到了十字路口，小葛放慢了速度转弯，不料转弯的角度太小，车子的轮盘歪过了头，车头"扑"的一声向下沉，下面就是河浜，湍急的河水在车灯下闪着青光，眼看距离越来越近，小葛连忙踩刹车，但车子由于惯性还是向下滑，就急忙伸手去拉紧急手刹车，可摸了空，只听"嗤……"的一声，老兵的大手已把手刹车拉住了。松烂的泥路上留下两条深深的车辙。

"放慢速度，倒车。"老兵低声说。

不一会儿，总算到了目的地。小葛长长地舒了一口气。这时，他才发觉自己全身上下像刚从游泳池里爬出来似的都湿透了。转头一看，老兵的身上也和他一样湿淋淋的。

老兵顺手将一条毛巾递给小葛，然后看了看表说："比走公路快了十八分钟。"

"噢！"小葛这才醒悟，便摇了摇头，"为了省这十八分钟，走这样的小路、险路真划不来，再说了操作规程上也没要求我们这样做呵。"

"什么划不来？"老兵额上的那条伤疤又凸了起来，一脸严肃，"混蛋小子，我看你脑子里少了一根弦。"

"少一根弦？"小葛奇怪地问。

老兵指着大门口"备战"的字样，激动地说："我们当兵的人立足于自己的工作岗位，时刻都要做好应对任何不测事情的发生。"

"这……"

接着，老兵声音轻了下来："十六年前，我在朝鲜前线执行运输任务，天上有飞机，地上有大炮，哪有平坦宽广的公路！在敌人的火力封锁下，虽然完成了任务，但车子和身体都受了伤。"说罢，老兵用手指了指额头上的伤疤。

望着前方，老兵意味深长地念起了自己编写的顺口溜："运输线就好像人的血管，是决定战争胜负的关键。平常行车有意多出难题，战时畅通无阻捷报频传。"

此刻，小葛话到嘴边，忍不住脱口而出："爸爸，儿子这次下基层当兵，真的没有白来！"

练硬功*

20 世纪 60 年代末，一场野营大练兵在部队紧锣密鼓地进行。

这天，天刚蒙蒙亮，雨仍不停地下着。突然，一阵狂风刮过，发出呜呜的尖叫声，雨点打到房顶上，"哒哒"的声音更响了。这时，躺在地铺上的郭师长被惊醒。他不声不响地爬起来，轻轻走到屋檐下，心想：部队野营终于等来了这个天气，很多年轻人没有经受过狂风暴雨的锻炼，这正是练兵的好时机。

早饭后，郭师长从地铺上抽了几根稻草，用双手搓成绳子，然后，把穿在脚上的草鞋用草绳扎了两道，又把裤管扎得严严实实的。末了，他把自己打的一双草鞋，递给了睡在他身边的大个子通讯班长，笑着说："今儿个是磨炼铁脚板的好时候，这双传统鞋给你穿上，你要好好地锻炼啊！"说罢，他把雨衣挽在手里，对司号员命令道："吹集合号，部队立即出发！"

随着"嘀嘀嗒嗒"的紧急号声，在狂风暴雨中，一支长长的队伍，已经整整齐齐地站在一条狭窄的小路上了。这支队伍按照战争年

_____

＊ 原载于《嘉应文学》2021 年第 1 期。

代的要求，干部战士们都背起背包，带着武器装备，从崎岖的山区到偏远的农村，已经步行了千里。

郭师长，年龄四十有七，头发有点斑白，身经百战，负过十几处伤，是经过长征的老红军战士。从野营训练的第一天起，他迈开双腿和年轻人一起步行，还一直走在队伍的前面。那天，细雨绵绵，地上好像浇了一层油非常溜滑。这时部队已经走了近八十里路程，腿肚子酸痛，脚底板磨起了一个个大血泡。战士们也有些倦意。霎时，郭师长指着眼前的一座大山，说了声："上，跟我一起占领制高点。"只见，郭师长跃起身子，一口气爬上了二百多米的山巅。待干部战士追上去时，师长早已坐在一块岩石上，摘下帽子"嗒叭嗒叭"地扇着挂满汗珠子的脸，还富有诗意地对大家说："爬上一座山，洒下一身汗。练就硬功夫，看谁是好汉。"

今天，郭师长披着雨衣，迈着矫健的步伐，蹚着溜滑的泥路，仍然走在队伍的前面。

顿时，狂风一阵紧跟一阵，雨越下越大，前进的队伍淹没在烟雾的暴雨之中。干部战士们每前进一步，身上好像增加了几公斤。慢慢地，道上的稀泥越积越深，两条腿在烂泥中踏进拔出，格外酸痛，更加沉重。

不巧，在朦胧的道路上，又出现了一段坑坑洼洼的地带。大坑把路割成一段一段的，不走不成。从坑沿到坑底，有两米多深，爬坡有四十五度。走着走着，郭师长停住了。喊道："同志们，考验大家的时候到了。"说着，他从身旁拿了根竹竿往坑底一撑，弯着腰，使劲用右脚尖一蹬，只听得哧溜一声，师长平安地飞到了坑底，然后说："嘿，这个下坑法，可同咱们当年打仗下山一个样，大家快下！"

伴随着这洪亮的声音，哧——溜，哧——溜，战士们接二连三地滑下去。有的滑得稳稳当当，像师长一个样；有的滑得屁股着了地，弄得活像个泥人。大个子通讯班长因为受凉患了感冒，最后一个滑下去，却挨了师长不讲情面的一顿剋。

不久，北风紧了，雨滴变小了。天色有些泛白，一会儿，漫天纷纷扬扬飘起了雪花。郭师长笑着对身边的战士们说："这头顶银花、脚踏稀泥，是战争年代常有的事，练好了这一手，就多了一项真本领啊！"

蓦然，师长停住脚，看了看通讯班的小战士，身上已经积满雪花，前进在银色的世界里。他再转过视线，从纷纷扬扬的雪花中，模模糊糊地看到二百米处有一条河，后面是一座一百来米高的山。看着看着，他立刻命令道："司号员，吹紧急冲锋号，命令师部机关渡河抢占前面的制高点！"

通讯班是师部机关的开路尖兵班。班长带领全班人员一溜烟地奔跑在师部机关的最前面。五十米、一百米过去了，"敌人"的炮火隆隆响起，机枪"嗒嗒"地扫射过来。年轻的战士们冒着枪林弹雨，一个劲儿地往河边接近。待班长他们迅速赶到河边时，看到一条二十多米宽的河流，没有一座桥。怎么办？班长灵机一动，率领战士们直奔河边的仓库，"轰隆轰隆"地把空汽油桶滚到河里，然后，用绳子把它们固定住，又扛来铺板，架在汽油桶上面。班长及时派人向师长报告。

师长拿起望远镜向"敌人"火力点观察了一下，然后，斩钉截铁地说："师部机关在十五分钟内抢渡过河！"

师部机关的干部战士们，冒着"隆隆"的炮火，刚走过去二十几个人，不料"轰轰"几声巨响，靠近岸边的几只空汽油桶，被"敌人"炮弹炸坏，往水底下沉，一块铺板的一头浸到水里，通过的

队伍停了下来。

郭师长见渡河的队伍拥挤着，是汽油桶被炸坏所致，二话没说，命令班长与自己跳进寒冷刺骨的河水里，把铺板扛在肩上，形成通道。然后，大声喊道："同志们，冲啊，十五分钟必须通过，消灭'敌人'，占领制高点!"

队伍"唰唰"地从师长和班长肩上走过，分量一次比一次重。他俩肩上的皮被磨出了血，浸透了衣领。战士们望了望神色刚毅的师长和脸色苍白的大个子班长，猛虎般地冲了过去。

雪渐渐地小了，阳光从稀稀拉拉的云层里穿了出来，照到山上。占领了制高点的部队，却少了大个子通讯班长。

事后，部队干部战士们得知，身负重伤被送院救治的通讯班长，是郭师长的儿子。

河上拔"钉子"*

豫南县城乡沦陷日寇铁蹄之下后,淮河变成了鬼子重要的水上交通线,大批军需物资靠着他们配备强大火力的汽艇保护,用强迫抓来的木船源源不断地送往他们到侵占的囤积地。

挂着膏药旗的汽艇,在山本太郎小队长的指挥下,在二十五公里之间的河面上来回巡逻,横冲直撞,无恶不作。尤其让淮河岸边的百姓苦不堪言的是,光天化日之下,经常遭到鬼子的搜身抢劫和侮辱。

豫南县武工大队,决心拔掉淮河上的这颗"钉子",切断鬼子的军需物资交通线,给日寇以沉重的打击。

光荣的任务交给了县城所在地的蓼镇王铁匠武工小分队。如何拔掉这颗刺眼杵心的"钉子",一连两天,王铁匠及队员们没有研究出合适的办法。正当大家面面相觑,一筹莫展的时候,第三天上午,王铁匠发现驻扎蓼镇鬼子汽艇小队的翻译官和两个脚蹬高筒皮鞋、未带枪、腰插刺刀的鬼子走出营房。他们说了几句话之后,两个鬼子便大摇大摆、旁若无人地朝城西的乡下走去。

---

* 原载于《华夏文学》2018年第3期。

　　这时，他急令队员大平、元宝与自己一块紧追两个鬼子，并保持一定的距离。见两个鬼子沿清河叽里呱啦地吼叫着，寻找清河的渡工时，王铁匠顿时有了主意。他向大平、元宝低声吩咐几句后，大平、元宝点点头，然后顺着熟悉的小路飞快赶向河边。当王铁匠按正常速度来到河边时，看见元宝已借用渡口小船快速将大平送到河对岸，后又返回到岸边，心中别提多高兴了。

　　此时，两个鬼子已接近渡口，王铁匠便大声招呼："太君过河的？我的愿意效劳！"

　　"良民，大大的好！"两个鬼子竖起了大拇指。

　　当船至河中央，对岸村里突然传来几声犹如晴天霹雳般的炸响，突如其来的声音，让两个未带枪的鬼子魂不附体。因怕上当，情急之下，两个鬼子想跳河游水逃命。

　　"太君的别怕，赶快上船回来！"王铁匠指挥元宝将船划到两个鬼子身边。

　　两个鬼子半信半疑地爬上了船。

　　"对岸八路武工队的有？你们的勾结？"一个鬼子狡猾地用手势比画着。

　　"我的，是到对岸做粮食生意的。八路武工队我的也害怕，改日再去。"王铁匠的话引起了两个鬼子的兴趣。

　　"我们回去的喝酒，交个朋友！"其中一个鬼子伸出了毛茸茸的大手。

　　……

　　两个负责军需的鬼子，正是听了翻译官的情况介绍，才去河对岸打探粮食的情况。现在遇到王铁匠这个生意人正中下怀。于是，及时将情况报告了山本太郎小队长。

王铁匠在初步取得鬼子信任，并满口答应帮鬼子搞到一船粮食于第二天早上在河湾岔道装上巡逻的汽艇后，迅速向县大队汇报了下一步战斗设想。

当晚，王铁匠从自家的门缝下面捡到一封信，打开一看，眉宇间拧成了一个疙瘩。信是什么人送的？信中内容，又有几分可靠？在及时向上级报告新情况和作战方案并得到批准后，王铁匠带着他的队员摸黑去准备粮食。

安顿好全部粮食后，王铁匠向大家详细部署了作战方案。顿时，大家的脸上露出了久违的笑容。

天刚露鱼肚白，有些阴沉。埋伏在距王集码头五公里狭窄河道堤坝后边的三十名蓼镇武工队员，个个精神抖擞，目不转睛，期盼着打一个痛痛快快的歼灭战。

王铁匠故意装着不知鬼子改变送粮的地点。在接到通知将粮食送往王集码头时，荷枪实弹的鬼子没让王铁匠带领的六个送粮民工上汽艇，而是将王铁匠与另外五人分别扣留，由山本太郎亲自指挥自己的人动手搬粮。最后，又将王铁匠押至汽艇上。

"王桑，按照你们中国的话说，天上不会掉馅饼。我想知道你们的真正目的？"

"给你们送粮，难道不是你希望的？"

"王桑，你太低估我们大日本皇军的智商了。你的良心大大的坏了！"

"我是堂堂正正的中国人，做事光明磊落，何来坏字之说！"

"王桑，你再隐瞒也没有任何意义了。皇军已在河湾岔道布下了天罗地网，这次要彻底消灭你们蓼镇的八路军武工队，你可能再也见不到你的八路同伙了。"

"哈哈，一派胡言。山本，你们的末日马上就要到了！"

此时，汽艇已驶出王集码头大约五公里处。突然，芦苇丛后堤坝边机枪、步枪、手榴弹形成强大火力，直打得汽艇上的鬼子难以招架。山本太郎一面穷凶极恶地指挥机枪手疯狂还击，一面命令一名鬼子和翻译官将王铁匠押至汽艇的密舱里。

听到这边的枪声和爆炸声，集结在河湾岔道不远处的县大队，也向提前埋伏的鬼子发起了猛烈的攻击。一直做着美梦的鬼子，怎么都没想到螳螂捕蝉，黄雀在后，自己被县大队包了饺子。

正当这边战斗僵持不下之时，看押密舱里王铁匠的鬼子，身负重伤，使尽全身力气爬到汽艇上面向山本太郎报告："王桑已失踪。翻译官去……去了弹药舱。"话未落音，只听到"嘭、嘭、轰隆隆"，汽艇的碎片飞上了天。

战斗胜利结束，天上云开日出。望着已经恢复往日宁静的淮河，王铁匠更加怀念冒险及时给自己送密信，并在拔"钉子"的战斗中发挥关键作用的那个无名英雄！

守陵人*

代理新兵排长李唤良，接到值班员方前进电话传达营长要其速回营部的指示，很快赶回营区。

路过连值班室，李唤良正好遇见场站收发员送来他的一封加急电报。看过内容之后，李唤良将电报装进口袋，并让方前进严格保密，他想等见了营长后再作报告。

当营长宣布上级调他和载波员方前进到前线指挥所工作命令后，除了"是"，李唤良没多说一个字。

风驰电掣的火车上，方前进终于憋不住了："班长，大家都知道你快要去掉代字穿四个兜，这一调动，提干的事不就泡汤了？"

"注意身份。上前线，还提那事！"

"我就是为你打抱不平，快煮熟的鸭子又飞了。"

"上前线打仗，没有什么好说的，一切服从命令！"

"那电报的事为啥不向营长报告，你这是特殊情况呀！"

"你小子千万为我保密啊，以后别再提这事了好吗？！"

---

* 原载于《河北小小说》2020 年第 1 期。

说罢，李唤良将车窗打开一条缝，任迎面凉风不停地吹拂脸颊。

其实，李唤良的内心极不平静。入伍三年后已被列入第一批提干名单，只因年龄大两岁，失去机会。鉴于过硬的技术和管理能力，部队决定自己代理新兵排长，拟作破格提干人选。没想到，一纸调令，又让命运开了一次玩笑！

"解放军同志，请喝水！"女乘务员望着他们那身空军蓝，像是见到久违的亲人，既热情又健谈，"我男朋友也是空军，他在南方部队当参谋，他说很喜欢挑战性强的工作。我们计划下个月在部队举行婚礼！"

"如果能喝上你们的喜酒该有多好啊，就提前祝你们幸福美满吧！"李唤良礼貌地说。

"见到你们真亲切。这么说吧，看见你们就像看到了我的那位！"女乘务员莞尔一笑。

望着离去的女乘务员，李唤良心想，这时候她的那一位说不定也有任务呢。

不一会儿，女乘务员提着两大包食品，硬是塞到李唤良和方前进的手上，嘴里还说着："千万别把我当外人，有事尽管叫我！"

二月的南国边陲，百花争艳，处处花海，美如仙境。李唤良、方前进无暇欣赏眼前的美景，两颗心早已飞进充满吸引力的前指。

李唤良被再次任命为载波班长。一周之后，惩罚敌人的战斗终于打响了。

连着半个月，敌人打来的冷炮弹，在距指挥所几百米的地方疯狂肆虐。

载波值班员有序地轮换，而李唤良却像焊在岗位上的机器人，连轴运转，确保一根电话线上的多路通讯畅通无阻，首长指挥从容自如。

眼睛熬得通红的李唤良，给前指部门首长留下了深刻的印象。从首长的讲话中，李唤良隐隐约约听出深入敌方的目标引导组长牺牲的噩耗，而这个组长，正是早先从自己老部队调到火线任职的武参谋。

作为武参谋接的兵，李唤良清楚记得，四年前武参谋正集中精力带教新兵学习掌握载波业务技术时，他父亲的老部下背着父亲调动他，被他"抗命"。他说，这时候离开新同志，就是逃兵！在一年多的时间里，武参谋带出了一批业务技术尖子。

这次打仗，武参谋背着将军父亲，主动要求担任目标引导组长，理由是，自己身上有父亲战争年代当侦察兵的基因！

李唤良不敢再往下多想。转过身，泪流满面的他紧紧拥抱载波机器，亲吻很久。

连续超负荷的工作，李唤良身子骨发虚，脸色苍白，时常感到头晕眼花。但他仍像钉子一样，钉在载波室，在看不见的战线上冲锋陷阵。

其实，方前进深知班长的身体状况，几次要替班长顶班。李唤良非但没有领情，反而严肃地批评了他。

拗不过班长的倔强，方前进急忙走出指挥所，想去附近请值班医生给班长做个快速检查。

突然，敌军一发炮弹落在了指挥所的门口，方前进在剧烈的爆炸声中倒在了血泊里……

战后，方前进被前指评定为烈士，追记二等功。李唤良却因年龄超过破格提干的岁数，再次远离干部行列，立功指标也被他谦让了。

在部队立功受奖的大会上，已确定退伍的李唤良，陪同方前进的

家属领取相关证书和证章。忽然，他发现烈属中正在擦拭眼泪的女乘务员，立刻明白了一切。原本想上前打个招呼，但双脚怎么都不听使唤。

当首长握着李唤良的手，征询他最后有什么要求时，李唤良迅即呈上那封早已过时、写着"父病故，速回"的加急电报。

"来前指之前，没向部队首长报告此事？"

"与打仗相比，这算小事！"李唤良有些哽咽，"父亲也走了，现在老家无牵无挂。请部队帮助联系一下，我想去烈士陵园当一个守陵人。我离不开武参谋、方前进和许许多多牺牲的战友！"

瞬间沉默。首长的眼圈红了。

这时，女乘务员走过来，提在手里的一坛缠着白布条的老酒，特别引人注目。

小　溪*

　　从百公里外的连队开训练保障会议回来，半个月前扛上四级士官军衔的台长任强，兴致勃勃地在房后流泉打了一桶泉水后，然后伴着叮咚作响的泉水，拆看未婚妻的厚厚来信。

　　"强，我们相会的时间是那样的短，分别的时间又是那样的长，你给我带来的幸福确实太少了。还是转业吧，只要你回来，父母和亲戚们都会支持我们结婚的。你同班战友转业后，夫妻日子过得挺红火。我们幸福地生活在一起，难道不比你那'三个蚊子一盘菜，十个蚊子一口袋'、偏远艰苦的两人'对空台'好吗?!"

　　看着这冷若冰霜的文字，任强的心有些颤抖。

　　秋风阵阵，树叶纷纷飘落。忘了用泉水做午饭的任强，静静地坐在流泉边，苦苦地"捋"着心里的疑团。喃喃地叹道："难道她变心了吗?"

　　任强继续往下看信。

　　"强，你前女友的父母就是看你不务实才没成全你们。你应征入

---

　　* 原载于《东京大观》2021 年第 2 期。

伍后，我俩情投意合，在双方父母支持下正式订婚。如今，你尽了义务奉献青春，并没有辜负部队和任何人。年龄也不小了，为什么不能静下心好好考虑自己的事呢？别太死心眼，答应我的要求吧。"

真是哪壶不开提哪壶。未婚妻一提起前女友，就杵到了任强的伤心处。本来两家是非常要好的邻居，双方母亲又在同一个单位工作，任强和前女友小的时候因父母上班，经常是任强的外婆领着他俩一起吃饭。后来，他俩渐渐长大，一起背着书包上学，一起戴上红领巾，是最好的朋友。高中毕业前夕，任强表白了爱慕之心。没想到，随后赶上了征兵工作，任强太想当兵了。女友的父母要求任强与女儿一块复习，参加高考。不然，就别想进一步发展关系。

任强如愿穿上军装后，再也没有见到心爱的女友。其实，据自己的母亲后来说，在欢送的人群中，女友依依不舍地将列车目送到老远老远……

"台长，你不准备吃午饭了？"二级士官小杜催促任强。

"噢。"任强愣了一下，这才感到饥肠辘辘，立即将沉甸甸的信放进口袋。

"台长，是被未来漂亮嫂子的来信吸引住了，看得那么认真。我就没有台长这么好的运气。"

"为什么？"

"台里保障飞行训练这么忙，家里又催我尽快回去相亲，说错过这个时机会后悔一辈子。嗨，叫我如何是好。"

此时，未婚妻来信泛起的心中涟漪还未平静，小杜的心事又反映出来，加之近期飞行训练与保障任务繁忙，任强心情第一次有些复杂了。

然而，瞬间任强突然又变得从容、幽默起来："牛奶会有的，面包会有的，一切都会有的。"

这下，小杜不知道台长葫芦里到底卖的是啥药，也不好进一步逼台长表态。

午饭后，任强利用休息时间，去三十公里外镇上的药店一趟，然后又到菜市场买了只老母鸡回来。

晚上，面对热乎喷香的鸡汤面，小杜丈二和尚——摸不着头脑："台长，这是干吗？"

"好兄弟，最近跟我保障两个飞行团的白航夜航训练，连轴转，累得又瘦又闹胃病，该吃点好的补补身子，我这当哥的犒劳你一下。这样，明天把我给你买的胃药带上，回家相亲。假我已向连里请好了，连长说派人来台里顶一段时间。"

其实，任强向连里给小杜请假时拍胸脯，保证一个人不会影响保障飞行训练的。

连着好多天集中精力忙工作，有限的时间，并没有给任强向未婚妻写信表明态度的机会。在焦急等待中没有收到任强的信件，未婚妻用一封绝交信与任强分道扬镳了。

虽然任强知道不爱军人事业的姑娘是不值得爱的这句话道理。但是，当晚他还是失眠了。

第二天起了个大早，任强到泉水边洗脸，想清醒清醒。

保障跨昼夜飞行训练，任强开始还能正常操作机器设备，夜幕降临之时，他感到自己仿佛置身云里雾里。心里却不断提醒自己：坚持、坚持、再坚持，决不能倒下。直至深夜飞机完成训练任务，安全返航，任强几乎不能站立。

一连两天，任强都没缓过劲儿。可是第三天下午，当满面春风的小杜出现在他面前时，他突然精神起来。

"兄弟，战果如何啊？"

"时间精准，一见钟情！"

任强高兴地一下子将小杜扛起来，打转转。当晚，他包饺子祝贺小杜相亲成功。

不久，任强接到一封神秘来信，走到流泉边拆看，看着看着，他先是哭了，接着又笑了，笑得很开心。他对小杜说："这是一封久违的求爱信，她足足等了我十二年啊！"

"正好验证了有情人终成眷属那句话呗。"小杜笑了。

翌年，小杜二级士官到期转业。

"对空台"，经上级领导机关批准，成了夫妻台。大学毕业、曾在地方工作中享受优厚待遇的军嫂，成为一名编外"通信兵"。

力　量*

　　大学生新兵郑思强，当兵来到这个条件艰苦的山沟机场，顿时就蒙了。更让他接受不了的是，他被分配到场站场务连养场班当了一名养场兵，负责为参训飞机起飞前驱鸟的工作。

　　班长不无幽默地告诉他：飞机要起飞，群鸟来聚会。这些原本捕食虫子的鸟儿非常豪横，好像故意与飞行训练作对：三天一小聚，少则十几只，多到几十只；五天一大聚，少则百只以内，多到一百多只。训练飞机，不断受到鸟撞的威胁。

　　听起来既严肃又有趣的工作，让从小就爱抓鸟的郑思强情绪暂时稳定了下来。

　　按照班长制订的计划，养场班实施新的一次行动。这天一大早，只见跑道头上，铜锣喧天，鞭炮齐鸣，扫帚飞舞翩跹，高压水管喷云吐雾，好一派热闹的驱鸟场景。

　　没想到，这些目中无人的鸟儿，处驱不惊，摆开架势要与战士们

---

　　* 原载于《宝安文学》2020 年 11 月 22 日，《河南文学》2020 年第 5 期，《澳华文学》2020 年第 4 期。

对抗到底。有些结群在飞机起飞延长线上，一会儿高飞，一会儿低旋；还有一些鸟儿在跑道头嬉闹缠斗，忽而上升，忽而下冲。

四十分钟内，虽经过几个回合费人费力费时的较量，群鸟四处逃散。但下一个飞行日飞机起飞之前，一出出群鸟聚会的滑稽戏，仍然会拙劣上演。

连续几次大同小异的驱鸟行动，让全班人员有些疲惫。

此时的郑思强像只泄了气的皮球，提不起精神。想想自己是大学理科毕业的高才生，竟被大材小用，自感这个兵当得太窝囊，失落感油然而生。接下来的日子如何打发，他实在不敢往下想。

班长倒是精气神十足，走起路来"咚咚"的；嘴里哼出的小曲抒情、悠扬、动人。郑思强想，这也许就是能使他得到一丝快慰的最好感觉了。

经过一番思考之后，他准备择机跟班长交交心，适时表达自己想离开这个不是人待的地方的意愿。如果被否定，不惜撕破脸皮，先采取消极怠工；然后，再装病躺床板，直到让班长和连队领导厌烦自己，可能离达到目的就不远了。于是，一不做，二不休，郑思强上演了一出自编自导自演的"小品"。

班长并不在意郑思强的假戏真演。听说他"病了"，便自掏腰包买了一些水果慰问他，并在关键时刻将了他一军：困难面前装熊，不是真正的男子汉。你不是大学理科毕业的高才生吗？有能耐拿出真本事，彻底把眼前危及飞行安全的鸟群赶走，并让它不再来干扰训练。我就是冒着挨个处分的风险，也一定帮你离开这个没人愿待的山沟。

郑思强眼睛盯着班长有些疑问：说话算数，不能反悔。

班长口气坚定：君子一言，驷马难追。

郑思强脸上阴转晴：你真是我的好班长。我相信你，全听你的，快说怎么干吧。

经过侦察，与班长一番设计，郑思强主导的新驱鸟方案出炉。看见精神焕发的郑思强，大家齐夸班长妙招打通了他的思想脉络。

夜幕降临。

心情舒畅的郑思强，哼着班长教他的《强军战歌》上外面洗漱室，无意间听到班长正在与人通电话，口气不太对劲：当初我到部队当兵锻炼，是你们点头同意的。同样都是兵，为啥人家能吃得苦，而我却要回避、在艰苦环境面前当逃兵呢？我的亲奶奶，您让我现在放弃自己喜欢的工作，离开亲同兄弟的战友，我坚决不干！

"胆敢顶撞自己的奶奶，班长真有种。而我不同于班长啊，我是有学问的人，离开这里可以为国家做更大更多的贡献。"郑思强认为自己想走没有错。

一年过后，郑思强没走，班长却离开了战友们。

那是班长带领全班人员实施郑思强制订的驱鸟方案，在进行地毯式抢割跑道两侧杂草时，发现多处隐藏的鸟窝，其中有不少刚孵化出来的幼鸟。班长决定在不伤害幼鸟的情况下，及时将它们搬到机场附近农村的一片树林里安家。

这天，天气燥热，持续高温。在大家分别搭建好树上的鸟窝时，突然，从村庄与树林连接处窜出滚滚浓烟和火苗，接着火龙肆虐，不一会儿，整个树林就变成了一片火海。班长一边急令部分战士迅速将幼鸟送出树林，一边带领部分战士加入前来扑火的村民队伍中。

这时，火借风势，不断向机场外围的大片野草地席卷过来，如不及时阻断大火的蔓延，待大火冲过机场跑道边隔离带前的隔离沟，再穿过跑道两侧的草地，势必会威胁到机场停机线上的飞机安全。

情况十分危急。已被严重烧伤的班长，对前来搀扶他的郑思强

说：不要管我，快叫消防车！说完，他吃力地脱下上衣，踉跄几步，只能做出让大家一定要截住火头的手势。

十五分钟后，支撑不住的班长倒在了隔离沟的边沿。当部队多台消防车呼啸赶到，全力投入遏制穷凶极恶的火头时，班长已静静地闭上了眼睛。包括郑思强在内的战士们，撕心裂肺地高喊着班长，个个哭成了泪人。

将军及时赶来部队，哽咽地说：我孙子没有给我丢脸；战士们个个都是好样的！同时，他作出一个决定，就让我孙子长眠在这块我曾经飞行战斗多年的土地上吧！

后来，郑思强从场务连长一直当到场站站长（正团职）。逢年过节，他总会一个人去班长的坟前坐坐，每次都要重复同样的一句话：如有来生，还想当班长手下的兵。

说来也怪，鸟通人性，不再扰训。班长保护的那一大批幼鸟长大后，好像与他特别亲近，它们定期成群结队飞到他的坟前，寄托哀思，表达敬意。代代相传……

等一等炊事兵*

站在二十世纪九十年代的电影场，如今的运动场上，从后勤学院下部队调研的父亲，对在空勤灶当炊事兵的儿子说："那个年代的电影场充满故事，电影场是最吸引官兵的地方。不过，当年的电影场已经成了老兵们的'乡愁'。"

此时，没有那种情景感受的儿子，完全听不懂父亲在说什么，而是满脑子想着退伍，尽快摆脱吃苦受累的三尺灶台。

知子莫如父。从好几次的通话中，父亲感知儿子的思想波动。本来父亲想严肃地给儿子上上课，但他思路一转，却给儿子讲述了电影场的故事。

三十年前的一天傍晚，接到晚上观看最新电影通知的部队官兵们，久违的笑脸竞相绽开。

机场远离县城，环境艰苦，部队文化生活比较枯燥，官兵们要看上一场新电影，是件很不容易的事儿。

正在这时，师长接到外场调度室的报告，兄弟部队八架在训飞机

---

* 原载于《小小说月刊》2020年第532期，《河南文学》2020年第4期。

因天气突变，要在三十分钟后备降本场，然后用餐。

面对突然增加的就餐量，空勤灶全力准备。备降飞机安全着陆后，香飘四溢的佳肴呈现在饥肠辘辘的飞行员们面前。恰好，本部飞行员刚刚用过晚餐。师长有意看了看表。

夜幕降临，从电影场坐姿整齐的方阵中唱开了嘹亮歌声，此起彼伏，响彻四面八方。

师长示意宣传科长拿出看家本领，组织空、地、后官兵，加大拉歌的力度，使出十八般武艺。

随即，歌声、掌声、喝彩声连成一片，经久不息。

备降的客人用过晚餐，进入电影场，师长看了看表，再次示意宣传科长让官兵们持续拉歌，不要冷场。

时间又过去了十分钟。宣传科长向首长报告放映时间已经推迟了四十分钟。

"不急，再等一下。"师长又看了看表。忽然，他走到队伍前列，高喊："全体起立。现在我指挥大家共同唱响一首《战友之歌》……"

歌毕，师长朝飞行员大院方向扫了一眼。

"首长，大家都唱累了，可以放映了吧？"宣传科长请示师长。

这时，飞行员大院走出来六名炊事兵，师长脸上露出一丝笑意，说："慢，等一等炊事兵。"

落座的炊事兵哪知电影推迟开演的原因，听完宣传科长的解释后，都惊愕了。

"这又能说明什么？"儿子好像没有听懂故事的真谛。他气自己，当了一名老炊事兵，不但让人看不起，还让当教授的爸爸脸上无光。

父亲没有正面回答儿子，接着说："在这六名炊事兵中，有个兵特别不喜欢炊事工作，整天精神萎靡不振。电影场的精彩一幕，深深触动了他。他说，师长尊重关爱俺们老炊，让俺想起了俺爹，他老人家让俺到了部队不管分工干啥，都不准装孬不干，要不然就对不起这身军装。一年后，这个兵当上了班长，厨艺不断提升，就餐的飞行员们连续三年都给他请了功。他两次参加空军厨艺大赛，均摘得桂冠。之后被上级破格提干，并推荐去院校深造。"

"有意思。那他后来呢?"儿子的"任督二脉"好像被触动了。

"后来，他远离了部队，但他一直想念师长和那些飞行员。"

"哎，要是在他手下干，我兴许也能有出息。"儿子说完笑了笑。

父亲的手机铃声响了，是一阵嘹亮的军号声。见是将军来的电话，父亲有些激动："老师长好，请指示!"

"听说你去老部队调研了。这回，我孙子可要找你传经送宝呵。"

"您孙子是……"

"就是空勤灶新任的班长。先说清楚，我这个离休将军爷爷可没有说话呵。当炊事兵是他自愿的，当班长是他个人争取的。不过，响鼓还得重锤擂，你可不能护短，要多敲打敲打他呀!"

"请老师长放心，保证完成任务。"

第二天，着炊事服的父亲，出现在空勤灶，忙碌中的熟练规范动作，俨然一个等级大师傅，让班长赞叹不已。

几天之后，调研结束。离开之前，父亲再次来到记忆中的电影场告别。他看见儿子与班长在并肩跑步，有说有笑。

跑到父亲面前，儿子擦着汗，说："爸爸，您真能保密，我全都知道了，您就是那个炊事兵，现在我和班长成了您的铁杆粉丝。"

"不!"父亲动情地说："我们应该成为老师长的粉丝。新中国成立初期，他是作为陆军部队一名有文化的炊事兵，唯一被推荐选飞成功的!"

一只“违纪”的鸡*

　　大清早，飞行团机务大队家属区吵吵嚷嚷。昨夜一只公鸡混入了家属区，鸣叫不止，几个机务老兵被搅得睡意全无，熬得眼睛通红，边找这只公鸡，边不停地嘟囔着。

　　在王干事家的鸡圈门口，大家停住了脚步。根据鸡叫声判断，他们认定这个不速之客，可能就躲在此处歇息呢。

　　不由分说，一人打开鸡圈围栏，用棍子朝鸡窝内乱捅一气。突然，一只鸡冠又大又红的大个头公鸡冲出鸡窝，惊叫着在围栏内四处逃窜。

　　“快，抓住它！好好教训教训它！”一片叫喊声，吵得王干事赶紧开门看个究竟。

　　眼看公鸡就要遭遇厄运。“住手！快住手！”王干事吼叫着快速上前制止。“这只公鸡是对面村庄丁大娘家的。大家要注意军人形象，绝对不能伤害人民群众的鸡，做出违反纪律的事来！”

　　见王干事一脸严肃，挨批的机务老兵立马收手，懒洋洋地离去。

---

　　* 原载于《佛山文艺》2018年第9期。

王干事知道他们心里窝着气。昨晚保障飞机夜航训练至零点，整理妥当回到家，夜已很深了。没想到躺下刚刚进入睡眠状态，便被一声清脆洪亮的鸡鸣声闹醒。然后，一直难以入眠。

王干事在团机关负责群众工作。昨晚加班赶写一个做好军民关系工作的经验材料，至后半夜，完稿后，觉得不太满意。休息时，辗转反侧。黎明鸡鸣之后，才昏昏入睡。清早，若不是门外的动静，这阵子他可能还在云里雾里地做梦呢。

面对悻悻而去的战友，王干事非常理解他们的心情。因为，他也曾经是一名战严寒、斗酷暑、起早贪黑围着飞机转的机务兵。飞行部队明文规定，家属区禁止饲养公鸡（母鸡必须圈养）。目的就是保障官兵的睡眠，营造良好的训练环境。

可是，谁知王干事的心上还压着一块石头呢。

那时部队移防到这个原来的留守机场不久，开训后，白航夜航连轴转，战鹰轰鸣，震耳欲聋。军烈属丁大娘家，饲养的一百五十只母鸡，因受惊吓，一个多月没下过蛋，损失比较严重。

得知此情，王干事代表部队及时登门慰问，并商量赔偿问题。没想到丁大娘却脸色凝重："为了国防建设，咱连儿子都贡献了，难道还会计较这点皮毛的损失?!"接着，丁大娘又淡淡一笑，"没事的，这鸡跟人一样，也需要适应新环境的!"最后，丁大娘说啥都不要部队的赔偿。为此，王干事一直很内疚。

岂料，今天又偏偏碰上战友"虐鸡"的事情。王干事顿感对不住丁大娘。

吃过早餐，在给丁大娘送还公鸡时，王干事见丁大娘满脸不快。

"莫非大娘知道公鸡的事生气了?"王干事心里一阵打鼓。

没等王干事开口，丁大娘就像冲锋枪打连梭，火力很猛："王干

事，你不来，我正要去找你呢。看来你真把我老太婆当外人了。不关心部属不说，还不顾情面地骂我的儿子们，在他们吃苦受累后又受委屈！"

"当外人？儿子们？受委屈？……"王干事有些发蒙。

见王干事一头雾水，丁大娘便打开话匣子："那些机务老兵转场来这儿时间不长，就为大娘我和村里治鸡瘟、建鸡场，做了不少好事，乡亲们心里跟明灯似的。大娘我高兴，认了他们当干儿子。他们起早贪黑忙训练，还不忘关心我们，着实让大伙过意不去！"

说着说着，丁大娘眼圈红了："今儿大清早，为公鸡的事，孩子们来向我道歉，大娘我怎能受得起？错的是大娘，怎么能责怪孩子们呀！听说他们月底就要转业，不多久，我们母子就分开了，大娘心里不好受。"

原来如此。面对"护短"的丁大娘，王干事一时无语。

接着，丁大娘不无幽默地告诉王干事，单溜的公鸡是因为恋着卖给王干事家的母鸡，才擅闯部队家属区，干了"违反部队纪律"的事。"公鸡呀，就是这个德行。"大娘说着笑了，笑得前仰后合。

回到办公室的王干事，急切地修改手上那份并不理想的经验材料，可是改来改去，总是不太如意。直到晚饭后，他仍陷入苦恼之中……

夜深深，寂静静。远处偶尔传来几声微弱的犬吠，近邻丁大娘家，以往这个时辰此起彼伏的公鸡鸣叫声却突然间消失了……

思前想后，王干事忽然明白了什么，胸口仿佛受到了重撞："丁大娘和乡亲们为部队付出得太多了！"

于是，王干事毫不犹豫，将经验材料改成从"鸡事"写起的情况反映，一挥而就，如释重负。

家属区的黎明静悄悄、静悄悄……

塔台夜话[*]

　　结束夜航飞行训练，塔台信号员肖兵拖着疲惫的身体回到宿舍，头搁在枕头上，不一会儿就进入了梦乡。

　　梦境里，他径直走到塔台楼下。他听说自己已被正式确定退伍，想将望远镜和信号枪两个亲密伙伴带回连队，在宣布退役之后，将其交给连长。至于心中的那个愿望，他不打算向连长真情吐露。

　　夜风骤停，闷热阵阵。加之几只蟋蟀不停地吵闹，他烦躁透了。

　　忽然，他听到从塔台内传出一种不曾有过的对话声。

　　信号枪弟弟，告诉你，咱们的肖老弟今晚可是最后一次保障飞行训练，据说过两天就要退伍了。

　　两小时前，我偷看了他恋爱对象发在他手机上的微信，让他继续留队工作，她会在远方的学校一直等着他。听说，她是慕名主动联系他的，而且关系发展非常顺利。

　　望远镜哥哥，难怪我看见肖老弟在结束夜航后，将咱哥俩认真地擦拭了好几遍，眼睛红红的，像有不少心里话要跟咱们说。

---

　　[*] 原载于《金雀坊》2020 年第 1431 期。

没错。据我所知，肖老弟在这个岗位上经过了一段痛苦的历练后，倍加珍惜自己的军旅生活。记得才当兵那阵子，他听说部队规定，信号员若发现训练着陆的飞机，在高度四百米的空中忘放起落架，及时打出信号枪里的红色信号弹，指挥员急令飞机复飞，就可以荣立三等功一次。于是，每当飞行训练，他就拿着我向快要落下来的飞机紧盯不放，好捕捉一瞬间的荣誉。他对"万无一失"的说法并不认可，心想，老虎也有打盹的时候，何况悬在空中的飞机呵！可是一年下来，无数次飞机顺利着陆，都令他望功兴叹。听说他对象知道这事后，说：这个兵当得太没出息。劝他趁地方有人帮忙，早退伍早安排工作。并让他这个孤儿当上门女婿，过自己想要的生活。不然，就吹灯。那段时间，我观察他思想确实动摇过。碍于这身军装的威严，他才没有犯纪律。可是，对象却移情别恋，攀了高枝。

再后来么，望远镜慢条斯理地说：肖老弟终于感到自己的岗位太无聊，成天工作提不起精神。有时，不满情绪都撒到我身上，说我太不争气，发现不了新情况。还背着你，说你信号枪是占了装备的编制，纯属摆设。连长发现肖老弟的精神状态不好，先交给他一个小本子，之后动情地给他讲述了老信号员留下的一段难忘的记忆。

噢，望远镜哥哥，这里面肯定有很新鲜的故事让我听喽。

望远镜有些激动地说：十三年前，连队老信号员超期服役。恰在此时，上级给连队下达了一个套改志愿兵的名额，可想而知，对老信号员具有多么大的吸引力呀。也正是这期间，在一次保障夜航时，他发现一架着陆的飞机未放起落架，及时打出了红色信号弹警示，飞机复飞。接着连续三次着陆未能放下起落架而复飞，直至第四次才成功着陆。事后得知，飞机起落架系统故障，均在指挥员的掌控之中。因此，老信号员与三等功擦肩而过。但他对自己的行为没有埋怨和后悔过。"为了保证飞行安全，我宁肯永远不立那个功!"这句他常挂在嘴边的话在连队成了经典。临退伍前，他发誓：我这辈子信号员还没当够，一定要让我的下一辈接我的班。说完，交给了当时新接班的，并不太喜欢这项工作的信号员一个小本，内容是当好一名合格的信号员必须具备的素质和要求。像定海神针，小本子让这个新同志茅塞顿开，精神焕发，越干越来劲，仕途上，从一个台阶迈向另一个台阶。

信号枪弟弟，我还知道一个鲜为人知的秘密，太有意思了。去年中秋节前，在老信号员的家乡，一位不速之客的到来，令他激动不已。在交流一些情况之后，老信号员主动为当教师的女儿当起了红娘。还说自己离开连队的每一天，无时无刻不想念战友和我们俩，有时，睡梦中看见你和我，还泪湿枕巾。

望远镜哥哥，就别卖关子了，你说的这个秘密确实微妙，我猜不速之客是不是肖老弟呀，不妨说出来与兄弟分享分享。

这是别人的隐私，不便透露。不过，不是卖嘴，我望远镜的眼睛也是雪亮的，看见肖老弟日臻成熟，咱们脸上也有光彩。这一年多，肖老弟向老信号员看齐，在高强度的飞行训练中，创新了信号员工作理念。记得一次飞行训练，他主动向当天担任塔台副指挥员、飞行团长汇报工作思想说：当好一名出色的塔台信号员，就要根据现代化战争的需要，不断拓宽职责范围，升级工作标准，能看明白飞行训练计划，能听得懂塔台指挥员的指挥用语，能与参训的参谋人员进行适时训练交流。这样，才能与塔台指挥员无缝对接，为确保飞行安全不留死角。团长竖起了大拇指。我忽然感到，那个争强好胜的老信号员好像又回来了。说实话，像肖老弟这样有现代化头脑的信号员真的被退伍，太让我们伤感了。

此时此刻，就在塔台楼下不停踱步的肖兵，泪眼蒙眬。

　　第二天早晨，被起床号叫醒的肖兵，正纠结要不要去向连长汇报思想呢，未料，连长却笑眯眯地正向他走来，说：昨夜里，我梦中的你被确定退伍了。不能呵！飞行团长都夸你是个人才。再说了，我这个红娘还没有完成任务呢！

辣味飘香*

我们小区不远处的军嫂湘菜馆，饭菜价格比较便宜，生意一直火爆。可老板娘辣气十足，经常与客人"翻脸"。

就说我们楼下邻居老李吧，一次他与几个好友到军嫂湘菜馆为朋友过生日，在点了十几个大家喜欢吃的菜后，老板娘硬是要他们减掉几个，理由是菜量大、数量多，肯定吃不完，浪费了可惜。结果老李与朋友饭没吃好就提前结账走人，气呼呼地说再也不光顾这个湘菜馆了。

我怕吃辣，一直与湘菜没缘。可就在最近一次路过军嫂湘菜馆时，大厅里一男一女的吵闹声传出门外。

"你们5个人点12个菜，能吃完吗？太浪费了噻。"说这话的是老板娘。

"客人要多少菜，你照上就是了，哪来这么多废话！"吃饭的客人有点不耐烦。

---

* 原载于《中国国防报》2018年7月10日，《南方法治报》2016年5月11日，《衡阳晚报》2017年11月1日。

"先生，我这样完全是为你们好，你不领情，怎么还说话不文明？"老板娘有点生气。

"我有钱，点再多的菜一分钱都不会少你的！"吃饭的客人有点牛气。

"先生，我开饭馆图的是宾至如归，既让客人吃好又节约开支。你钱再多，辣姐我也不稀罕！今天如果你们不听劝，那就请另找他处，算我失礼了。"看样子，老板娘辣劲又上来了。

仔细看看大厅内，客人不少，饭菜香味扑鼻。我从内心钦佩这个自称"辣姐"的老板娘。

前两天，从湖南来了个记者朋友，我安排他到饭店吃饭，不料，他执意要去吃湘菜。到军嫂湘菜馆自然成了首选。我和爱人陪同朋友虽然只有3个人，可有意点了8个菜，想看看老板娘如何反应。果然，在点过菜不到两分钟，老板娘就风风火火来到我们饭桌前。

"三位，打扰了！看你们好像第一次光临本饭馆。跟你们商量一下，你们点了8个菜，肯定吃不完，能不能减去两三个呢？"老板娘说话彬彬有礼。

"对！对！"朋友连连附和。

"这位是你老乡，从长沙大老远来的，请他吃饭多点些家乡菜，也算我们的一点心意呀！"我故意说。

"这个我能理解。不过，讲感情不等于非要多花没必要的钱嚏！"老板娘的话让朋友直点头。

听说我曾是军人，老板娘说话多了些亲近感："我是一名武警退伍兵，和爱人是战友，10年前他在一次抢险救灾中牺牲，家里老小四五口生活全靠我了。可我不怕，咱是当过兵的人，不给政府和社会增加负担。我找战友凑了点钱，来到佛山开了这个饭馆。"

紧接着，老板娘似乎辣劲又上来了："不错，我开湘菜馆是赚了些钱，可每次看到那些铺张浪费的行为都心疼得很。钱该用在真正需要的地方。辣姐我最见不得摆阔浪费的人！"

"你是辣姐？就是湘西凤凰县桃花村的那个辣姐？"朋友的职业敏感又涌上来。

"是我……咱们认识吗？"

原来，年初老板娘用"辣姐"为笔名，将20万元捐给了村里小学翻新校舍。一时间，"辣姐"成了当地新闻媒体苦苦寻找的好心人……

结完账走出军嫂湘菜馆，一缕轻风拂面，阵阵辣味飘香，让人流连忘返。

座 位 *

　　离高铁开车还有一分钟时，背着背包、提着皮纸袋，满脸是汗的姑娘急匆匆地赶到车厢的座位边。

　　见自己紧靠车窗的座位被一脸憔悴的阿姨坐了，姑娘不耐烦地嚷道："喂，这个座位是我的，让一下吧！"

　　邻座的长者和气地与姑娘商量："我夫人身体稍有不适，能否与你换个位子？"

　　"我累了，就要靠窗坐！"

　　"出门在外，大家相互帮衬点好吗！"

　　"我的座位也是自己拿钱买的，就该我坐！"

　　从姑娘毫不通融的话里，长者知道没有商量的余地。

　　安顿下来的姑娘，从纸袋里拿出一只油乎乎的猪蹄，啃得津津有味。紧接着又吃炸鸡腿，还不时地喝上几口啤酒。

　　"姑娘，天热温度高，这种食品不吃为好！"身旁阿姨的善意提

---

　　* 原载于《中国国防报》2018 年 7 月 24 日长城副刊，《解放军报》记者朱朱2019 年 4 月播音朗诵。

醒，姑娘并未理会，或许饿极了，将纸袋内的两根火腿肠，又用半瓶矿泉水送进肚里。

不一会儿，姑娘去了趟洗手间，回来时哼着小曲。可还没坐稳，又急匆匆地去了洗手间。接下来连着四五次如厕，姑娘已脸色煞白，用手揉着小腹，显得十分痛苦。

阿姨和那位长者赶紧查看。只见长者利索地从置物架上拿下旅行箱，阿姨取出听诊器为姑娘检查。姑娘的肚子里不断发出"咕噜咕噜"的响声，嘴里不停地说"我好难受！"

"孩子，请你坚持一下！"阿姨检查完，把姑娘揽在怀里，安慰道："叔叔阿姨是军医，别怕，先吃点药。"

一听到这话，姑娘竭力推开阿姨，拒绝他们再为她看病。

"孩子，你这是咋了？"

"这回，无论如何再也不上你们这些老军医的当了！"

周围的旅客眼见姑娘的异常行为，纷纷指责她："人家老军医心疼你，主动给你看病，你怎么还不领情！"车厢乘务员也劝说姑娘配合阿姨，千万别耽误治疗。

此时的姑娘泪眼汪汪，忍着疼痛，哭诉自己父亲二十年前患病，因听信所谓"老军医"的诊断意见，吃了他开的药而致死的悲剧。

原来如此。阿姨当着大家的面，给姑娘看自己的军官证："孩子，你尽管放心，阿姨和叔叔绝对不是那种江湖骗子，请相信我们。现在，你得好好配合治疗。"

姑娘是急性肠炎病状，老夫妻从箱子里取出备用的消炎药，给她口服，然后用温毛巾敷在她的腹部。又向乘务员交代，尽快联系下一站医院做好紧急救治的准备工作。

及时有效的简单救治，让姑娘的情绪很快镇定下来。

后来，姑娘因中途住院治疗耽搁两天，康复后，便急着往家赶。

原来，一周前在当地传染病流行，她在乡下的母亲不幸染病。在外打工的她请假回家探视，只后悔没能管住嘴巴，贪吃了变质的食物患急症而误事。

火急火燎的姑娘刚一走进镇中心医院大门，只见村民正簇拥着什么人上车，还高声喊着："感谢义务治疗献爱心的老专家！"

"恩人，一路顺利！"姑娘清楚地看见穿着病号服的母亲，在人群之中不停地向车上的"恩人"招手。

车缓缓驶过，映入眼帘的两个熟悉的面孔——高铁上的军医老夫妻，正微笑向大家挥手告别呢！

姑娘眼里瞬间起了雾水。

心中有棵松*

　　金锁忙乎了好一阵才选择自认为最佳角度，用手机拍下了黄山迎客松。然后，将手机递给与他同行的女大学生田妮看，他为终于了却了老校长的一个心愿而兴奋不已。

　　金锁和田妮，是老校长扎根黄土高原贫困山区四十多年，在中学任教教出来的最有出息的两个学生，现如今就读 D 省某师范大学文学院大三。

　　国庆佳节，秋高气爽。金锁和田妮相约带着老校长的心愿，到黄山拍照，让老校长欣赏美不胜收的黄山风景。

　　作为黄山明信片的迎客松，破石扎根而生，面临绝壁，毫不畏惧，与命运顽强抗争的精神，令两人心生敬意和赞叹！

　　下山时，太阳当头，火辣辣的热。这时，不远处传来求救的叫喊声。

　　循声望去，两人发现有个阿姨正艰难地搀扶着很疲倦的老伯，急忙跑过去助力。

---

　　* 原载于《河南文学》2020 年第 6 期。

阿姨仿佛迎来了救星，告诉他俩，自己和老伴上山时坐的缆车，下山时本想锻炼一下，可是没想到老伴腿脚不好走不动了，再加上患有高血压，也坐不了挑夫的轿子，想花钱请他俩扶老伴走完剩余的山路。

嗨！举手之劳，阿姨何必谈钱呢。孩提时，家乡高原中学老校长就教育我们，多做小事好事，才能成就大事。不由分说，金锁和田妮立即搀扶起老伯，不急不慢地下山。

真难为你俩了，让我们老两口说啥好呢。阿姨目光温柔。

看阿姨说的，这事真的不算啥。老校长过去常说，生活中遇到难事，不可避免，关键是要以一种好的精神状态去解决它。阿姨放心，我俩保证把老伯和您安全送达山下指定地点。金锁的话，让老伯和阿姨吃了定心丸。

四人边下边聊，笑声不断。

看你们这么想着、敬着、夸着老校长，那我问你们老校长贵姓？发生在他身上一定有不少的故事吧！老伯像有意打听。

过去的事，就别说了吧。阿姨试图阻止。

让他们说说吧。老伯态度坚决。

老校长姓老名松，是我们非常敬重的长辈。平时很少言语的田妮抢着打开话匣子：老校长高中毕业时很帅气。从城里来到俺们山区的小学任教，嗅着清新的空气，听到远处顺风飘来羊倌悠扬的信天游，心情愉悦到了极致。可是，不久与他一块儿分来的另一个年轻教师，以山区缺电、缺水，办学条件差，教不出名堂为由离开了。城里处的女朋友也借机解除了婚约。为此，他曾经动摇过。

但是，看见一双双渴望读书的眼神，老校长选择了留下。这时，金锁连忙接过话头：老校长把全部的精力倾注在工作上，整天忙碌着，也快乐着。俺爹上学因为好睡懒觉，经常缺课。老校长找到俺家发现问题后，给他开"小灶"，很快学习成绩赶上来了。多年之后，俺爹高中毕业回来当了一名小学教师。

都是些陈芝麻烂谷子的事，就别讲了。阿姨再一次想终止过去的故事。

停顿了一下，金锁接着说：整天和黄土地的一群娃娃打交道，虽然看不见葱郁的树林、色彩奇异的鲜花和许许多多歌唱的小鸟，但老校长并不寂寞。

雨过天晴时分，一道彩虹仿佛从大山的头顶探出去，伸向广袤的天际。每当这时，老校长开心极了，心中充满美好的向往。他发誓，通过自己的努力将小学扩建成高原中学，让娃娃们走出山区走向外面的世界，用知识点亮山区，改变贫困落后的面貌。为此，原本姓劳的他，改姓老，他要当一棵扎根高原的不老松！

原来一个小时的山路，他们就这样聊着走着，用了两个多小时才到达山脚下。

金锁和田妮一路精心照顾和讲着动听的故事，像和煦的清风消除了夫妻的疲劳。老伯苦笑了一下，亮明自己是一家民营公司老总的身份，旗下产业涉及面较广，十分愿意给金锁和田妮提供就业机会并享受优厚的生活待遇。

田妮惊奇地看了看金锁。而金锁似乎没有在意老伯的一番充满诱惑的"大礼"。他回头仰天望去，目光久久定格在迎客松的方向。

老伯含泪自言愧语：孩子，我与老松短暂共事，当了逃兵。现在，虽然物质上我是高个，精神上我却成了矮子。我身体特别不好，不想留下遗憾。

阿姨催促金锁和田妮表示态度。

老伯摆了摆手，喃喃地说：不用了，别为难孩子。

两个月后，老校长给金锁和田妮传来照片，上面是他同阿姨在高原中学签订合作办学协议后的握手，背景是苍劲、蓬勃的迎客松。

事后，金锁和田妮从阿姨口中得知几十年前的一段秘密，当着老校长的面开玩笑：您与阿姨算是第二次握手啊！

迷上"赌博"的人*

在豫东南苏区，红军前脚刚刚开赴前线，土豪劣绅便卷土重来。他们不甘心自己的灭亡，纷纷组织起反动民团，和革命势力对抗。

竹园镇，是县府所在地。镇上土豪聂大头，倚仗儿子在国民党县党部任职，横行乡里，搜刮民脂民膏，害得四乡八邻百姓，吃了上顿无下顿，敢怒不敢言。

家大业大的聂大头，有个弟弟叫聂良，近期刚毕业于省立中专。聂大头指望弟弟能助一臂之力，帮他操持精心营造的家业。岂料，弟弟偏偏与省立中专同学、民团团长段应魁的儿子段金山为伍，迷上了"赌博"，常常连家都不顾，每日每夜地赌。尽管聂大头好言相劝，但聂良仍是"恶习不改"。聂大头骂他"不干正事，不可救药"，后悔当初供他读书，白花了银圆。

其实，聂良是以赌博为名，秘密进行革命活动。早在省立中专读书时，因受先进思想影响，聂良秘密入党。毕业后，党组织有意派他回竹园镇接近段金山，好进一步打入民团，策反伺机哗变，以有力削

＊ 原载于《珠江时报》2017 年 7 月 5 日。

弱民团势力。

鉴于聂大头天天骂不离口，聂良顺水推舟，搬出聂家老宅。

河边的小屋，是聂良经常"聚赌"的地方，借着这个机会，召开了秘密会议，传达上级指示，研究与民团及土豪劣绅展开斗争的策略。

民团营房内，聂良又是段金山和团长表弟、马弁蔡武邀请的常客。借着"赌博"，聂良与民团上下打得火热，掌握了不少内部情况。

这天晚上，一阵阵赌博的吵闹声，从民团营房内传来，在静夜中四处飘散，让人心烦意乱。

民团团长段应魁在家里，如坐针毡。手中一份特级密件上，写着儿子段金山是共产党员，县党部要求务必立即查办。

一边是亲骨肉，一边是共产党，段应魁哭丧着脸，不知如何处置是好。正在着急上火时，马弁蔡武来向团长禀报民团事务。

"蔡武兄弟，本团问你，小儿金山会是共党吗？"

"团座，你糊涂了？金山侄儿怎么会是共党呢，绝对不可能！肯定是哪个挨枪子的嫉妒团长功高无比，出此损招陷害公子。"

"那既然这样，如何处置是好呢？"

"如若团座信任，就放心让小弟出面去县党部斡旋此事。"

段应魁的心，总算得到一丝安慰。

马弁蔡武，早年当过私塾先生，能说会写，老谋深算，遇到任何难事，可称得上处之泰然的军师。

蔡武拉上聂良一起去县党部，借着聂良侄儿的权力，摆平了段金山的共党嫌疑，顺理成章地让段应魁和段金山，欠了聂良一个大大的人情。

此后，段金山视聂良为知己，还推荐他给父亲当了贴身马弁。

在民团内有了名正言顺身份的聂良，如虎添翼，他很快在民团内部秘密发展了一批共产党员，并建立了地下党支部。至此，策动民团哗变的条件基本成熟，只待聂良下定决心。

不料，由于党组织不够严密，内部突然出了叛徒，严重威胁到聂良的人身安全。

幸好，聂良正陪未获得任何情报的段应魁父子，在远离民团团部的分队巡视。

恰在这时，聂良却接到了一个神秘的电话，他神情严肃，紧张得额头沁出了汗。

对方一番简洁明快的言语，让聂良听得直是"嗯、嗯"地不住点头……

夜幕降临。民团分队驻地醉仙楼包房内，灯火通明，一张精制的八仙桌上，摆满美味佳肴，让人嗅之都流口水。

聂良特别安排，从怡红院请来桃红、桃花两姐妹助兴陪酒。此时，包房内灯红酒绿，香飘四溢……

在一阵接着一阵开怀畅饮之后，段应魁和段金山双双醉倒在两姐妹的石榴裙下，不省人事。

聂良将这父子二人安排妥当，又以赌喝酒，灌醉了随行巡视的几个馋猫。

……

深夜零时，聂良骑着飞奔的枣红马，准时出现在民团团部大院。"啪、啪、啪"三声枪响之后，民团大院顿时乱作一团。紧接着，枪声、爆炸声、号叫声、哭喊声，连成一片……

马弁蔡武带领部分民团团丁拼死抵抗，身负重伤。

聂良见哗变目的达到，迅速组织哗变民团人员，带着全部武器及时撤离，消失在茫茫夜色中。

半个月以后，段应魁、段金山父子因犯通共罪，被革职查办。马弁蔡武因抵抗哗变有功，升任整编后的民团团长。

听到这个消息，聂良会心地笑了。

恋　竹 *

（一）

蓼镇解放前夜，最后一批要撤退的敌人将关押在监狱的二十多名共产党员，拉到叫老街的地方进行了疯狂血腥的屠杀。

当夜，在蓼镇以算命卜卦为掩护的地下共产党员易继德，奉党组织之命，带领十几名区小队员为牺牲的同志们收尸。在一名牺牲的女同志身下，易继德发现一个包裹着奄奄一息的男婴。经过连夜抢救，婴儿得以保命。年近三十的易继德将其收养，取名易美志。

老街，几经敌人破坏，几番风雨荡涤，展现在人们面前的是一片残垣断壁、破败不堪的惨象。

不久，令人惊叹的是在老街的瓦砾之中神奇般生出大片竹苗，随风渐长，还不断传出一些离奇的故事……

蓼镇人民政府十分重视这片长势茂盛的竹林，决定让易继德担任竹林的管理队长，又调配两名巡逻员，加之不久前易继德刚娶进门的

＊　原载于《岭南文学》2016 年第 2 期。

新媳妇，竹林管理可谓兵强马壮。

美志像生长的竹子，一天天长大，让易继德小两口高兴得合不拢嘴。

几年过去，三个妹妹相继问世。令美志最喜欢的大妹妹美竹，性格外向，瓜子脸，一对水汪汪的大眼睛，显得聪明伶俐。

美竹成天与美志形影不离，蝉鸣如潮的竹林那可是兄妹玩耍的乐园，捉迷藏，美竹每次总能准确无误地捉住哥哥而高兴不已；捉蚂蚱、抓蜻蜓、逮蝴蝶，是美志的拿手好戏，美竹却不服输，非与美志一比高下。兄妹俩有时玩得着迷，如果大人不喊那是不会回去的。

偶然间，易继德发现美志好多时候直勾勾地盯着竹子看，不错眼珠儿。还经常用铅笔在一些废纸上画竹子，像模像样。易继德鼓励美志："孩子，好好画，爹妈砸锅卖铁也要供你出息了！"

（二）

一晃十多年过去。美志和美竹都长大成人。竹林里，兄妹俩有时背靠竹子，你一言，我一语，回忆那甜蜜有趣的童年；有时，美竹举手投足无意间的一个表现，让美志觉得那么顺眼、好看，既而定格在了记忆之中。美志隐约感觉，美竹已经不光是他绘画中不可或缺的重要角色，而且对美竹产生了朦胧诗般的爱意……

美志考入县城中学后，学习成绩不但在全班拔尖，而且有几幅画竹子的作品参加县、市比赛还获了奖。美志的特长受到县文化局领导的重点关注，也赢得该领导与美志同班同学女儿的羡慕……

美竹是个懂事的姑娘，她觉得自己早先辍学担当起家庭生活的主力，为美志学习作出必要的牺牲是值得的。不久前，她还执拗地说服父母，加入了竹林巡逻队，说要当好父亲的得力帮手。

美竹天天做着丰实而有意义的事情，唱着、跑着，像竹林里飞来飞去的燕子，活泼可爱，充满青春活力。

一天早上，县文化局领导与几个像二流子的陌生人的出现，打破了竹林往日的快乐与祥和。陌生人拿出红头文件宣布：经查，易继德早年从事算命卜卦行当，是混入革命队伍的"牛鬼蛇神"。决定撤销竹林管理队长职务，接受劳动改造。

之后，美志也被校方勒令，必须立即与"牛鬼蛇神"家庭彻底划清界限。不准再画竹子，不准以竹子画作参加任何文化活动。

美志知道父亲的性格像竹子，是不会被那些污蔑不实之词击倒的。他暗下决心，总有一天要为父亲洗清不白之冤。

美志根本不理睬那些威胁，毅然决然退学，回到竹林甘当守护竹林的男子汉。

（三）

又是一个风和日丽的日子。竹林深处，置身翠绿的竹子之中，身材线条分明的美竹，眼睛像山间的溪水，清澈明亮。眼睫毛像山坡上的毛骨朵花，绒嘟嘟的。两条大辫子垂于腰间，亭亭玉立，楚楚动人。美志温柔地将美竹拥在怀里。

"美竹，你真美！"

"美志哥，咱们是不可能的，还是保持兄妹关系好吗？！"

"我们是真爱，我要陪你守一辈子竹林！"

"不！你要继续深造呵，当个画家，争取有大出息！"

美竹含情脉脉，美志泪光闪闪……

易继德并不想成全两个孩子，他怕自己的"罪名"影响了美志的前程。他想趁自己身体还行的时候，尽快给美竹找个好婆家了却心愿。

竹林为蓼镇建设作贡献的同时，也成了少数不法分子日思夜想吞食的一块肥肉。

美志主动顶替年老体弱的父亲，成为一名夜间竹林巡逻员。

这天，月黑风高，万籁俱寂。一伙正在作案的盗竹贼被美竹和美志带领的巡逻队员发现，其中就有窜来竹林陷害父亲的陌生人。美志怒火中烧，冲向最前面抓盗贼，搏斗中美竹挺身掩护美志，不料心脏被盗贼连刺数刀，伤重不治，以身殉职。

……

竹林没有庄严肃穆的追悼会，也没有英雄事迹的宣传报道，有的是美志悲从心中涌起而快速创作的大幅画作——《恋竹图》……

从此，竹林多了一座坟茔，墓碑上写着"爱妻易美竹之墓"，落款：丈夫易美志。

后来，竹林又多了一座坟茔，墓碑上写着"革命前辈易继德之墓"，落款：蓼镇人民政府。

再后来，竹林还多了一块牌子，上面写着"竹画培训实习基地"，落款：省美志书画院。

谎言成真*

　　自从国民党开放老兵到大陆探亲以后，台湾新竹眷村的老兵，一年内基本上分批次都已回过大陆探亲。

　　唯一未回的韦老先生，苦不堪言，纠结很长时间后，便向台有关部门坚称自己在大陆有一位亲属，并据名填了报表，还附上催人泪下的书信一封。

　　这之后，连着好多天韦老先生吃不香、睡不稳。早也盼，晚也盼，只盼大陆这边回音，他太想回到魂牵梦绕的家乡了。在老哥们的面前，韦老先生经常念叨这事，有时还动容落泪。对此，老哥们总是用最温馨的话语安慰他。

　　然而，也有人对韦老先生的探亲质疑："以前从没听他说过大陆还有亲人哟，只记得他多次说过自己从小就是孤儿一个呀！"一听到这话，韦老先生敏感地立马走开，回避了之。

　　在大陆豫南的蓼镇，一场大雪如期而至。进入五九的天气，天寒地冻。杨田老人哮喘病复发，卧床不起已半月有余。

---

　　* 原载于《衡阳晚报》2017 年 12 月 15 日，《西南作家》2018 年第 1 期。

在收到县台办通知有一台湾韦姓国民党老兵亲属，拟于近期回大陆家乡探亲消息后，杨老先是一阵惊讶，然后，怒火中烧："俺家祖辈历史一片红，没有任何污点。是哪个姓韦的王八蛋在抹俺的黑，难道还嫌俺家被他们杀害的人少吗？"骂着、骂着，泪流满面的老人，气得浑身颤抖，"简直是在用刀子剜俺的心哪！"

特意从县城回来看望父亲并带着任务的局长儿子，见父亲如此激动，急忙安慰，生怕老人受到过度刺激加重病情。

其实，杨田老人是有着惊人承受力的硬汉子。就说白色恐怖期间，国民党民团悬赏五百大洋捉拿他这个当时苏区的区委书记不成功，便施计诱杀了他的任区委交通员的大儿子和农会的侄儿及几个会员。悲痛之后，擦干眼泪，挺直腰杆，他带领区小队在不久的一个深夜，端掉了民团团部，狡猾的团长魏老威，侥幸逃脱。打那之后，杨田发誓一定要活捉魏老威，公审魏老威，为民除害，狠狠打击民团反动势力的嚣张气焰。

平复心情之后的杨田老人告诉儿子，直到全国解放，也未能抓获魏老威，让他非常遗憾的是，据说，魏老威加入国民党大部队溃退到台湾。

"那要回来探亲的韦姓老先生，会不会就是他呀？"儿子故意猜测道。

"怎么可能！别说咱家压根就没有这个狗屁亲戚，就是有也是两股道上的人，绝不会走到一块儿的！"杨老态度鲜明。

"现在形势不是发展了嘛。对岸开放老兵回大陆探亲，说明还没忘了老祖宗这个根。爹的思想不能老是停留在过去呀！"儿子不紧不慢地开导父亲。

"开放探亲？谁知道他们到底安的是什么心！"杨老对此还很

不理解。

"是中国改革开放的大环境起了非常大的作用。这些老兵思乡心切，想着叶落归根呵！"儿子的话让老人陷入了沉思。

见父亲情绪基本稳定，儿子进一步展开话题："这些老兵在台湾举目无亲，三十年了，好不容易才盼来这一天，是多么大的幸福呵！将心比心，这个时候，即使非亲非故俺们也应该报以同情之心，毕竟还是血浓于水的一家人嘛！"

接着儿子趁热打铁，又给老人家讲述了一个台湾老兵为了生计，远渡重洋去日本经商，遭受百般欺辱、损失惨重的故事⋯⋯

末了，儿子又着重介绍该老兵怒气之下返回台湾的打算，决意通过回大陆探亲，将资产全部投入大陆家乡，在有生之年好好洗刷过去的罪恶，做一个对中国改革开放建设有用的人。

"这个人真有骨气，像个堂堂正正的中国人。日本鬼子太可恨了！大陆有关部门应该欢迎他尽快回来呀！"杨老激动地说。

"就是因为这位先生去台前在大陆欠下了血债，担心回来身家性命不保。"儿子的话充满弦外之音。

"大陆是法治社会，安全得很。别忘了，大陆还是他的老家呢！"杨老突然变了一个腔调，紧锁的眉头也慢慢舒展了。

儿子阴转多云的脸上，顿时一片晴朗。

可是世事难料，杨田老人终因最近一次急速咳嗽，呼吸困难而窒息离世。

悲痛的儿子在料理父亲后事时，无意间发现老人枕头下一张书写工整的遗嘱。

很快，这张伴着儿子泪水的遗嘱漂洋过海，飞到韦老先生手中。

在乘风破浪驶向大陆的轮船上，韦老先生怎么都不敢相信这是真

的。手捧杨田老人的遗嘱，韦老先生喃喃自语："老杨大哥，我魏老威对不起你呀！"

伫立船头，眺望前方，韦老先生为撤资日本，敬祖报恩而喜出心底，感慨万端。他不断呼吸着远方吹来的清新空气，像母亲一样温柔的海风，尽情地抚慰自己，从中享受久违的天伦之乐……

追电影*

　　大约半年光阴，村里唯一的女知青单英，像变了个人似的，一个长得眉清目秀，性格十分腼腆的姑娘，晚上经常带着村里一帮大姑娘小媳妇，到处追着乡里的电影队看电影，有时奔走 10 多公里，仍然不知疲倦，乐不可支。

　　说到她带领大家追看的电影，都是些老掉牙的战争片，比如《地道战》《地雷战》《南征北战》《英雄儿女》，听说有的人看"三战一英雄"不下 10 遍，连片中的演员台词都能准确背诵。

　　单英以前可不是这样的。劳动之余，总是抱着书本不放；夜深人静，又要挑灯写作。平日里，不愿跟大家凑热闹，更甭说自己领头摸黑追电影，特别是对那些战争片，追得有滋有味！都二十三四岁的人了，也不考虑个人成家的事，老母亲为此没少唠叨。

　　一场电影一场梦。单英的心像长了翅膀，不断飞向远方那个不知名的地方……

　　这天晚上，天淅沥沥下着小雨。单英躺在床上辗转反侧，半年前

＊ 原载于《金雀坊》2018 年第 543 期。

那感人至深的一幕又浮现眼前。

漆黑的夜晚,雷雨交加。后半夜,雨停不一会儿,突然,有人大叫:"村里小学着火了!快救火呀!"

刚刚睡熟的单英,惊醒后,急忙披上雨衣,拿起脸盆向村小学方向跑去。

因雷击电线短路跳出的火花,借着风势很快燃烧起来。熊熊大火,点亮了夜空,映红了学校。

此时,只见一个魁梧的身影利索地爬上房顶,迅速用淋湿的被子强力扑打火头,全然不顾自身所处的险境。在压住火头后,他又及时指挥爬上房顶的几个年轻人,分路包抄,形成扑火强势,很快,刚刚还肆无忌惮的明火全部被扑灭。他那一举一动,俨然战场上精明的指挥员,处变不惊,临危不乱,泰然处之。

事后,单英听说带头冲上房顶扑火并指挥灭火的英俊小伙,是回村探亲的军人王成,不由得心生敬意,继而脸上泛起红晕,心有些怦怦乱跳。

王成在十多天的假期中,一直泡在学校里,帮助恢复学校的正常学习生活秩序。而单英的心,像一只飞来飞去的蝴蝶,始终伴随左右,一刻也不肯离开,这样,她才会感到踏实、甜蜜,充满幸福……

一直到王成假逾归队,单英芳心未露,她想将这份美好的记录好好珍藏,常想常新。她坚信,总会有瓜熟蒂落的那一天。

窗外,叽叽喳喳的麻雀,将单英从甜蜜的睡梦中叫醒。单英的心情爽极了,仿佛整个人仍沉浸在昨晚幸福的回忆之中。

活儿场上,大伙儿干得热火朝天。比起村里的小伙子姑娘们,单英毫不示弱。不但这样,她还主动约了王成的妹妹王霞等一帮姑娘们,晚饭后再去5公里外的杨村看《英雄儿女》电影,引来一串串银铃般的笑声。

……

皓月当空。走在弯曲的羊肠小道，单英与王霞的话题聚焦到王成。

"你哥哥的名字与影片《英雄儿女》里的主角相同，好有意思呀。不过，几个月前他探亲在学校扑火的情景，真像个英雄！"

"俺爹原来给他起的名字叫王正。俺哥从小崇拜英雄，自从看了《英雄儿女》之后，在学校就改名王成了。"

"你哥是咱村里唯一的军人，也是父老乡亲们的骄傲呵！"

"俺哥服役才满两年时，就立了一次三等功。这不，满三年后又改了志愿兵。俺哥在部队工作干劲儿可大了。哎，唯一让爹娘操心的是都 24 岁了，俺哥还不考虑个人的婚姻大事。"

"军人受部队纪律约束，他是要讲规矩的。"

"自上次探亲到现在，已经半年多了，俺哥还没给家里写过一封信。只是他归队前说他们南方边防部队战备工作忙、任务重，没空写信，让爹娘多理解。"

"听广播说，我国已宣布'自卫还击，保卫边疆'作战，你哥的部队驻防边界，很可能会首先参战！"

"难怪呢。俺哥要是参战，肯定是个为国立功的大英雄！"

"肯定的！俺完全相信他，也会等他胜利归来时，献上一朵俺亲手为他做的好大好大的红花！"说完，单英将王霞亲昵地紧紧拥在怀里。

"单英姐，你真好。俺能感觉到你心里装着俺哥呢！"

"快，看电影去，《英雄儿女》已经开演了！"单英说完，与王霞和一帮姑娘们，拔腿向放映地跑去。

……

一个月之后，在南方某地的烈士陵园里，一队队朝气蓬勃的少先队员们，向王成等一批烈士墓碑献花、敬礼，并齐声朗诵……

与此同时，在王成的家乡坟地，也多了一座坟茔，墓碑上赫然写着"夫王成之墓"，落款：妻单英。

妻子的心事*

开往空军机场的大巴车上，年轻的母亲不时地逗着怀里不满周岁的儿子玩，惹得坐在身边的艾华心生羡慕。她张开双臂抱过孩子，又是亲来又是抚，直逗得孩子"嘎嘎"大笑。她心里想，自己要是有个这样的快乐宝宝，该有多好啊！

"妹妹，你也是到部队探亲的？怎么没带上孩子？"

"他是飞行员，我是教师，我俩都很忙，结婚才三年，我们暂时还不想要孩子呢！"

"说是不想要孩子，不过俺看出来了，妹妹心里比谁都着急！是得抓紧了，时间过得快，眼一眨就是一年，年龄大了可就不好怀孩子了！"

"大姐真逗！你是怎样看出我的心思的呀？"

"是你的肢体语言告诉俺的，其实，女人的心思都是相通的，生儿育女天经地义。如果婚后长期不孕，会招来闲话的。"

---

* 原载于《中国国防报》2017 年 8 月 6 日，《荷风》杂志秋季刊，入选《2017 中国精短小说选》。

"目前，我们还年轻，再等一两年要孩子，也不算晚吧!"

"要孩子也得在心情和环境都好的情况下才合适，不是讲优生优育吗! 如果心里想要，而长期没要到，一旦压力过大，会造成内分泌失调，就会一直怀不上。我是妇产科护士，多少有些这方面的知识。"大姐像在演讲，连怀里的孩子都听呆了。

其实，艾华此次到部队探亲，内心就像眼前风和日丽、春光明媚、春风荡漾的气候一样，舒畅极了。她之所以没有将自己来队探亲的事告诉丈夫，就是想给他一个意外惊喜，这也是甜蜜的小两口早早达成的默契。

她顺手拨开车窗，一股茶籽花清香扑面而来，漫山遍野的白色茶籽花，个个张开笑脸，像欢迎她的到来似的。

"在想他吗?"大姐又一次猜准了艾华的心思。

"大姐，看来我们很投缘，今后可要多教我一些生活常识哟。"

"可能是大姐喝的墨水没有妹妹多，这夫妻间的事呀，倒是有些经验。"

……

说话间，大巴车已驶入营区停车场。

艾华听大姐说孩子爸爸去靶场出差，明天才回来时，便将母子送到军人家属招待所。此时，已是午后的最后一个入住登记。

歇息半个钟头后，走出军人家属招待所，艾华迅速调整状态，一股神来的力量，推动她急促地向飞行员大院走去。

绿树、白墙、红瓦，多么熟悉的大院! 这里曾经是艾华与心上人结百年之好的地方!

接近飞行员大院门口，突然，一个大大的"静"字跳入艾华的眼帘。直见艾华迟疑几秒后，便毫不犹豫地掉头又直接回军人家属招待所。

走着，走着，一阵小风吹过，一粒沙子乘机钻进艾华的左眼里。她不经意地揉了一下，沙子得寸进尺，躲在眼底深处就是不肯出来，以致艾华的左眼有些红肿，像刚刚哭过的样子。

当艾华再次出现在军人家属招待所大姐面前时，大姐有些急眼了："你看，有孩子和没孩子就是不一样的。妹妹，我猜准是他欺负你了，让你受了委屈。不然，妹妹的左眼不会那么红肿的。"

"大姐，没有的，没有的！"艾华连忙解释。

"都什么时候了，你还替他说话。部队是讲理的地方，俺不信领导不给你做主！"大姐真是个得理不饶人的角儿。

"大姐，真的不是你说的那样！"艾华极力说明。

不等艾华继续说下去，大姐扯开嗓门有些较劲："这回大姐给妹妹做后盾，非让他给你认错不成！"

"呦呵，让谁认错？我看看。"招待所所长径直朝她俩走来。

"让所长给评评理。飞行员咋了？地位再高也不能随随便便欺负老婆呀！"大姐高声说个不停。

"忽然，嘎嘎嘎……"一个人字形的大雁编队，飞过眼前湛蓝的天空，无意间打断了三人的对话。

站在窗口的艾华，望着这壮观的一幕，触景生情："大姐，这回你可失算了，不但没有猜准我的心思，还误会了他。"

紧接着，艾华再也没给大姐插话余地："下午我去飞行员大院时，看到门口那个'静'字，就知道他们今晚要进行夜航训练。前几天电话里听他说这段时间正在进行编队科目训练。这时候，得让他保持好的睡眠状态，以便夜航训练有旺盛的精力投入。我委屈点不算什么，他飞好飞出名堂比什么都重要！"

望着渐渐飞远的大雁编队，大姐一时无语。而所长似有所悟："艾老师，请你放心，我这就与团机关联系，保证今晚夜航后，你夫妻二人编队成功！"

风雨生日夜[*]

廖科长从基层平调机关，正赶上部队改革调整，面临新情况新挑战，他经常是忙了机关忙基层，真可谓两眼一睁，忙到熄灯，已经有近一个月没回家和老婆孩子见面了。不光这样，处于保密，他的手机还经常不开，让他夫人冉梅着急上火。

廖科长父亲周六因心脏病严重复发而住院。冉梅好不容易打通了廖科长办公室的电话。

"今天是周日，又是你的生日，再忙也总该回家吃顿饭吧，算我求老公你了！"

"我的好老婆，这阵子让你受委屈了，等忙过这阵子，好好地补偿你！"

"她爷爷……"话到嘴边，冉梅急转话头，"她爷爷想孙女了，操心孙女升学的事呢！"

"是哦！女儿马上要考初中了，我也没空过问，今晚我抽空回去

———————

* 原载于《番禺日报》2017 年 11 月 7 日副刊，《长沙晚报》2018 年 7 月 8 日副刊。

吃生日饭，当面向女儿检讨!"

傍晚，乌云骤起，不一会儿，夜幕将大地罩得严严实实。一场大雨即将来临。

繁华都市，灯光闪烁，五彩缤纷。冉梅烧好一桌拿手菜，香味扑鼻。女儿跃跃欲试，嘴里不停地嘟囔着："爸爸还不回来!"

接近8点，淋得像个落汤鸡似的廖科长出现在母女俩面前。

迅速换完衣服的廖科长，火急火燎地说吃完饭还要加班。他狼吞虎咽，10分钟不到就放下了碗筷，没有丁点过生日的意思。

冉梅实在忍不住了，火气正欲喷发，猛然见又黑又瘦的老公嘴角上挂着一丝歉疚的微笑，即刻火气消退到最低点。随即转了话题。

"她爷爷……"

"她爷爷怎么了?"廖科长急切地问。

"她爷爷知道你这一阵子挺忙，让我提醒你要注意自己的老胃病，饮食得当才行!"冉梅岔开了话头。

"老婆，瞧你老公我不是好好的? 今年春节，我们一家一定回老家与父亲过年团聚，好好报答他老人家! 来吧，我用开水与你和女儿干一杯，既感谢又检讨。"

女儿吃得又香又甜; 冉梅吃得漫不经心。廖科长看了看手表，显得有些焦急。

"算了，还是赶快去忙你们部队的事吧，家里这摊子有我呢!"

"我说嘛，还是老婆最懂我。"说完，已穿好雨衣的廖科长冲进瓢泼的大雨中……

其实，冉梅也听到过一些传言，说老公他们部队在这次改革调整中可能要移防，只是没谁能够确定真实情况。不过她有时又不得不想这事，如果真是那样，她有点遗憾的是，自己从一所镇中学调来这个繁华的都市还不到两年，日子才刚刚过得舒心点，夫妻又要面临分居。

冉梅想起随军前和丈夫分居 13 年，她在老家基层学校边教书，边照顾老人，吃了不少苦头，但没有抱怨过老公。老公当兵 18 年也一直没有安稳过，随军后她几次带着女儿，随老公"走南闯北"，钻山沟，走边防，不断经受艰苦"历练"。

门外，大雨一直下个不停；屋内，冉梅与老家的电话一直没断。"什么？她爷爷已经……去……世了"一阵哽咽之后，冉梅泪流满面……

冉梅躺在床上，辗转反侧，不能入眠。

她起身打开电视机，想平复一下心情。一条插播的快讯吸引了她：驻市解放军某部官兵遵照中央军委命令，移防千里之外的某地。为了不打扰全市人民的正常工作和生活，减轻地方党委、政府的负担，这支战功卓著的曾经为我市经济社会建设作出巨大贡献的部队，于今夜零时冒雨实施行动。风雨中，队伍威武雄壮，精神振奋；组织严密，纪律严明。堪称文明之师！英雄之师！他们真正是我市人民心目中最可爱的人！

睡意全无的冉梅，迅速收拾衣物。之后，给女儿留下了一张"生活指南"。

当老天爷还未睁开眼睛，门外风雨仍然在合唱时，冉梅打的快速赶到车站，坐上了去公婆家的最早一趟高铁。

面对非议*

夜深了。保障飞行训练劳累一天的我，睡意全无。

针对小分队骨干反映机械员张才，前几天经常装病跑卫生队，并且和漂亮的女护士、女医生聊得火热的事，我这个团政治处保卫干事、外训小分队代理指导员，不但没有睡意，连坐都坐不住了。

"老兰，你是小分队最高军事领导，对张才这个兵，你怎么看？"见尚未休息的分队长，我想同他聊聊。

"张才，这个城市兵确实是个人才。前年入伍，分来我们机务中队没两天，就被指导员挑选当了板报员。简直让那些要求进步、争相表现的机务兵羡慕死了。"

"光是这方面，也不能说明他就值得完全肯定呀！"

"不过，据机组机械师向我反映，外训来这儿一周多，张才好像还沉浸在外训前发现发动机涡轮叶片裂纹荣立三等功的荣誉里，机场工作的主动性不够，换个飞机轮胎，不像过去，快捷利索。现在慢腾腾的，两腿像灌了铅，迈不开步子，跟不上工作节奏。机械师说他，

* 原载于《中山日报》2017年5月19日，《金雀坊》2017年第447期。

他险些动粗。"

……

从张才机场工作表现，联想到他装病跑卫生队的事实分析，莫非这小子真有什么见不得人的猫腻？我心里如十五个吊桶打水——七上八下。看来，真正考验自己履职尽责的时候到了。

翌日周六休息。早上我正欲找张才谈话，并根据问题的严重程度，对他采取必要的措施。这时，机组人员报告，有个卫生队的女护士把张才叫走了。

咦，都找上门了。此时此刻，我气不打一处来，心里暗骂，张才呀张才，你真是和尚打伞——无法无天。这回看你如何解释。

我决定在值班室坐等张才，见面后直接向他摊牌。

一个小时过去。等来的不是张才，而是值班员"有一个女军医要向指导员反映一些外训小分队的事情"的报告。

怕出事就来事，家丑外扬的滋味真不好受。我只好硬着头皮接待女军医。

"医生同志，你要反映的事我全掌握了，现在我们已有了对他采取措施的工作方案。"

"对他？他又是谁呀？"

"不是我们的机务兵张才，老跑卫生队骚扰吗？"

"指导员说话可要负责啊！凭什么说人家这样子？"

"我们外训才来几天，他好好的，跑卫生队六次。刚才，你们年轻的女护士不是还找上门了?!"

"我看指导员是误会了吧！准确地说，人家张才是在帮你做工作呢！"

"帮我做……做什么工作？如果我们小分队的官兵都像他那样不

守纪律，一心二用，那不乱套了。"

"如果不信，那我们一块看看张才现在在干什么好吗？"

女军医随我找了一圈，未见张才人影。着急上火的我，正要发脾气，抬头见小分队会议室亮着灯。走近一看，一块儿出好的黑板报上，五颜六色，层次分明，鲜艳夺目。尤其是那篇《关于烂裆问题的治疗和预防》的文章，格外醒目，吸人眼球。

"啥烂裆问题？尽瞎扯！正经事不干，他张才又在搞什么鬼？"

"张才是你们外训小分队第一个患烂裆病的人，他在坚持进机场工作的同时，边看病边了解预防和治疗的办法。就是怕大家身体不适应这儿的天气，大面积患烂裆病，严重影响保障飞行训练，才及时作这个宣传的！"

"这么重要的情况，为什么张才不及时向领导汇报？"

"报告！"这时，张才手提一个塑料袋，满头大汗出现在会议室门口。

"说曹操，曹操到。小张赶紧向你指导员作个汇报吧。"

只见张才一边从塑料袋中倒出一堆马齿苋和几盒黄连素，一边作自我批评，"都是我不好，由于害羞、碍面子，没有及时向指导员汇报我患的烂裆病。还好，经过卫生队及时治疗，基本痊愈。现在，又有好几个同志悄悄反映，下部不适。我在卫生队医生、护士的指导下，去附近的集市上买了治疗烂裆效果很好的马齿苋，又到卫生队取了黄连素，加上及时宣传预防，会很快控制问题发生的。"

"说起来，我们卫生队的工作做得不主动、不及时，应该道歉。"

此刻，我的脸上火辣辣的。原来一肚子要说的话，现在连一个字都吐不出来了……

飞翔的心*

　　我，是燕妮的飞行员爸爸给她精心折叠的纸飞机。

　　别看我是用纸叠成的，可我才不羡慕邻居家花钱给孩子买的那些飞机玩具呢！

　　因为，燕妮非常偏爱我。一来燕妮爸爸本身就是个飞行员，见过各种各样的飞机，他把我叠出各式各样，好看极了；二来我轻便，容易在操场上或野外随时放飞。每当这时，我和燕妮都沉浸在幸福欢快的喜悦之中。

　　可是，燕妮的妈妈总是看我不顺眼。她既不喜欢高档飞机模型，也不喜欢像我这样太土气、落差大的纸飞机。她说："这样贪玩，不集中精力钻研课文，会影响学习的。"

　　燕妮从不与妈妈争辩，仍然视我为好朋友，不离不弃。晚饭后，在晚霞的映衬下，带我飞起落、飞"特技"、飞说不出来的那些只有燕妮爸爸才知道的"训练"科目……

　　我在燕妮甜蜜的睡梦里，也曾多次劝她在妈妈面前别太犟，她昂

＊ 原载于《番禺日报》2017 年 10 月 5 日。

着头，没有丝毫怯意，她说："纸飞机会飞，让人开阔视野，丰富想象力，更能促进学习。"没想到，她一个五年级的小学生，竟能说出这样充满哲理的语言，不得不让我佩服。

说实话，我是个没有灵魂和思想的纸飞机，燕妮就是我的灵魂。跟着她，我好像长了一双折不断的钢铁翅膀；从她的手上起飞，就像始终有一根隐形的安全线在维系着我，确保我顺利返航。燕妮的爸爸观飞，脸上总是洋溢着开心的微笑……

终于有一天，妈妈打碎了燕妮的梦，将我和一批纸飞机付之一炬。可我并不害怕。因为，虽然我的纸身子没有了，但我的灵魂依然十分活跃。我相信燕妮会为我讨回属于我的应有的尊严。

晚餐的桌上，燕妮一改往日的不顶撞不争辩的表现，她严肃地告诉妈妈，焚烧纸飞机，说轻了只是烧了几张纸，说重了就是制造了一起严重的"飞行事故"。如是在部队现实的训练中，机毁人亡，是一等飞行事故；机毁人未亡，是二等飞行事故；飞机受伤，人没有事，就是三等飞行事故……这些飞行常识，让燕妮的妈妈听得有些发蒙。

末了，燕妮坚持要妈妈认错道歉，而脑袋空空的妈妈，面对咄咄逼人的女儿，脸红到脖根……

第二天早晨，灵魂附身，我突然苏醒过来，看见燕妮的书桌上又摆满了各式精致的纸飞机，而燕妮的眼睛里却布满了血丝。

这之后，我经常看到燕妮的妈妈，向她的爸爸讨教飞行方面的知识，她说，要当一名合格的飞行员妻子。

从小学到初中、高中，乃至大学，燕妮的学习，稳中有进，屡屡榜上有名；纸飞机玩得花样翻新，成为校园里一道亮丽的风景线。

大学毕业，待业的燕妮也不忘玩她的纸飞机。清晨，伴着军营广播播放的《飞行员进行曲》，纸飞机从燕妮的手中直冲蓝天；傍晚，营区的操场上，纸飞机像低飞的燕子无声飞翔，吸引不少人驻足观看。这时，燕妮感到自己是最有成就感的人。

周日这天早晨，燕妮睁着红肿的双眼，紧盯着我不放，挺吓人的。妈妈叫她吃早餐，见状心疼地问她，燕妮感情的闸门终于控制不住了，她为女飞行员余旭大姐英勇牺牲而失声痛哭……

之后，燕妮便将我和一大批纸飞机亲手点燃，祭奠心目中崇拜的英雄亡灵。此时，作为纸飞机，我的献身是值得的，也是无比自豪和光荣的！

不过，我欣慰地看到，燕妮的妈妈给她拿来一大堆自己折叠精致的纸飞机，花花绿绿，五颜六色。让燕妮喜出望外，温顺地抱着妈妈久久不愿松手。

一阵撒娇之后，燕妮对着镜子，取下架在鼻梁上的近视眼镜，她恨这双眼睛太不争气，内心里始终萦绕着一种"壮志未酬"的伤感。她觉得不能对不起那些给自己带来灵感的纸飞机，她要让心灵来一次真正意义上的飞翔——当不了翱翔蓝天的雄鹰，就当合格的"育鹰"保姆。

这天，晴空万里，风平浪静。燕妮终于飞向余旭大姐的家乡，去支教山区的孩子，让纸飞机在那里练硬翅膀！

其实，燕妮比谁都清楚，爸妈放飞了自己，她们的心也在伴随飞翔……

喊俺一声娘*

　　我的好战友——飞行大队长金俊杰，在昨天上午的飞行训练中，由于突然的机械故障，飞机失速下坠。俊杰运用超常技术将驾驶飞机掠过城市上空，而自己魂断一片狭窄的山谷里……

　　我被部队派去慰问英雄母亲，并代表部队与地方政府一起，处理俊杰的善后事情。

　　如何面对英雄的母亲，我不断思考着，认真做好功课。

　　五年前，我因身体原因改做地面工作。去年，我曾带队到俊杰的家里进行过家访。俊杰的母亲淳朴、善良、善解人意，多付出、少索取的精神，给我留下了深刻印象。村主任曾自豪地对我说："俺们村里人都为俊杰娘培养出她儿子这样的飞行员而骄傲。"

　　到了俊杰家，见到比一年前消瘦很多的大娘，还是那样精神和健谈。

　　"卫副政委，部队不是规定对飞行员家庭两年一次家访吗？距上

---

　　* 原载于《荷风》夏季刊，《中国国防报》2017 年 6 月 27 日，《金雀坊》2017 年第 429 期。

次才刚刚一年，你怎么又来家访了?!"

"大娘，这次我是休假顺路来看您的!"

"嗨，俺一个老太婆天天有吃有喝，又不缺钱花，还有俊杰惦记着，怎么好劳烦你破费大老远地跑来看俺，怪不好意思的。"

"我没停飞前是俊杰的铁杆僚机，兄弟感情深着呢。俊杰飞行训练忙，我代他尽尽孝是应该的!"

"俺昨晚睡觉做噩梦，说俊杰出事了，吓出了一身汗，一直都没睡好。"

"大娘，梦是反的，说明俊杰不会有事的。"

"那好。今晚就住大娘家，俺娘俩好好唠唠嗑。"

晚饭是大娘亲手做的。清一色的绿色食品，我吃得津津有味。大娘笑着告诉我，是参照飞行员菜谱做的。有意思的是，大娘还向我透露了俊杰吃偏饭的小秘密。

"俊杰休假在家时，吃饭专吃一种菜，对娘给他做的其他好吃的菜，看也不看一眼，娘心里非常难受。俺知道飞行员每天吃饭有讲究，但那可是娘的一片心意啊! 后来，俺听说并明白了儿子吃饭有个不好的毛病，叫吃偏饭，对身体健康不利，俺就想方设法帮俊杰改掉了这个不良习惯。想想看，国家花那么多钱，培养一个飞行员多不容易。俺得配合部队做好俊杰的后勤保障工作，这是俺天大的责任!"

"不过，俺有时做事方法太简单，伤着了俊杰。就说那年天安门'9·3'大阅兵吧，全国上下都非常关注，能亲身参加这样一次阅兵，那绝对是一件光荣和骄傲的事。可俊杰被确定作为备份机参加，心里多少有些遗憾。阅兵结束后，俊杰委屈地给俺打了电话，俺当时没多想，就骂了他，俺觉得备份也光荣啊! 现在琢磨琢磨，心里怪不

是滋味的，真不该那样伤害他！"说着说着，大娘泪流满面。我也潸然泪下。

"卫副政委，大娘有些失态了，别在意。求你帮个忙，中不？"

"大娘，快别说求，您老尽管讲。"

"俊杰忙飞行训练，也不知道啥时候能回来，俺挺想他的，麻烦你当一回他喊俺一声娘，俺搁心里给俊杰道个歉吧！"

当大娘如愿以偿后，顷刻笑容满面，沉浸在久违的喜悦之中。

凭直觉，我感到大娘敏感的神经已被我的突然到来所触碰，只不过她不愿直面那伤心的字眼，而尽量让我与她之间达成心照不宣的默契。此时，大娘内心要承担多么大的痛苦啊！

我的心被煎熬着想寻找适当时机，向大娘捅破那层窗户纸。

可是，不一会儿，村主任跌跌撞撞进了门，他眼圈子红红的，"老嫂子，俺村的天塌了，俊杰侄儿把自己捐给了国家，刚才乡里书记给俺打的电话……"话没说完，他哽咽了。

过了一会儿，乡里的书记和县长以及相关部门的领导赶来了，他们个个神色凝重，眼睛湿润，都在想怎样用最合适的语言温暖老人家的心。

又过了一会儿，大娘的女儿哭喊着进了家门。"娘啊，您咋就这么苦命、可怜呢，爹去得早，您辛苦了一辈子，没享什么福，到老了还要白发人抱重病送黑发人。俊杰至死都不知道俺娘半年前得了癌症呵……"

满屋的人，惊呆了。只有女儿的痛哭，撕心裂肺。此时，大娘反倒劝女儿节制些，消瘦的脸上写满镇定和坚强。

"你爷爷牺牲在抗美援朝战场时，你奶奶的肚子里正怀着你爹。年纪轻轻的奶奶，所作所为是好样的。现在，你奶奶可能在天上正看着俺呢，俺可不愿死后进了天堂迎头挨你奶奶的骂！"

女儿的哭声，戛然而止。

此刻，欲哭无泪的我，仿佛看到大娘深陷的眼窝里，流出的不是泪，而是血！

治 病[*]

南方, 碧空万里。部队飞行训练进入了旺季。

某型机种改装完毕, 转入大规模训练, 对飞机的使用率和出勤率需求较高。根据参训的飞行员反映, 有两架飞机空中发动机出现异常现象。团领导要求尽快查明原因, 消除安全隐患。

关键时刻, 机务大队崔大队长晕倒在停机坪, 被紧急送往部队医院。连续昏迷 3 小时的崔大队长, 醒来后就嚷嚷要回机场。

"初步检查, 你身体有多项指标超标严重, 需要进一步检查诊断病情。身体是革命的本钱, 大意不得呀!" 老院长警示道。

"人病好查。可我的飞机患了'心脏病', 出现发动机悬挂、喘振问题, 接下来就会是空中停车呀。怎么试车也都查不出病源, 太可怕了! 干脆给我开点药带着, 让我回去组织大家给飞机'治病', 这比耗在医院里有用得多!"

说不服年轻人, 老院长干脆揭了他的"底"。

---

* 原载于《衡阳晚报》2017 年 12 月 5 日,《金雀坊》2017 年第 488 期,《南方工报》2018 年 3 月 30 日。

"想想看,从年初到现在短短半年,你在机场晕倒两次,每次检查都不彻底,病情还没查清楚就溜掉了。不要命了?这次无论如何都要查清病情,治愈才能回到岗位上去!"

老院长从未有过的严肃表情,让崔大队长有些发怵。

老院长对崔大队长的诊治投入了全部精力。面对年轻人火一样的工作热情和强烈的事业心,他敬佩有加。

尤其20年前的那一幕,让他刻骨铭心。

一辆不停嘶叫的救护车开至医院门诊部,需要紧急抢救的是一名身负重伤的年轻飞行员。他因飞行训练时发动机空中机械故障停车而跳伞,摔伤了头部和腰部。医院及时组织专家组全力救治,但年轻的飞行员终因留下严重的残疾,含泪告别蓝天。

发动机是飞机的"心脏"。心脏有毛病,安全无保证。就像重视研究人的心脏病一样,当时的科主任脑海里又多了飞机"心脏病"这个新概念,以至于他成了医院的"飞机迷"。

不过,让这个10年后升为医院院长的"飞机迷",对飞机"心脏病"的认识进一步深化,还得从他认识年轻帅气的机械师病号说起。

一天上午,内科住进一位年轻的病号。院长查房时,见面前穿着病号服的年轻人,正聚精会神地看着《飞机发动机原理》,全然不知身边站着一帮医院专家和医生护士。

查完病情后,年轻人就急切地要求尽早出院。"我是机械师,现在部队飞行训练干部力量紧张,若不是大队领导下了住院命令,我才不会来这地方呢!"

"没有硬朗的身体,怎么能够担起繁重的工作呀!"院长温和地开导年轻人。

"近期飞行训练，发动机出现的毛病比较连续，我们一刻都没放松。发动机有毛病，飞行安全没保证。20年前，我父亲担任机械师时，就因为发动机空中机械故障停车，飞行员跳伞，发生了二等事故。到了我们这一辈，再也不能让过去的悲剧重演了！至于身体嘛，我的底子摆在那儿呢！"话音未落，年轻人用拳头在胸前捶了两下。

"好一个老机械师的接班人！"院长仿佛在20年后对飞机"心脏病"的攻克，得到了暖心的慰藉，看到了机务部队真正的希望。他喜欢上了面前这个帅气的年轻人。

之后不久，大队干部来医院慰问年轻人，离开时，给院长留下一句话："帅小伙，可是俺们机务大队研究飞机发动机的功臣！"让院长心里像喝了蜜糖……

备受煎熬的一周，崔大队长也没闲着，他用手机向机场遥控给飞机"治病"。老院长简直拿他没办法，只好与其达成"君子协议"。

而回到部队的崔大队长，像匹脱缰的野马，迅即投入治疗飞机"心脏病"的工作中。

连续攻关半个月，奇迹终于出现，崔大队长他们发现导致某型机种"心脏病"的原因，是寒区气象条件下设计的飞机，对南方的天气特点"水土不服"。所以，高温季节高强度训练，飞机"心脏病"容易发作。

在专家的指导下，崔大队长组织攻关小组将全年分为三个阶段，取得了每个阶段的发动机参数最佳调整数据，形成"机务三条"和"飞行员三条"。

"药"到"病"除。可谁料想，在一片喝彩声中，崔大队长又一次倒下了，而这一倒，他再也没能醒来……

　　在向遗体告别时，老院长泣不成声："崔儿终于给飞机治好了病，而我却没能治好崔儿的病，我真没用！"

　　听罢此言，周围一些官兵向陌生老者投去不解的眼神。大队教导员披露："他是医院的老院长，也是崔大队长的岳父！"

就是他*

　　哑女，长得漂亮、文静；聪明伶俐，擅长文学写作，在当地是个小有名气的才女。不过，二十六岁的她，一直没能找到称心的另一半。

　　教师出身的母亲，年近七十，单身。退休后生活充实，衣食无忧。身体除了患有严重的骨质疏松症外，还算可以。可是，一想起女儿的终身大事，脸上就会愁云密布，开心不起来。

　　这天上午，老人到离家不太远的超市购物，回来的路上，不小心，重重摔了一跤，小腿疼痛难忍。老人及时给哑女发出"我在超市附近摔跤了"的信息。

　　正在着急时，一个很不起眼的小伙子突然出现眼前。他利索地扶起老人，在弄清楚老人的腿有问题后，又立即打的送老人去医院。一路上，老人不停地向小伙子问话，但他一直没有回应。老人心里不禁紧张起来："他到底是什么人呢？"

　　在急诊病房，老人得到了及时检查。医生让老人家放心，治疗个

　　* 原载于《南方法治报》2016年3月16日副刊。

把星期就可以恢复了。

可是，眼前的这个来路不明的小伙子，却让老人家不太放心，始终保持着高度的警惕。

在输液过程中，老人有意向小伙子把话挑明："我与你非亲非故，干吗帮我呢？现在这种事太多了，难道你真不怕我讹你？"

小伙子仍然默默不语，只见他一会儿到门口东张西望，一会儿拿出手机发信息，一会儿又走到老人床前凝视，神情似乎越发紧张。

小伙子为什么一直默不出声，还那么紧张？是谦虚，怕做了好事声张出去，还是另有隐情？老人边观察边琢磨边不动声色地给女儿发了短信。

不过，在经过一阵紧张之后，小伙子好像又平静下来，他掏出一张当天的报纸认真看了起来，当他的目光停留在一篇题为《爱我的人到底是谁》的散文时，注意力格外集中；最后，看到作者叫哑女，又显得有些兴奋不已。

这些细节，没有逃过老人的视线，凭直觉，她认定小伙子也是聋哑人。老人不禁心生一种难以表达的好感。

忽然，哑女领着一名警察气喘吁吁地出现在老人面前。

"老人家，送你来医院的人是谁？"

"就是他！"

"那请跟我去一趟派出所，接受调查吧。"

小伙子急了，"阿巴、阿巴"（哑语）连连摆手，然后，用手语表达自己"不去"的意思。

"为什么不去？"哑女见状也用手语问小伙子。

"你们一定是误会了，我不是肇事者。我是在去一个培训中心参加培训结业考试的路上，看见老人摔倒了，就把她送来医院了。现在

你们来了，我也误了考试时间。这样，照顾老人我也安心了！"小伙子不停地比画着有力的手，两眼炯炯有神。

经老人家对小伙子手语的"翻译"，警察及病房内的人恍然大悟，都对小伙子的行为赞赏有加。

"那请问你，能否留下你的电话号码？"哑女做着手语，脸上有些泛红。

"完全可以。"面对漂亮的姑娘，小伙子也很不好意思地比画回答。之后，他将一份自己手写的老人治疗的有关情况和手机号码，交给了哑女，向老人礼貌告别后离开。

望着小伙子开心的样子，老人将自己两个拇指对头抖动几下（手语），试探哑女："这小伙子怎么样？"

哑女笑了。脸更红了。

巧遇医闹[*]

铁律师岳父去年患癌，在某肿瘤医院胸外科做了手术后恢复一直很好。这不，又到了半年，老人家要来医院复查了。

铁律师打电话联系胸外科主任秦钢，未接，发信息也没回，他判断秦主任肯定又忙于手术。

午后，天气闷热得仿佛令人窒息。骤然，乌云密布，闷雷滚滚，一场暴风雨即将来临……

铁律师怕被风雨阻碍，提前上班。路过医院时，他顺便到胸外科，想当面向秦主任说明岳父复查的事。

这时，一个戴墨镜的年轻人身后紧跟着三个光头小伙子，不由分说地向铁律师冲了过来，嘴里还一个劲地骂着脏话……

面对眼前的突发状况，铁律师心想，准是遇到医闹了。他一改往日的和颜悦色，敏捷地拉开架势，准备随时"应战"。

"有话说话，有事谈事，干吗要骂难听的脏话？"

---

* 原载于《南方法治报》2016 年 11 月 16 日，2017 年 11 月参加"南海区法治故事与法治微小说作品全国大赛"获二等奖。

"姓秦的，都怪你给俺爹把手术做坏了！"

"手术应该是成功的！"

"那是你自己说的。"

"你怎么知道手术有问题？"

"你不记得了，手术前俺送给你一个5000元的大红包，你挺痛快地收下了；可手术刚做完，你就原封不动地把红包又退给俺了。"

"难道这有什么不对吗？"

"这就充分表明你把手术给做砸了，心虚呀！不然，哪个傻瓜会把吃进去的东西又吐出来呢？"年轻人越说火气越大，挥拳就要动粗。

"住手！不准你们在医院里撒野！"突然，门外出现了下午来上班的秦主任，年轻人及三个光头小伙子一时傻了眼，不知所措……

"我才是给你爹做手术的秦主任。这位同志也是来医院办事的。我可以负责地向你保证，手术是非常成功的！至于收红包与退红包，那都是配合患者手术的一种正常行为。年轻人，你这样鲁莽，差一点就惹出大乱子了！"

这时，铁律师见门外围观的患者家属越来越多，觉得该是自己上场的时候了。

只见他仿佛站在法庭上，像个真正进入状态的义正词严的律师，指着年轻人："你刚才的结论推断，纯属主观臆断，既不符合事实，又没有任何法律依据。如果铤而走险伤了人，准确地说是犯'故意伤害罪'，不但要坐牢服刑，还会加重你爹的病情以及家人的痛苦呀！"

紧接着，铁律师趁热打铁，并以此为例，从法律的角度阐明医闹的严重危害性，引导大家今后如遇矛盾纠纷，要用法治的力量祛除心理上的阴霾!

　　一听说要惹上官司，还要受到法律的严厉制裁，年轻人害怕极了，连忙打发小兄弟离开，自己也乖乖地回到父亲的病房。

　　不过，让年轻人一直想不明白的是，铁律师咋长得那么像秦主任呢，自己下午巧遇他，难道是上天有意安排的不成?!

林大学的能耐*

　　20世纪70年代中后期，林大学老师的"美蒋特务"嫌疑一直查了10年多，总算收场了。清清白白的他这边刚摘"帽子"，那边就主动接下了教高中物理、化学两门课的任务，算是解了校长的燃眉之急。

　　一时间，学校里炸开了锅。有的说，一个学中文历史的，都十几年没上过讲台，学的专业知识也基本忘光了，怎么能教得了理、化两门课；还有人说，学校太不把学生当回事了，荒腔走板，误人子弟；再有人说，一个农村中学，留不住人才，总得有老师教理、化课才行，林大学老师中山大学毕业，脑子聪明好使，文科改理科也许没有问题。

　　提起这个林大学，在广州上大学期间，曾帮助过一个素昧平生的丢失火车票的香港女青年，使其非常感激。在分配学校任教闲聊时，他曾兴奋地提到这事儿。谁知，稀里糊涂就被造反派扣了顶"美蒋特务"嫌疑的帽子。然后，从县城高中下放农村中学，停教改造，

---

　　* 原载于《番禺日报》2017年9月10日副刊。

成了学校里全面打杂的老师。除了教学，什么活儿他都得干。比如，公社给学校送电，没有电工，他顶上，设计、安装全盘负责。

上级拨来一台未配"咪头"的"三用机"，他头脑转了几个圈后，心想，喇叭既然可以放音，也应该能够"吸音"，因为都是由低频振动产生的。他随即拆下一只收音机喇叭试试，果然成功，而且效果甚佳。再拿块红绸布包着，用竹竿一头绑喇叭，另一头绑在讲台上，校长站在跟前讲话，不但声音大多了，也显得很神气。

不过，话说回来了，教书非同学手艺，需要三更灯火五更鸡地下苦功夫才行。

可林大学倒好，重任在肩，迫在眉睫，还轻飘飘的，看不出有丝毫的紧张感。

晚饭后，林大学将自己的飞鸽牌自行车擦得乌黑锃亮，有人问他干什么去，他会不假思索地回答"兜风去"，可这一兜就是三更半夜才回学校。

周日，雷打不动骑车外出钓鱼，嘴里还不停地哼着小曲，一副完全陶醉在生活里的样子……

林大学这种有规律、有特点的生活，一直延续着，他的教学也神奇般地顺利进行着，从未卡过壳。有人百思不得其解，难道林大学真有三头六臂的本事不成！

这天早上，第一节课是物理课，班主任告诉学生们，林老师昨夜骑车回来淋雨患了重感冒，让大家预习物理课。话音未落，林大学却健步走上讲台，尽管脸色有些苍白，显得疲倦，但一讲起课来，依然声如洪钟，笑容可掬……

有一次，林大学摸黑骑车回来，不小心胳膊摔伤了，第二天上午硬是挎着绷带上课。那情景，就像负伤的战士，轻伤不下火线，决不

放弃阵地，一种顽强的斗志和良好的精神状态，始终感染着和鼓舞着听课的学生们。此时此刻，好多学生眼泪汪汪，心情五味杂陈，说不清是一种什么滋味。

其实，林大学利用晚饭后骑车兜风和周日钓鱼机会，到 20 公里外的一所中学向老教师请教学习物理、化学课的"秘密"，不久前被聪明的学生发现，出于对老师的爱戴，他们只能装聋作哑。

……

县教育局恢复高考第一年的总结公布，林大学的名字赫然出现在全县优秀教师的光荣榜上。

听到这个消息，出差在广州的林大学并没在意。他说："我现在满脑子装的都是赶紧去找过去的同学帮忙筹集理、化实验仪器，好回去尽快组建学校的仪器室呢！"

不过，在林大学的身边已经多了一位香港籍的女助手！

枕上泪*

开春之前，退休不久的吴天颈椎病突发，弄得他坐卧不安，左右不是。

夫人数落他，退了休整天比在位时还忙，甚至为了部队老战友的事可以废寝忘食。

焦虑之中，老吴想起了几年前被弃之衣柜的枕头，便让夫人尽快找出来救急。

"老头子，老领导送给你的枕头好几年了，你却没当回事。现在老毛病犯了，想起人家的枕头了，不嫌脸红！"

"怎么了？送我枕头，还不是我在部队支持他工作换来的！"

"别不讲良心。当年，你因颈椎病闹转业，不是大队长点头，你能走得了？"

"我患颈椎病是事实，提出转业也是可以理解的。再就是，年龄在杠杠上了。可大队长却不分青红皂白，给我上纲上线，全盘否定。

---

* 原载于《番禺日报》2018 年 4 月 29 日，《金雀坊》2018 年 4 月 29 日第632 期。

谁受得了，我不得已才与他大吵了一场。”

“为啥有话不能好好说呢！”

“你看大队长那个倔劲，既听不进我的话，又不愿面对现实，说什么'机务大队培养一名技术骨干不容易，保证飞行训练就需要你这样的同志，哪能说转就转'。还说我吴天真是无法无天，吼着要处理我。”

“换位思考，大队长重任在肩，不同意你转业也应该理解，更何况你这个中队主任还领导着一支业务队伍呢！”

“正好我转业了，年轻人上嘛，地球少了谁都能转。”

“你闹转业跟大队长翻脸，结果不还是转了吗？这还不算，你刚回到地方，人家就给你寄来了治疗颈椎病的枕头，这份情难道不应该记一辈子?!”

“算了，算了，过去的事别再去翻它了。老婆子，你以为我心里不欠着人家的吗？”

其实，自从吴天转业之后，大队长就像变了个人，在教导员面前不止一次地作自我批评，他责骂自己只知道让下级干工作，而很少主动关心部属。他后悔对待吴天的态度不好，尤其是作为一个领导干部，说了不该说的话。正是始终有这个心结，大队长专门在双休日去市里，花大价钱买了治疗颈椎病效果很好的枕头寄给吴天。

一场春雨过后，阳光明媚，空气清新。适宜的气候，为人们提供了良好的睡眠条件。夜晚休息前，吴天不停地左右扭动着脖子，先前的颈痛、脖酸症状明显消失，他期待着今晚又能做一个甜蜜的美梦！

深夜时分，万籁俱寂。吴天夫妇很快进入甜蜜的梦乡。

突然，吴天骂起人来：“什么狗屁大队长，是谁给你的权力，非要我转业？部队培养了我，还没好好报答，这个兵我还没当够呢！

我生是部队的人，死是部队的鬼。就是不脱军装，看你能把我怎么样！"

被惊醒的夫人，明白这是吴天在说梦话。于是，她推醒梦里激动的老吴："梦里胡说些啥呀，看你又失态了不是?"

"大队长他太不像话了，我正与一帮战友穿上新式军装在大街上风光呢，他这个不叫，那个不叫，专叫我谈话，非逼我转业，说什么'部队调整改革，年龄大的先转，要服从大局嘛！'见我不理睬他，他态度坚决地说已决定了，转也得转，不转也得转！气死我了，我不骂他骂谁?"

"不是做梦吗? 看你还当真了。好了。既然气也出了，那就继续睡吧。"

不一会儿，再次进入梦乡的吴天，鼾声如雷，夫人被他吵得辗转反侧，难以入眠。无奈之中正要起身去卫生间，却听见吴天边哭边说："老领导啊，你才七十出头就走了。你总是以部队建设大局为重，时时刻刻一心扑在工作上，却没有把自己的身体当回事，硬是积劳成疾，留下了祸根哪！老领导，你关心下属，体贴入微，战友们永远都不会忘记你的！"

接着又是一阵伤心的哭泣……

吓了一跳的夫人，虽然意识到吴天仍然是梦里活动，但却搞不明白他哭的是哪一出。干脆叫醒老吴，想稳定一下他的情绪。

"好家伙，这一晚上先闹后哭，全是你在表演，还让人休息不！我问你，刚才那一阵子又是在哭谁呢?"

"除了我的'老冤家'，还能有谁呢?！"

"你真糊涂，人家两年前就走了。当时，你不是因为身体不好住院，没能去参加他的追悼会吗? 为此，你还后悔了好一阵子呢！现在

又梦到伤心的事，到底好还是不好？"

"日有所思，夜有所梦。难道你不让吗？这是我的权力！"

吴天摸了摸潮湿的枕巾，然后将后脑勺紧贴在上面，自言自语："枕着带泪的枕头，我会睡得更香！"

他 与 他[*]

入狱整整三个月。平静之后，他开始书写忏悔书。与别人不同的是，他的书写思路是从他与他进入的……

他与他，同年同月出生，又在同一个县城，从小学到高中又是同班同学。

高中毕业后，他与他到同一个村插队劳动锻炼。

不久，前他就因受不了劳动的苦和累想当逃兵。锄地劳动时偷偷跑回了家，向父母哭丧着脸："我真命苦，怎么生在这样的家庭？整天脸朝黄土背朝天在农村修地球，以后怕连个老婆都讨不上的。"父亲被他逼得没办法，只好提前退休让他顶岗上班。

而后他，父亲去世早，母亲是个清洁工，整天忙得没日没夜的，很少让他回城。

春季农忙开始时，他和村民一起往山上地里挑粪，到山下河里挑水，栽种地瓜等农作物，干着既苦又累的活儿。他虽然身单力薄，干起活儿来却争先恐后。

---

* 原载于《华夏文学》2016 年 11 月 15 日。

他对学习特别有兴趣，白天主动向村民求教农作物栽培管理技术，晚上收工回来，就坐在炕上对着煤油灯，遨游书海……

正是被村民评价为"能吃苦、肯钻研，是棵好苗"，他不久入了党，还当上了村里的团支部书记。

前他才不羡慕呢！他笑话后他："土老帽，难有大出息。"

前他，并不满足于上班，时刻都在寻找升迁的机会。他注重走近领导，学会来事，很快当上了科长。之后，又通过关系，升任局长。一时间，他利用手中的权力呼风唤雨，经常出入高档酒店，沉湎于酒色之中。他十足的绅士味，赢得不少漂亮女孩的芳心……

后他，在黝黑的田野里摸爬滚打，练就了一副硬朗的身板，思想像成熟的果实，时刻接受着检验。不过，一眼看去，他的形象却土得掉渣。

四年后，后他被推荐上了省城的重点大学。离村的那天早晨，泪眼婆娑的他向在村头送别他的乡亲们深深鞠了一躬："我虽人走了，但心永远留在村里！"

大学毕业后，他被分配在省政府一个比较有实权的部门工作。前他因竞争副县长，找上门请他帮忙。后他毫不客气："人在做，天在看。你不是那块料，走邪门歪道，兄弟告诉你——此路不通！"前他记恨后他一点感情都不讲，让他灰头土脸。

前他升官不成，便开始在主管的工程上做着发财梦。他包小蜜，并在小蜜的要求下，第一次将工程私下包给别人。事后，如愿收到一大笔丰厚的回扣。尝到甜头的前他，多次带着小蜜到省城编织关系网，在他眼里，后他简直成了多余的人。

自这以后，私下包给别人工程的事情，前他一发不可收拾，直到他主持的一个重大项目，使国家蒙受重大经济损失问题暴露而锒铛入狱。

天有不测风云。前他出事不久，省城很快传来消息，后他也被纪委的人带走了……

……

随着一阵急促的敲门声，前他被告知有亲属探监。看到站立铁窗外白发苍苍的耄耋老人——后他的母亲，他先是一惊，紧接着放大嗓门叫了一声"姑妈"，便泣不成声。

其实，后他的母亲是前他的亲姑妈。侄儿走了邪道，老人痛惜万分。

"听说纪委的人约谈表弟了，他现在怎么样？"前他关切地问。

"还不是你干的那些脏事！你表弟单位有好几个领导因为收受你的贿赂，纪委喊他过去配合调查，他本人什么事也没有。这不，三个月前刚从省政府机关空降咱们地区主政。他特意委托我来探视你。哎，你呀你……"末了，老人眼圈红了。

此时此刻，前他泪如雨下，这泪，是久违的泪，感动的泪，更是悔恨的泪……

俺家的那条狗[*]

爷爷下班回来吃午饭，听到门后面的竹栏里有"咕咕"叫声，上前一看是条出窝没几天的狗崽子，顿时火冒三丈，冲着奶奶大叫："小狗崽子是谁抱回来的？难道不知道俺家不准养狗吗？只要俺活一天，就不能在家里看到这种畜生！"

"这十冬腊月天寒地冻的，老五见路边冻得奄奄一息的小狗太可怜，就抱回来了！"

"那也不行！俺跟狗的家族有仇，就是要记着。吃过饭让老五尽快抱走送人。"

爷爷说跟狗有仇，是他年轻时曾被恶狗咬过，大病一场，险些丢命。从此怀恨在心，见狗不管善恶，出手就打。

五叔说送走了小狗，只是悄悄地将它藏了起来。小狗也很配合，默不作声。爷爷再没见到小狗，紧锁的浓眉才慢慢舒展开来。

一个月过后，小狗在五叔的精心照料下，长了膘，壮了身，特别招人喜欢。尤其是小小的它特别通人性，一听到爷爷下班回来吃饭那

＊ 原载于《河南科技报》2017 年 11 月 18 日副刊。

一声熟悉的咳嗽，立马躲起来。

可是，终于在一天晚饭后，爷爷发现了活泼好动的小狗，这回爷爷并没有发脾气，而是在回单位宿舍休息时，将小狗用笼子带到离家五公里的一个村子里扔了。

谁知，不大一会儿，小狗却顺利地回到了家，那情景，又蹦又跳，亲了五叔的腿后又跑到奶奶膝下撒娇，直闹得奶奶泪花闪闪。

一天天过去，小狗长成了大狗。爷爷虽然没办法再赶它离开家，但内心里总归还是不喜欢它的。爷爷害怕不知道哪天，这条狗把人咬了，引起纠纷，让自己的悲剧重演。一想起这些，爷爷就感到切肤之痛。可奶奶与应征入伍即将离家的五叔，完全将它视为这个家庭的一员，关爱有加。

大狗认家更认主人。奶奶说："俺家的这条大狗看门护院，很尽心，从不随便乱咬人，可算是很爷们的！"听到奶奶的夸奖，大狗高兴地不停地摇着尾巴。然后，乖乖地回到房头蹲守，履行它应尽的职责。

大狗深知爷爷不喜欢它，在爷爷面前尽量不做出让爷爷讨嫌的事，矜持得像个腼腆的孩子。

连着好多天，爷爷没有回家吃饭。大狗便跟随送饭的奶奶来到爷爷单位宿舍。原来爷爷生病卧床不起，需要家人照顾。奶奶不让忙着上班的孩子们请假，说自己身体还结实，照顾爷爷没问题。大狗像贴身保镖，紧随其后。

这天早晨，奶奶睡过了头，没有给爷爷送饭。大狗在屋内来回转了好几圈，见奶奶仍没有任何动静，便撒开四条腿奔向爷爷的单位宿舍。

此时，卧床的爷爷咳嗽不止，满头大汗。只见大狗推开门后，迅

速用嘴扯下挂在洗脸盆架上的毛巾，衔给爷爷。然后，正要回去"报信"，恰巧奶奶送饭进门，及时服侍爷爷，才慢慢稳定了爷爷的情绪。

可能是大狗的行为感动了爷爷，瞬间爷爷精神起来，他向大狗招了招手，眼神里传递出久违的亲切与爱意。大狗似乎领悟了爷爷的心意，来到床前并伸开双前腿，向爷爷深深鞠了一躬。

此后，爷爷的身体时好时差。在爷爷的要求下，照了全家合影相，爷爷专门让摄影师将大狗也照了进去。至此，大狗正式成了家庭的重要"成员"。

在爷爷患病卧床的这段日子里，大狗每天总是趴在病床前，默默地陪着爷爷。有时，大狗晚来了一会儿，爷爷就不停地问奶奶："大狗去哪了？"

爷爷病危连续昏迷三天。前一天晚上，大狗从爷爷住处回家正碰见窃贼，搏斗中受重伤死亡。

抢救中慢慢苏醒的爷爷，望着床前悉数到齐陪伴自己的儿孙们，用微弱的声音问道："大狗怎么没在这？！"当奶奶告诉爷爷大狗的遭遇后，爷爷两边的眼角泪流不止……

爷爷去世后，五叔办完丧事归队前，让奶奶再抱养一条小狗，奶奶说啥也不同意，她说："心里永远也忘不掉俺家的那条狗！"

房　子*

　　范新"五一"节结婚，搬进三室一厅新房后，两口子天天有一些磕磕绊绊的事。他爱人疑神疑鬼，认定新房风水不好，让范新想办法处理掉，然后，另购他处。

　　肖局长听说此事，与夫人商量就要买下范新的房子。"你疯了，咱们家已经有好多套房子了。现在纪委查房查得这么紧，不怕掉乌纱帽哇？""女人头发长，见识短，胆子就是泥捏的。咱有的是办法。"说着，肖局长对着夫人的耳朵嘀咕起来，直到夫人点头露出了笑脸。

　　这天早上，范新刚上班就被肖局长叫去："范，当副科长快四年了吧？局里最近要提拔一个科长，你有没考虑竞争一下？""从当局长的司机开始到当副科长，都是您一手栽培。如果局长再能扶我上个台阶，那是我三生有幸，知遇之恩，范新一定好好报答。"

　　没过多久，范新如愿以偿当上了科长。

　　一天，范新爱人听肖局长夫人说要替亲家买房，面积与自己这套

　　* 原载于《岭南文学》2016 年第 1 期。

差不多。心知肚明的她，心想肖局长待范新这么好，既然时机来了，不如做个顺手人情，也好让肖局长一直想着范新。于是，她急忙打电话给范新，但没等老公多考虑，就与肖局长夫人达成"君子协议"：一是低于原价的30%价格出让；二是户名暂时不改。

范新对爱人卖房的事，虽然认为急了点，但也认为肥水总归没有流入外田。冲着肖局长这个大贵人对自己的信任与关照，范新考虑的重点是感恩。为此，小两口主动往肖局长家走动勤了。

说来也怪，范新卖了新房以后，既没病也没灾了，个人升了官，爱人还怀了孕。至于另外购房的事也没有那么迫切了。眼看半年快过去，范新两口子一直都没提搬家的事，这样白住房子的情况，倒让局长夫人着了急。

还是肖局长有办法。夫人经过面授机宜之后，晚上来到范新家里，"弟妹呀，这两天我的耳朵根子始终发热，原来是亲家做生意亏了。他刚买了你的房，手头紧，不好开口。现在房价上涨，租金也提高了，我看不如你就先租住这房子，预交一年租金怎么样？"尽管范新爱人知道怎么一回事，但一想到肖局长对范新的好，知事理、懂人情的她，没让局长夫人为难，一分不少地付了一年数目可观的租金。

范新及其爱人的表现令肖局长十分满意，在局里一次会议上，肖局长重点表扬："范科长，围绕中心服务大局，善于领会领导工作意图，是个很有发展前途的好干部。之所以他比较优秀，是背后有个善解人意的好老婆支持的结果。"范新心里美滋滋的。

第二年"五一"，范新乔迁新居。正当兴奋之时，原来小区的物管员打电话来要收物业费。

"搬房前已交齐了。"

"现在收取新年度的。"

"房子早已转卖了，你找……"

"户主是你，不找你我找谁呀？难道今早市台新闻你没看？你们肖局长贪污受贿，被查出有十来套房子，昨晚已被双规了。"

"呵？……"范新顿时无语，一脸忧愁……

出 经 验*

局系统反"四风"教育即将进入对照检查阶段。这天上午一上班，办公室章主任接市局办公室的电话，决定他们尽快出一份反"四风"教育经验材料。

章主任向叶局长汇报此事后犯难："办公室写材料的李聪连续四周没休息了。我们小小的县局哪有那么多经验出啊？"

"兵来将挡，水来土掩。出经验是好事呀！"叶局长看样子很乐意。

别看章主任嘴上叫苦，内心里还是佩服叶局长是一个出经验高手的。

可是几天过去了，叶局长非但没作一字批示，还亲自交给李聪帮自己起草对照检查稿的任务。章主任嘀咕："不知道局长葫芦里卖的是啥药？"

李聪接了叶局长的重要任务，想要给领导留个好印象，就在稿子

---

* 原载于《岭南文学》2016 年第 1 期，《华夏文学》2016 年 12 月 15 日副刊。

里写上了诸如"学习很自觉""工作很刻苦""作风很深入"的溢美之辞。稿子送审，叶局长十分不满意："这哪是检查，分明是评功摆好的邀功书。"

对于局长的严格要求，李聪自忖，既然是对照检查稿，全写好的确实不妥。于是他把稿中的"很"字改成了"不"字，变成了"学习不自觉""工作不刻苦""作风不深入"。结果，稿子二次报审，叶局长更不满意了："如果我们平时工作都是这样的话，那不早就被轰'下台'了吗?"

"这左也不是，右也不对，究竟怎样写才能合局长的要求呢?"李聪向办公室的老秘书大刘请教。经过大刘的精心点拨，李聪倒也聪明，这次干脆把原稿中的"不"字和"很"字连了起来，就成了"学习不是很自觉""工作不是很刻苦""作风不是很深入"。果然，还真管用，叶局长再审稿子，就顺利通过了。

总算写成了第一个东西，李聪心里美滋滋的。

这天下午，叶局长专门把章主任和两个副局长叫去征求意见。

对于局长撇开经验材料的事，而专门去研究自己的对照检查稿，章主任心急火燎，一肚子不快，但只能硬着头皮参与。

"我看，这个稿子可以作为领导干部作'对照检查'的'样板模式'。"写材料出身的陈副局长肯定地说。

"你看，说不是很自觉，还算是'自觉'的；不是很刻苦，还算是'刻苦'的；不是很深入，还算是'深入'的。这样的'检查'乍一听，既'深刻'又'实在'，其实不痛不痒，让人容易接受。"平时爱咬文嚼字的张副局长进一步阐释。

"这个对照检查稿，对上能交差，对下能应付，对己能开脱，真可谓进退有路，左右逢源。"章主任说话最出彩。

"哈哈，各位真不愧为写材料的高手！不过，既然是对照检查稿，用'不是很'的官话来遮遮掩掩、怕痛怕丑，甚至文过饰非、徇私护短，这样的'自查''自纠'，倒不如不查、不纠。"叶局长的表情突然变得严肃起来。

叶局长平时和颜悦色，平易近人，从不爱发脾气。如果说对一份材料的认识看法，可以有不同意见也是叶局长的一贯民主作风。而这次他的突然"变脸"，是几位局领导始料未及的。

……

"局长，这个稿我们下去再仔细推敲、斟酌完善，保证让你满意。我建议趁此机会抓紧研究一下市局要的那个经验材料。"章主任打破沉默，急着转移话题。

叶局长好像意犹未尽，严肃的面孔有些升级，"长期以来，'不是很'一类'光荣'的'缺点'，充斥我们局的一些文件、材料和所谓的'对照检查'之中。它的'妙处'就在于可以在原则口号下不用接触实际问题，不承担具体责任。因为，一接触到具体问题，就会触碰痛处和要害处，避之唯恐不及，哪个还会主动引火烧身？说到底，这种写作套路是不良文风的表现，也是形式主义的一种实际反映，这种长期困扰机关的'顽疾'，必须坚决反对和彻底纠正！"

叶局长的"较真"，像一把火，烧得几位局领导脸红红的，个个不知如何是好……

还是章主任领会叶局长意图最快，此时此刻，他恍然大悟，内心暗赞叶局长"真不愧为出经验的高手！"

书斋墨香*

这年秋天，日军占据蓼镇县城。一时间，浓浓的阴云不仅罩在古城的上空，也罩在人们的心头。

让老百姓怎么也想不通的是，在县城各阶层人士中享有极高威望的蓼镇书斋的古墨老人，轻松地答应了日本军官小野村夫，出任维持会长一职。

"怎么办呢，赶鸭子上架的事。尽早安定，减少流血呀！"面对老百姓"汉奸！走狗！"的谩骂，古墨虽然心里很不是滋味，但他还要硬着头皮进行解释。

原来门庭若市的蓼镇书斋，一下子冷落下来。计划中的书画活动，被取消；亲朋好友敬而远之，不再踏门半步。古墨身边仅剩一名仆人辅佐。

更有甚者，书斋的红漆大门上，经常会被人贴上反差较大的"甘当汉奸卖国贼，没有好下场""良心黑了，不得好死"的标语。

古墨似乎不太在意这些，反倒和小野村夫关系越来越近了。书斋

＊ 原载于《新青年》2017 年第 8 期，《微型小说选刊》2017 年第 24 期。

像一块充满磁性的磁铁，吸引小野村夫经常到书斋来坐坐，与古墨闲叙，高兴时还小酌几杯。

这天上午，小野村夫便装出行，摆出一副礼贤的姿态，参观古墨的书房。看见不大的书房里，既有唐宋八大家的墨宝，也有一些名播海内的当代书画家馈赠的手迹，还有古董架上摆放的几件珍贵的出土文物，小野村夫垂涎三尺，喜悦心情溢于言表："老人家，我这个'夫'就是贵国人们称呼的老夫子的'夫'。我在上大学时，主修的是中国文化。"

从小野村夫的眼神里，古墨透视出他的全部心理活动。古墨一边彬彬有礼地招呼小野村夫喝茶，一边许诺可以赠送些个人作品给他。小野村夫夸赞古墨"大大的良民，是大日本完全可以信赖的朋友！"

嘴里虽然这样说，其实小野村夫心里就想尽快将这些价值连城的书画和文物收入囊中。但碍于合作的大局，目前他还不便过早地得到这些想要的宝贝。兴奋之中，小野村夫不忘邀请古墨去指挥部他的办公室坐坐。让古墨亲手教他写书法，画山水画。

之后，每次古墨都是乘兴而去，满意而归，心里美滋滋的。

古墨与小野村夫的密切来往，老百姓看在眼里，恨在心上。天天总有不少老百姓路过书斋怒骂动粗。与此同时，有人注意到书斋内经常有些陌生人出入，就大胆预测，肯定是古墨与小野村夫私下交易的联系人和日本人派出的便衣特务。

这天夜晚，一群气不过的民众自发地到书斋抗议发泄，结果，引来了一队日本兵的追踪。奇怪的是抗议民众没有任何伤亡，日本兵倒有3个不明不白地失踪了，小野村夫怀疑是八路军武工队背后所为。一气之下，他怒杀了监狱关押的7名抗日积极分子，作为报复。

一段时间里，县城内反抗与镇压冲突不断，双方均有伤亡，社会治安状况堪忧。根据小野村夫的旨意，古墨及时出面喊话，结果，引来骂声一片。

为了展示高压下的繁荣安定，达到日本人所谓的示范目标，给上峰一个交代，狡猾的小野村夫，秘密组织筹办一个中日亲善文化交流会，他特别邀请了日本国内名角和一批有身份的军官参加。

指挥部办公室内，正为自编自导交流会而满心欢喜的小野村夫，派人请来古墨给自己的书法和山水画评头论足。古墨细致品味，赞赏有加。

回到书斋，古墨急忙叫来唯一的仆人，从小野村夫的书法和山水画开始，展开了不为人知的研究……

离交流会召开前两小时，小野村夫才仓促通知古墨筹办交流会的事，并让他组织社会名流以及作品参会，古墨笑脸以对，满口答应。

谁知，距交流会开始半小时前，情报官向小野村夫报告，参加中日亲善文化交流会的日本使团共 30 人，半路遇袭，全部殉国，为天皇尽忠。

小野村夫悲恸欲绝，几乎昏过去。

平复心情后，他急切地准备自己的后路。突然，小野村夫像哥伦布发现了新大陆，所发生的一切，原来都是他捣的鬼。目光在交流会现场不停地扫视，果然，他已经不在现场了。

小野村夫迅速带人来到蓼城书斋。此时，古墨书房内的书画和文物不知去向，唯有古墨正奋笔疾书。愤怒的小野村夫上前看个究竟，"人生自古谁无死，留取丹心照汗青" 14 个大字像 14 把尖刀，直杵他的心窝。

"八嘎！"小野村夫的战刀刺进了古墨的胸膛。鲜血从他那白绸衣衫中汩汩地流出，洒在遒劲刚健的墨迹上……

红军炮[*]

赶在国民党 3000 多正规军和 500 多民团对豫东南苏区"扫荡"之前，蓼镇赤卫队根据豫南县委的指示，迅速分解掩埋了世界上绝无仅有的两门木制土炮，并将 210 名赤卫队员化整为零，转入地下开展革命斗争活动。

在一部分赤卫队员还十分想不通的情况下，过去激情澎湃、一燃就着的赤卫队长、土炮制造者——李木匠，则显得理智、稳健。他开导大家："留得青山在，不怕没柴烧。只要保存好革命力量，我们的神炮在不久的将来肯定会再发威力，革命的高潮会一浪高过一浪！"

还甭说，那些"砍头不过碗大疤"的赤卫队员，服他、认他，目光投向他的除了信任还是信任。正是这样，分开之前，李队长组织十几个骨干，在两天前病逝的远门大哥"墓地"，完成了特别部署。

提起两门土炮，让敌人听炮色变，闻风丧胆。两个月前，十几座

---

　　* 原载于《悦读时代》杂志 2017 年，《番禺日报》2017 年 7 月 6 日，《河南文学》2019 年 5 月。

坚如磐石的地主围寨，被势如破竹的赤卫队攻破，红色根据地迅速扩大，震惊了国民党高层。

敌军此次根据土豪劣绅的禀报，遵命上峰指令对苏区"扫荡"的重点，是搜缴为赤卫队壮威的两门土炮和造炮的赤卫队员，以此有效扼杀苏区不断扩大的胜利成果。

经过连续几天对土炮的地毯式搜查，敌人毫无收获。暴跳如雷的敌师长根据线报，派兵抓捕了赤卫队长李木匠。

行刑室内，各种刑具一应俱全，屋中间一盆红彤彤的炉火，燃烧正旺。整个屋内，透着一种不祥的恐怖气氛，让人不寒而栗。

不过，摆在李队长面前的一碗香喷喷的鸡蛋面，与整屋的气氛形成了鲜明的对比。

"李队长，我们今天请你来，是想与你做笔交易。"

"俺一个穷木匠，能和你们做什么交易？"

"我们知道，是你这个赤卫队长领头制造了两门土炮，只要你把它和参与制造的赤卫队员交出来，不但过去的事情既往不咎，还奖励你大洋200块。"

"哎呀，钱是不少，能办很多事。可我这个木匠没有福分拿它！"

"看样子，你是不愿配合喽。不要敬酒不吃，吃罚酒！"

"反正，我这一百多斤算是交给你们了，要杀要剐，随便！"

"用刑！不怕你嘴硬！"

惨无人道的敌人，用十八般酷刑把李队长折磨得死去活来。阵阵撕心裂肺的喊叫，连小鸟都吓得不敢在室外的树上停留……

"老东西你说，到底把两门土炮藏哪儿去了？快交出来！"

刽子手将烧红的烙铲贴在李队长的胸口，"吱吱"冒烟，空气中散发着一种煳肉味。

一盆凉水泼在脸上，从昏迷中醒来的李队长咬紧牙关，语调坚定有力："不错，土炮是我领头造的，草图、材料、制造人员名单，都在我心里；两门土炮藏在什么地方，我也知道。这都是党和赤卫队的秘密，不能告诉你们这些乌龟王八蛋！"

"狠狠地打，看你能撑到什么时候！"

奄奄一息的李队长，吃力地吐字："我，生是红军的人，死是红军的鬼。大哥呀，兄弟这就去找你，到了阴间咱哥俩还要跟敌人斗争到底！"

当敌人得知，几天前李队长刚给病逝的远门大哥送葬的事，怀疑其中必有蹊跷。就硬逼着李队长带他们到下葬的地方挖墓搜查。

李队长虽然嘴上喊不愿去墓地，内心里却暗喜，琢磨着寻找惩罚敌人的最佳时机。

进入五月的大别山，青翠的峰峦间点缀着团团殷红的杜鹃花，到处呈现出勃勃生机。身陷敌手的李队长，依然沉浸在两门土炮发威为赤卫队横扫敌寨，取得节节胜利的喜悦之中。他太眷念那些令人兴奋的日子了！

他想，死亡并不可怕，唯一遗憾的是还没有来得及给土炮命名，珍藏内心已久的"红军炮"三个字，是他最大的心愿。

在哥哥的"坟墓"旁，十几个敌人挥动铁锹不停地挖着、叫着。

很快，坟墓中的棺材露出了头。李队长怕敌人狡猾不轻易上钩，突然冲到棺材的盖顶，大叫道："你们别动我的'红军炮'！老子和你们拼了！"

这时，敌军官和士兵一窝蜂地围过来，一边控制着李队长，一边急迫地打开棺盖。突然，"嘭嘭，轰隆隆……"一阵震耳欲聋的爆炸声，将几十个敌人炸得血肉模糊……

李队长倒在了血泊中，脸上始终挂着微笑……

不难猜想，这正是他先前布置的特殊任务，得以出色完成，欣慰地笑了。

至此，敌人想要而无法得到的"红军炮"，美名飞扬！

捉"死人"*

连日来，豫南县委组织领导的声势浩大的剿匪反霸斗争，捷报频传，利剑直指南山匪巢。

盘踞在南山里的大土匪头子、"铲共团"团长裴豁牙，惊魂未定，下属禀报几路"诸侯"接连落网的消息，不禁三魂离体、七魄出窍。深知罪孽深重的裴豁牙心想，这一天离自己不远了。

隔天，从裴宅传出消息："裴豁牙昨夜暴病身亡，将于后日出殡。"

剿匪指挥部宿营地，大家认真分析研究突变的情况。

"裴匪人高马大，往日并没有听说过有任何疾患，缘何猝然病死？"

"早不死，晚不亡，偏偏这个时候见阎王，太蹊跷了！"

"如果情况误判，让裴匪这个魔鬼金蝉脱壳逃了，那怎么能对得起被他残害的革命群众和农会干部？又如何向英烈们交代？"剿匪指挥领导陷入了沉思……

指挥部最后决定公安队长肖强带领精干队员化装侦察，尽快抓住裴匪这个"死人"的狐狸尾巴，然后，一举歼灭这批负隅顽抗与人

---

* 原载于《故事会》2021 年。

民为敌的反动武装分子。

肖强这个曾参加过淮海战役的年轻机智勇敢的侦察员，从种种迹象判断裴匪肯定是使诈装死。于是，他指挥队员们将侦察的重点放在裴宅附近不同路段，日夜埋伏监视，试图发现蛛丝马迹。

果然不出所料，在裴匪"出殡"的一周不到，侦察员便抓获了一名火急火燎给裴匪老宅送信的人。信的内容是："母病危，速回一见。"

贫苦出身的送信人，在裴匪爱妾娘家打长工数年，受尽了凌辱。经肖强一番说服教育后，表示愿意为肖强办事当内应。

第二天上午，当裴匪的爱妾走在探母路上的一段偏僻处时，被忽然"飞"出的两个蒙面人轻松绑架。

送信人逃回裴家，裴家立即密报"死亡"的裴匪。闻此噩讯，裴匪心如刀绞，急得暴跳如雷，下决心拼死要救出爱妾，又生怕掉入剿匪指挥部设下的陷阱。

一连两天，他茶饭不进，反复权衡后，感觉还是保命要紧，该舍弃的必须忍痛割爱。像当初想出装死的绝招一样，贴身心腹马猴凑上前，俯下身子一阵耳语。裴匪听罢，如同一袋大烟下肚，激起异样的兴奋。

见裴匪没有上当，肖强出于人道，释放裴匪爱妾回娘家为病逝的母亲奔丧。目的，也是放长线钓大鱼。

连日来，肖强他们捉裴匪看似大海捞针，不见动静。其实，他们无处不在，眼观六路，耳听八方，时时处处不放过任何一个细微疑点。

这天上午，蓼镇街市热闹非凡。街头人群中正悄悄传出一个令人恐怖的消息。

岁月情怀

　　裴匪爱妾娘家祖坟地近期不断闹鬼，有人见她不久前死去的母亲，好像复活再现。听起来，让人毛骨悚然。

　　说者无意，听者有心。当晚，夜色漆黑，树叶声沙沙。十几个"大仙"不请自到，他们先在坟茔边上做法事，然后开挖坟茔捉"鬼"，"无意"间触碰暗道机关，墓开洞现，一个亮着昏暗灯光的地下密室，呈现在"大仙"们的眼前。

　　"快，下去捉'鬼'！"领头的"大仙"命令道。

　　"叭叭"洞室内的"恶鬼"向外连开了两枪。只见两个"大仙"眼疾手快，奋力还击，然后就听到"啊！啊！"两声，便再也没有任何动静了。

　　众"大仙"快速进入密室，映入眼帘的是：裴匪的贴身心腹马猴仰面横尸；长着长长胡须的"死人"裴豁牙，跪地双手高举，下身顺着裤子淌尿，上身摇晃颤抖不停……

孩子与驳壳枪*

刚满半岁的孩子，在床上"哇哇"地哭个不停，让虎妞怎么哄都止不住，她有些撕心裂肺的痛。

正当虎妞焦急不安、一筹莫展时，忽听门响三声，虎妞急忙开门，见一个头戴八角帽的红军战士倒在门口，身体十分虚弱。

虎妞二话没说，迅速将红军战士搀扶进屋，闩好门，又立即将出了锅还未来得及吃的蒸红薯，拿给他充饥。

虎妞看出来面前狼吞虎咽的红军战士，肯定饿了很长时间肚子，说不定是被打散后去找队伍的，而且这会儿正有敌兵追他。

"汪汪汪……"远处传来一阵恐怖的犬吠。

虎妞心里猜个八九不离十。

她稍稍沉思了一下。突然，她在红军战士毫无反应的情况下，以一个迅猛的闪电动作，急速拔下了他插在腰间的驳壳枪。

"对不住了，红军大哥，如现在俺不收了你的家伙，等会儿那些

＊ 原载于 2017 年 7 月《珠江时报》，2017 年 9 月"广东小小说公众号"转载。

人来，不知你会惹出什么麻烦呢！怕你有疑心，只好先夺后奏了。"

"你是什么人？……让我马上离开这里！"见这个一身功夫的女人，红军战士内心有点发怵。

他早听说这一带匪患猖獗，女土匪也不乏其人。心想，才出虎口，又入狼窝。如何是好？他要盘算怎样脱离险境的办法。

犬吠声越来越近。红军战士转身正欲破门而出。

"站住！俺'男人'不在家，听俺话，快换上他的衣服。你待在屋内别出声，保准没事。"虎妞边说边去哄孩子。

事已至此，红军战士只好死马当活马医，听从虎妞的摆布。

一队打着火把的敌兵正迅速向这边奔来，依稀还可以听到一些嚷嚷声。

"报告连座，这儿有户人家！"一声尖叫从门缝传进来。一个沙哑的嗓子吼道："娘的，把房子包围起来！叫开门，如果不开，就给老子撞开！"

接着便是一阵急促的叫门声："开门，开门，快开门……"

"来了，来了。"虎妞头发蓬乱，抱着孩子打开了门。

"小娘们，有个赤匪跑这来了，快给老子交出来！"敌连长咄咄逼人。

"俺没，没看见有什么赤匪，俺已经睡着了。"松明子昏黄的火光，映着虎妞憔悴的面容，一副刚睡醒的样子。

"搜！他娘的，要是让老子搜出来，可没你小娘们好果子吃的。"

几个敌兵一窝蜂冲进屋里，东翻西找，一见床上躺着个人，立马大叫："连座，床上有人，床上有人！"

"慌什么！"敌连长走近床沿，用枪指着红军战士的头说："娘的，起来！你是谁？别给老子装蒜！"

红军战士没有吱声，装着没听见似的。虎妞抱着孩子急忙过来："老总，他是俺男人，叫栓柱。"

"娘的，谁问你了，让他说！"敌连长一把揪住红军战士的头发："你叫什么名字，嗯?!"

依然没有回答，对方显然重病缠身，心力交瘁，嗓子眼不断发出有气无力的呻吟。

"俺男人病几个月了，很久都不能说话，老总们就行行好吧。"虎妞泪眼汪汪，语调中充满了浓浓的悲情。

敌连长还是不相信，抓着红军战士的头一个劲地摇晃，好像要找出什么破绽。

这时，放下孩子的虎妞猛地扑了过来，两手紧紧将红军战士的头抱在怀里，哭着说："老总，你就积点德吧，他病成这样子，咋能经得住你这么折腾呀，俺娘儿俩还指望他养活呢，就饶了俺全家吧。"

敌连长见虎妞非常亲昵的举动，判定床上的"病人"是娘们的男人，这才撒了手。在确认没有发现任何可疑迹象之后，着急上火地带着手下奔别处搜查去了。

夜深了。待敌人远去，虎妞从包在孩子身上的包被中取出那支驳壳枪。"物归原主！"虎妞笑着将枪递给了神情激动的红军战士……

嫂子到底是个什么人？刚才惊心动魄的一幕，让红军战士刻骨铭心，他打心眼里敬佩面前这个让人猜不透的女人。

告别时，看一眼熟睡的孩子和藏驳壳枪的包被，红军战士的眼泪像断线的珠子，滚了下来。他在孩子圆鼓鼓的腮帮上亲了一下，哽咽自语："无论今后怎样，俺都忘不了嫂子和孩子的救命之恩！"

"错了，红军大哥！"虎妞害羞地连忙澄清道，"孩子，是寄养的红军后代；俺，还是个没出阁的黄花大闺女呢！"

守护者*

　　平息哗变身负重伤刚刚痊愈的副官蔡武，荣升豫南县保安团团长。国民党高层分析前团长段应魁任内发生哗变的原因后，加紧对保安团人事布控，下令一个月内深挖严查共产党，彻底铲除遗患。

　　蔡武高调上任，便宣布几条训令，严禁本团官兵接触共党任何赤色宣传；本团官兵一律不准随便聚集；即日起，官兵可以随时举报共党嫌疑，一经查实赏大洋200块。对同情包庇者，严惩不贷。

　　就在宣布训令第二天，蔡武收到一封密信，看罢，他大笑了一声，"天助我也！"

　　保安团内的地下党组织，是前任副官、共产党员聂良亲手组建的。聂良策动哗变，带走了部分人员和武器弹药后，留下少数骨干，坚持地下斗争，主要任务是在保安团发展壮大组织。

　　没想到保安团上层调整之后，监视的眼睛日益多了起来，给党组织开展活动带来了诸多不便，人人自危，行事谨慎。大家痛恨蔡武，牙咬得咯咯响。

---

　　* 原载于2020年9月《金雀坊》，2021年《西南文学》第2期。

　　蔡武对党国的忠诚，让从县党部调来任团副的聂凤云和新任副官安景斗敬佩有加，纷纷表示，愿一切听从团座指挥，效犬马之劳。

　　团副聂凤云，在县党部效力数年，对上对下，八面玲珑，滴水不漏，在尔虞我诈的环境中，既混得人熟脸熟，又深得上峰的赏识和信任。这次升任保安团团副，他是理所当然的不二人选。

　　副官安景斗，是国军整编师长的小舅子，爱财如命，做事胆大，经常我行我素。当保安团副官，是姐夫哥的精心安排。

　　通过几天来的接触和观察，蔡武明显发现两人心口不一，暗自培植亲信，一方面为清共寻找打手，另一方面及时整合力量，适时架空自己。种种迹象表明，两人背着自己，秘密制订了一套清共方案。不过，蔡武已准确地掌握两人的致命弱点，有完全应对的把握。想着想着，蔡武笑了，笑得非常开心。

　　安顿下来以后，蔡武正式设宴款待两位。席间，安景斗滴酒不沾。碍于面子，蔡武幽默道："不喝酒？是怕老婆吧！"哪知，安景斗端起酒杯一饮而尽。这下聂团副不乐意了，"原来安老弟能喝酒还骗我们，罚酒三杯！"就这样，你一言我一语地互呛，一时间酒席桌上充满了火药味。虽然聂凤云和安景斗各怀鬼胎，相互设防。但是共同完成党国交代的目标任务，让两人丝毫不敢懈怠。

　　经过一阵紧张的清查，安景斗似乎有所斩获。当蔡武要其报告清查情况时，安景斗却皮笑肉不笑地东拉西扯，不着正题。蔡武想了一下几天前的那封密信，说到安景斗向共产党游击队倒卖枪支弹药的事，便直点他的软肋。

　　"景斗兄弟，本团知道你的真实来历，更清楚你是如何离开整编师而屈于本团之下的。"

　　难道团座知道了我有通共前科？安景斗突然打了个寒噤。很快稳

定情绪，他便讨好蔡武："团座大人，景斗才疏学浅，不识好歹，还望团座海涵，景斗愿将清查共党情况悉数报告。看在我姐夫哥的分儿上，请团座多多关照提携小弟。今后景斗坚决听命于团座，唯团座马首是瞻。"

20多天过去了，眼看安景斗精心编织的那张网，似乎成了摆设，暗中观察的聂团副着急上火。蔡武知道聂团副手握一份共党嫌疑名单，几次想要过目，聂团副不是用"没有"搪塞，就是说"团座放心，收网之前属下会据实禀报"。

蔡武心里骂道："不知道天高地厚的家伙，还敢在老子面前演戏，也不撒泡尿照照自己，你是什么东西！"

接近月底的时候，聂团副急中出招，对照手中嫌疑名单，威逼恐吓，意在坐实共党身份。在整个保安团营造了瘆人的恐怖气氛。

正在这个时候，国军整编师高参与县党部主任联合来督查清共情况。蔡武着实费了一番心思。

这天晚上，蔡武设宴款待"钦差大臣"。在汇报工作之后，蔡武话锋急转："诸位长官和弟兄们，本团今晚大胆举报自己是共党'嫌疑'。坐在本团身边的聂团副，对其中的来龙去脉非常清楚。"

一句"自己是共党嫌疑"，语惊四座，大家面面相觑。

"团座，团座，你是不是喝酒喝多了?"一听到蔡武自己举报自己，并且还牵涉本人，聂团副脸色大变。

"去年，我的前任段应魁的儿子段金山，有人举报通共，事实证据确凿。段应魁硬逼我和副官聂良去向当时在县党部任职的聂团副私下通融，段应魁令我俩出手要大方，结果以1000块大洋摆平了聂老弟。没想到，聂团副的亲叔聂良是策反我团哗变的共党主谋。本人身负重伤，也就成了他的杰作。"

此刻的聂团副，脸色苍白，豆大的汗珠淌个不停，心想："团座疯了！团座一定是疯了！"

当晚，蔡武好像喝得酩酊大醉，被卫兵和国军高参搀扶回家。蔡武悄悄叮嘱夫人："任何人不准打扰我和高参的谈话！"

第二天，聂团副在自己家中突然死亡。上峰勘验结论：酗酒致死，死有余辜。

而没有受到任何损伤的地下党组织，认真研判之后，作出了一个情理之中、意料之外的决定……

潜伏者*

夕阳西下。驻守豫南县蓼镇的伪保安团长蔡武，根据准确情报，及时率兵包围了一个叫香坊的小村庄，激战一小时，20名装备精良的"八路军"，魂断乡野。

取情报路过此地的李飞，看在眼里，恨在心上，如不是重要任务在身，他真想冒死冲向敌阵，为"战友"报仇。

在八路军新一团团部，李飞向聂团长哭诉目睹的场景时，牙咬得咯咯响，拳头好像攥出了水，"蔡武你个'狗汉奸'，这笔账老子先给你记着，总有一天会跟你算的！"

"你说的事实准确吗？没有亲自验证可别先下结论啊！"

"我报告的情况绝对真实，难道聂团长还不信任我这个由你任命的侦察员?!"

"你呀，还是多动动脑子吧！"聂团长指着李飞的太阳穴，好像并不在意他口述的一切。

瞬间，李飞蒙了，之后像个受了委屈的孩子，痛哭不已……

---

* 原载于2019年第2期《西南作家》。

没过几天，日本宣布无条件投降。日军缴械后，伪保安团长蔡武因香坊村一战，深得国民党高层的赏识。结果，不费吹灰之力升任国军保安旅长。除南京方面给他配齐美式装备，还从中央军抽调一批精英充实力量，其中，参谋长万策安，堪称旅中少壮之星。

其实，蔡武与万策安是老熟人了。豫南县城沦陷后，万策安受军情局指派打入日军内部，任少佐田中一郎的翻译官。两人经常共事，关系甚密。

如今万策安摇身一变，既是保安旅位高权重的实力派，又是南京高层看中的红人，让蔡武暂时不得不对他恭敬有加，行事谨慎。

万策安其人，处事老到，城府很深，微笑中透着一丝阴冷的傲气。上任伊始，他就计划大动作清查旅内的共党。他清楚地记得，日军多次实施偷袭八路军新一团的计划，屡屡落空，田中一郎少佐曾断定保安团内隐藏着共党。现在，大权在握，正是自己大显身手、大展宏图的好时机，必须将保安旅查个底朝天，彻底挖出共党分子，既消除隐患，又可以向南京邀功请赏。

于是，万策安特别起用了过去从民团起义参加八路军，后又叛变投敌的两个汉奸。

面对新情况的严峻性，若不及时除奸，后患无穷。

正当保安旅内部党组织万分焦急的关头，两个汉奸中的一个突然神秘毙命，另一个重伤成为"植物人"。

蹊跷事情的发生，不仅让充满信心的万策安一时傻了眼，也令旅内党组织非常惊奇。更让保安旅上下不可思议的是，在严密监控中的"植物人"，又被人毫无动静地割喉见了阎王。

连续发生的令人费解的怪事，像一团乱麻，让始料不及的万策安总是理不出头绪。在向蔡武禀报情况时，不但没有博得同情，相反，

让蔡武非常恼怒。

"形势紧迫，共军步步逼近。现在正是党国用人之时，连损两个有价值的人才，你如何向上峰交代？"

"旅座息怒，属下一定彻查，尽快给你一个满意的结果。"

"万老弟，你我是拴在同一根绳子上的两只蚂蚱，要不负党国的栽培，就必须给我瞪大眼睛盯紧点！"

过了一周，眼看国军在各个战场节节溃败，国民党统治风雨飘摇。蔡武一改往日对待万策安唯唯诺诺的态度，要求万策安今后必须及时禀报详细军情。然后，很严肃地向万策安下达了国防部潜伏密令，并让其做好完成党国赋予艰巨任务的一切准备，不得有任何懈怠！

之后，万策安也接到军情局的单线密令。一周后，万策安向蔡武上交了一份潜伏破坏活动计划预案。

蔡武对万策安这份预案进行缜密的研究后，暗暗好笑，心想，"你小子还嫩了点，咱们走着瞧，看谁斗得过谁！"

在解放军隆隆的炮声中，豫南县城终于回到了人民的怀抱。

由于保安旅内党组织的密切配合，蔡武、万策安等一部分高级军官，潜逃不及被李飞所在的新一团俘虏。

此时，已任豫南县公安处副处长的李飞，很有成就感，他为自己终于笑到了最后而内心十分滋润，"狗汉奸蔡武，你也有这一天，等着接受人民的审判吧！"

当李飞仍沉浸在胜利的喜悦时，已任省公安厅长的聂团长，火速赶到豫南县进行重要工作部署：释放蔡武，戴"罪"立功。

对于这个决定，起初，李飞十分想不通。在审讯万策安的过程中，终于解疑释惑。

"香坊村一战，保安团消灭了 20 名冒牌的八路军，是我和蔡武抗日的一次完美合作。而我清查共党的两名得力助手，蹊跷死亡，则是蔡武的精心策划。他潜伏得也够深了。不过，让他想不到的是，我还留了一手，不成功便成仁，你们就等着看好戏吧！"

当天，根据蔡武的提名，李飞接受了上级一项新的秘密使命……

失踪者*

公安局副局长蔡武接过电话，一个不幸的消息令他伤感。养女蔡小花两天前随解放军小分队进山剿匪，在被逃窜到深山的一个敌军营偷袭中失踪。

在焦急万分的夫人面前，蔡武显得很淡定，"相信小花的智慧，她一定会安全回来！"说完，蔡武掏出半张纸币看了看，又装进口袋。

蔡武感慨，潜伏敌营期间，收养了无依无靠的6岁小花，抚养10多年，虽无血缘关系，但父女感情深厚无比。

原来，面对敌军的突然袭击，小花为保护随身携带的医药箱，东躲西藏，结果仍未逃过敌军魔掌。

小花被蒙眼带到敌营，她本想以死相拼。在听到敌副营长"重伤的营座有救了，100多个负伤的兄弟有救了"一番话后，小花改变了原来的想法。

敌营长腿负重伤，疼痛不堪。见手下抓了共党的女医生，并且还

---

* 原载于2020年《西南文学》第2期。

有不少药品，便要小花尽快治疗。

小花有些犹豫。敌副营长立刻骂道："不要敬酒不吃吃罚酒，惹来皮肉之苦！"

小花很不情愿地戴上口罩，打开药箱，检查敌营长腿伤情况，当看见伤口旁一块明显的疤痕，小花愣了一下。没让对方起疑，小花马上给他的伤口消毒、上药。突然，敌营长好像发现了什么，眼睛直勾勾地盯着小花下巴上的一块疤。小花本能地走开，又被敌副营长带去查诊其他伤兵。

几天过去，药箱的药不断减少。小花提出采草药的请求遭拒后，气不打一处来："你们还算人吗？治病救人是医生的天职。既然不相信我，要杀要剐随你们！"

无奈，敌副营长亲率4名士兵看管外出采药的小花。

其间，敌副营长威胁道："别寻思逃跑，我枪里的子弹是长眼睛的！"说完，他到一边抽烟去了。

通过一段时间观察，小花发现这帮残兵败将，士气低落，怨声载道，便产生了一个大胆的想法——策反敌军投诚。

于是，小花试探敌兵，"目前缺吃缺喝、缺医少药，担惊受怕的日子，难道就这样一直过下去？"

"落毛的凤凰不如鸡。当官的犯愁，当兵的厌战。难道你有什么好办法？"

"实不相瞒，我爸爸——你们的蔡旅长，解放前夕已'投诚'，受到了政府的宽大处理，现在过着衣食无忧的生活。眼看形势一天比一天好，再跟政府对抗下去，死路一条！"

"兄弟们早就想归顺了。不过，这事非儿戏，必须从长计议！"

"那你们看着办吧，反正我已交底。夜长梦多，如果泄密，咱们

一块完蛋!"

正说着,敌副营长过来骂道:"女共党,别磨蹭,赶紧采药。"

第三天,一名曾看管小花采药的敌兵神秘死亡。敌副营长穿梭于兵营,一脸凶相,小花明显感觉到气氛紧张,凭直觉自己好像被监管了。"难道我的意图暴露了?"她暗暗准备应对的措施。

不知什么时候,从门缝中掉下一张写有"隐患已除,趁热打铁"的纸条。小花正琢磨中,忽然,有个敌兵气喘吁吁地来带小花,说营座有事急见。

躺在床上的敌营长,生怕进一步感染,伤腿不保。焦躁不安的他,看啥都不顺眼,见谁骂谁。冷静下来,觉得过命兄弟私下的那番肺腑之言颇有道理,便想试探一下小花。

小花哪敢随便言语,手直挠下巴上的疤痕。

这时,敌营长目光再次停留在小花下巴的疤痕上,好像15年前的一幕又浮现眼前。

当时自己带兵到蓼镇给整编师抓壮丁。在镇东头一家发现年轻力壮的小伙子,二话没说便将其绑了。他父母阻拦均被打昏;年幼的妹妹见状,死活抱住哥哥不让走人。情急之下,自己用手枪把狠狠地砸了小女孩的下巴一下,顿时鲜血直流。突然,一条狗窜出,朝自己的腿上狠狠地咬了一口,留下了难消的疤痕。

记忆犹新的敌营长想,15年后遇到了冤家对头,难道是上天有意安排的不成?鉴于目前自己腿伤严重和不少伤兵的状况,万万少不了面前女共党的密切合作。

见敌营长温和、期待的目光,小花感知他内心脆弱的一面,心想此时正是对他进行策反的绝佳时机。

"我爸爸蔡武,你应该不陌生吧?"

一听到蔡旅长的名字，敌营长立刻变了个模样。

"小花姑娘，我跟蔡长官 15 年，他待我不薄，我得报恩。只可惜混到这一步，愧见老长官啊！"

"那你看我能帮上什么忙吗？"

"难道你不再为下巴上的疤恨我？"

"共产党不报私仇，而是为了解放更多的人。身上的疤不可恨，怕就怕有人心里的疤顽固不消！"

"嗨，我后悔呀！在贵军攻打保安旅时，狗日的参谋长背着蔡长官令我们撤到山里，说留得青山在，不怕没柴烧，结果我们成了没娘的孩子。这样下去，还不知有多少兄弟要死在这荒无人烟的大山里呢。留在我心里的这块疤，恐怕一时难消啊！"

"那你现在如何打算呢？"

"终于想通了，我要带兄弟们走一条光明大道！"

没几日，残缺不全的一个敌营官兵顺利投诚政府，蔡武欣喜地首次以公安局副局长身份公开出面迎接。

当小花向蔡武很不爽地介绍敌副营长时，蔡武拿出那半张纸币与手持另外半张纸币的他无缝对接。然后，两人紧紧拥抱。

菊 花 开 *

  在开着五颜六色菊花的父亲坟前，15 岁的菊花姑娘小辫儿盘于脑后，头戴父亲留下的红军帽，学着红军战士的模样，一边唱着红军县大队通讯员铁蛋教她的歌曲，一边有力地操练着。

  突然，眼前出现十几个被一群敌兵紧追的红军女游击队员。

  情况紧急，菊花急速冲到女游击队员前面："大姐姐们别怕，快跟我跑，这地方我很熟悉！"

  女游击队员们跟着菊花，凭借地势且战且退，一直退到一条山沟里。天黑以后，敌兵因不熟悉地形，也弄不清沟里有多少游击队员，不敢轻易靠近，便紧紧地围守在四周的山坡上，点燃篝火，只待天明继续搜捕。敌兵头目还得意地叫道："弟兄们，天亮后不许开枪，抓活的，谁抓住女红婆，就赏给谁当老婆！"

  焦急万分，一个像领导的大姐果断命令，队员们分散突围。大家分成几个小组，屏声息气，沿着山沟一点一点往外爬，竟然从敌兵包围的空隙中全部逃了出来。

---

  * 原载于 2021 年第 7 期《海燕》，入选 2021 年《荷风》选本。

当天已破晓，怀揣美梦的敌兵扑了空，便气急败坏地向前追去。

望着头戴红军帽，迫切要求当红军的菊花，红军女领导劝道："姑娘，你还小，等长大了再说！"

目送和自己个头一般高的大姐姐们，菊花心里真不是滋味：铁蛋说我年龄小，你们也嫌我小！

不久，有人看见菊花剪掉了山羊角似的小辫儿，不注意看，还真以为她是个大男孩呢！

菊花羡慕铁蛋是个小党员，不但打仗勇敢，还能唱会画。憋足了劲学本事，上山攀爬，下河游泳；夜间奔跑，穿坟越障。连与男孩子摔跤也不惧怕，不赢不收手。凭着大山里人特有的个性，菊花盼望着有一天能用自己的本事尽显身手。

一天，县游击大队得到内线情报：一百余名敌兵要偷袭远离大队的游击小分队，小分队人少，敌强我弱，御敌艰难。大队领导指示，火速请求距那较近的女子游击队派兵支援。

然而，负责送情报的县大队小通讯员铁蛋，通过封锁线时，被敌兵发现。正在地里干活儿的菊花，听到不远处的枪声，急忙登上山头，透过茂密的杂树林向枪响的方向望去。只见山下河那边有十几个敌兵边跑边打枪，拼命地吼叫："抓住小红军，要活的！"

菊花看见，就在敌兵前边一箭之地，铁蛋在飞快地奔跑。

铁蛋跑到河边，动作敏捷地涉水过河。敌兵的枪声响成一片。铁蛋趔趄了一下，又挣扎着蹚水向前。

终于，铁蛋晃悠着水淋淋的身子上了岸，通过一片杂树林向山上跑来。可是没跑多远，就踉踉跄跄地摔倒在地上……

菊花以最快的速度将受伤的铁蛋背回家里，让娘细心照料，自己便提个布包出了门。

听到门外响起杂乱的脚步声和敌兵敲门的狂叫声，菊花娘紧张得不知如何是好。

"不要欺负乡亲，我在这里。"菊花娘隐约听见门外有人喊话。

穷凶极恶的敌兵回头一看，不远处果然站着个小红军，样子凛然不惧，目光灼灼逼人。

"原来小兔崽子在这呢，快抓住她！"领头的敌兵号叫着，其他人不由分说地掉头紧追过去。

小红军又向前跑。随后，菊花娘听到一阵阵枪响。菊花娘的心紧了起来。此刻，菊花娘忽然明白了什么，竭力控制住情感，不让眼泪流下来。

深夜，从昏迷中醒来的铁蛋，猛然想起身负的重任还没完成，难受极了："一封重要的信还藏在薄棉衣内！"

怎么办？菊花娘心里也不安起来。

忽然，菊花娘听到有人敲门，而且还有女人在小声说话。急忙开门一看，几个红军女游击队员站在面前。

"红军姑娘，正好你们来了，铁蛋的信件还没送出去呢！"

"娘！"几个女队员突然齐刷刷地给菊花娘下跪："菊花妹妹是好样的。我们从她身上发现了那封信，已经送走了！"

"孩子们，跪着干啥呀！"望着姑娘们，菊花娘抬高嗓门，"都快起来！"

"娘，以后你就是我们大家的亲娘啊！"队员们齐声喊着。

菊花娘像是自言自语："说不定，菊花这会正跟她爹说上话了吧！"菊花娘的泪水在脸上静静流淌……

伤好以后的铁蛋，在一天的傍晚，想起了菊花，泪流满面，他用木炭快速完成一幅画，取名《菊花开》。

招　飞[*]

高师长在飞行部队飞了一辈子，总飞行时间达 3000 小时。按照有关规定，他年龄到限停飞，退出领导班子。

知道这个消息后，夫人开心极了："老家伙，为你担惊受怕一辈子，这回我可轻松了。儿子高中毕业在市里复习，准备高考，等他上了大学，咱老两口好好地过舒心的日子。"

"老婆，从我当飞行员开始，到后来当大队长、团长、师长，看你都是很支持我的工作嘛，整天乐呵呵的，从来也没见过你有什么不高兴，连拖后腿的只言片语我也没听到过，谢谢你啊！"

"嫁给你，自然心就属于你了，能不支持你的工作嘛！说实话，领导干部的老婆也是有丰富情感的女人，只有傻瓜蛋才会面对飞行安全当木头人呢。就是发牢骚说怪话，也不能让你听到啊！"

"这些年真难为你和孩子了。不过，我对工作问心无愧，飞行训练，可没有给家里和部队的飞行员们丢脸。"

---

　　* 原载于 2022 年《山西文学》第 11 期，2022 年第 12 期《小说选刊》转载，入选《2022 年河南文学作品选（小说卷）》。

"是呀。这些年知道人家怎么说你的吗？与天斗，其乐无穷；与大自然斗，其乐无穷；与飞机故障斗，其乐无穷。一句话，与危险斗，其乐无穷。为此，人家私底下给你起名叫'高大胆'。可是，每次危险的背后，你并不知道我和儿子是什么感受吧。"说着说着，夫人哽咽了。

"都是过去的事了，别提它了，今后不就好了嘛。"

"不！你在位时，我哪敢讲什么；现在退了，今天就咱老两口，我一定要说出来，说出来心里好受些。"夫人第一次在丈夫面前这么硬气。

夫人清楚地记得，丈夫当飞行大队长的第一年。盛夏季节，高温不退，正是部队飞行训练的旺季。此时，又是她和儿子随军到部队的第一周。因好奇飞行训练，这天夜航训练，母子二人到机场观看。参谋告诉她，大约二十分钟后高大队长驾驶飞机就会返航着陆。可是，让她和儿子等来的却是，丈夫驾驶的飞机突遇发动机停车故障。

被立即送回营区的她，浑身颤抖不停，悬着的心好久平息不下来，儿子见状也被吓哭了。直到知道丈夫用单发驾机安全着陆后，母子才不情愿地去休息。

当夫人看见哼着小曲的丈夫从飞行大队回家，像没有发生什么事一样，冲到了嗓子眼的一串话，硬是咽了下去。

伴着飞机的轰鸣声，儿子一天天长大。进入初中的儿子，慢慢懂得了当飞行团长的爸爸，他以爸爸为学习榜样，业余时间经常问爸爸一些深奥的问题，从中学习那些他非常感兴趣的知识。

一次飞行训练，高团长驾驶的飞机被鸟撞，危险随时都在威胁着他。凭着沉着冷静的心理和精湛的飞行技术，他终于把飞机安全飞回机场。

　　夫人听说后，吃不下饭，睡不好觉。但是，为了支持丈夫的工作，又必须注意影响，家里家外，只当这次危险的事情没有发生一样。儿子也成熟多了，背着不在家的爸爸，把他的立功奖章挂在自己的胸前炫耀，还说这是一笔宝贵的精神财富呢！

　　以后的几年里，夫人说丈夫的飞行训练多多少少都会遇到一些问题。但再一次让她担心的，要数他当师参谋长后参加另一个团的那次飞行训练。

　　这天，晴空万里。15架飞机升空执行靶场轰炸射击任务。飞机返航时，突然乌云四起，天气骤变，机场上空像被一口大黑锅盖得严严实实，之后，大雨倾盆，越下越有劲。这个时候，飞机去备降机场已不可能。机场能见度接近一公里，临空的飞机着陆十分困难。眼看飞机在高空已经盘旋三圈，油料消耗已所剩不多，如再不着陆，结果无法想象。

　　危急时刻，忽然雨下小了，能见度大于一公里。空中高参谋长果断要求塔台指挥员指挥飞机冒雨落地，自己坚守空中，稳住大家。当前面14架飞机安全着陆后，高参谋长落地的那一刻，飞机油料警告灯亮铃响。

　　事后，上高中的儿子，安慰惊魂未定的妈妈："放坚强些。爸爸的飞行技术很棒，不会出事的。最后一个落地，是首长的责任担当嘛！"

　　中午时分，诉了半天委屈的夫人，已是饥肠辘辘。于是她决定："去市里找一个好点的饭店，咱老两口吃个安全停飞饭！"

　　"好啊，老婆说了算！"

　　饭店里，当老两口点好菜，正要开吃的时候，夫人接到儿子的电话："妈妈，报告您一个好消息，我招飞通过了！"

"招飞？儿子，你知道我正在干什么吗？"

"干什么？不知道。"儿子完全沉浸在招飞的兴奋中。

妈妈说："正在饭店庆祝你爸爸停飞呢。"

儿子的电话短暂沉默。

"喂，喂！儿子，你听到了说话呀！"

儿子想了想，说："妈，对不起！"

"别，别！儿子，我们的庆祝，增加一项新内容。"妈妈的声音特别洪亮。

试 飞 *

晴朗的早晨，空气清爽。

辽阔的机场上，一场特殊的试飞即将拉开帷幕。

身材魁梧的团副参谋长杨壮，雄姿英发，健步蹬上机梯，准备执行一架"水土不服"、发动机"哮喘"反应很大的飞机试飞任务。

该机地面试车，发动机始终没有出现"病情"，只有高空试飞打通"任督二脉"，才能准确判断飞机的真正"健康"状况。

"杨副参谋长，祝你成功！"首长和战友们纷纷投来期待的目光。

几分钟后，飞机爆发出撼人心魄的轰鸣，掀起飓风，喷出火焰与烟雾，直刺天穹。

飞机起飞的轰鸣声，牵动着妻子穆惠的心。敏感的她站在飞行员公寓的阳台上，望着蓝天，目光不停地追踪渐渐远去的飞机，默默祝愿杨壮成功。

其实，直到现在杨壮都不知道穆惠复杂的内心：前几天，孩子爷爷突发疾病十分严重。撑起家庭一片天的婆婆，怎么说都不让她回

---

* 原载于 2019 年第 5 期《文化参考报》。

去，更不准她告诉飞行训练中的儿子；而今天这种试飞，她听说艰难凶险，生死攸关。本来老公还有半年就因年龄到限停飞，可听说他硬是说服了团首长执行这次任务。家事、军事交织，她以极大的耐心克制自己的情绪，保证老公无牵无挂地去试飞！

穆惠深知老公太爱飞行事业了。从老公近期多次的睡梦中，她清晰地听到过"我不想停飞，我要争取延长飞行年限的指标"的梦话。正是这之后，在部队子弟学校当教师的穆惠，多了心事，连着几个晚上推迟下班回家。

飞机跃升到 8000 米高空，杨壮开始调整"哮喘"的发动机参数，像一名经验老到的中医，把脉探病。

突然，发动机空中曾出现过的"哮喘"再次发作，几十秒内由轻微到严重。瞬间，飞机机身抖动非常厉害，紧接着欢唱的发动机停转，飞机急速滑落。

一刹那，飞机犹如杨壮血肉身躯的一部分，他机敏地判断，镇静快速地调整飞机状态，重新启动发动机，就像是为自己停跳的心脏起搏。启动后的发动机，使飞机像失蹄的骏马猛地给了一鞭，一声闷雷般的轰鸣，呼啸着重新跃入云中……

战胜"死神"，终于获得了宝贵的试飞资料。杨壮晚上回家，向妻子报喜不报忧；激动中，拥抱妻子，尽献爱意，他想更多地给妻子营造一个安详和幸福的氛围。

没想到，穆惠并不领情，脸色冰冷："老公，你眼里还有我这个妻子吗？执行这么玩命的试飞任务，你考虑过我们的感受吗？孩子爷爷病危中，还一直叫着你的名字呢！"

"你说什么？父亲他老人家……"杨壮正要埋怨妻子，却是欲言又止。

"放心!"穆惠先给老公吃了颗定心丸。接着直言重点:"孩子爷爷那边,我安排了娘家当医生的弟弟全权协助婆婆照顾。他说老人家现在已脱离了危险期,治疗一段时间会好转的。过几天,我就请假回去看看。"

"我的好老婆,又让你操心受累了,向你道歉并检讨!"

"老公,今后再有什么事,咱们能否商量着办?"穆惠试探地说。

"你是家里的一把手,一切事情完全由你做主!"

"我是说既然你已快到停飞年限了,就别再要求飞高难险科目了好吗?"

"啥?飞行这个事,没得商量。像今天这种任务,只要还当一天飞行员,我肯定是不会缺席的!不然,还要我们这些人干什么。最近,我正考虑向团党委报告材料呢!"杨壮越说越激动,"今后凡涉及飞行的事你少管。别再有事无事推迟下班,让孩子放学回家饿肚子了。"

面对态度坚决和不理解自己的老公,穆惠十分委屈,干脆不理老公,走进了女儿房间……

第二天早上,听到妻子唱着甜甜的《小苹果》,杨壮笑着问:"老婆,还在生我的气吗?"

"哪敢呢!让你带着思想问题去进行飞行准备,明知故犯,你让我找抽啊!"

"别耍贫嘴了。老婆,分享一下昨晚我做的梦吧!"

"什么美梦?"

"梦中我是父亲手里的一只风筝,飞呀,飞呀,飞得很高。当首长和战友们从父亲的手里接过风筝线以后,风筝线立刻变成了一道靓丽的彩虹。死神非常嫉妒,想拉过去,可怎么都不成功。死神说也不

知道你的首长和战友们使出了什么魔招，他们手里的风筝线我就是拽不过来。哈哈，死神哪里懂得人间的强大威力？看来，死神是斗不过你家老公的!"

"得了，我的思想不用你拐着弯做工作。别忘了，我还是部队'十佳优秀空勤家属'和'优秀共产党员'呢!"

"向老婆学习，行了吧!"说完，杨壮给穆惠敬了一个标准的军礼后，准备上班去。

"把这个带上，兴许能派上用场。"穆惠将一个文件袋交给老公。

"是什么神秘的东西?"杨壮不解地问。

"见你飞行训练忙，我在学校加了几个晚班，为你起草了一份《关于延长飞行年限的申请报告》初稿，你好好看看，修改一下吧。"

拿着这份出自妻子之手的报告，杨壮先是惊讶，后是激动。一句话没说，哼着《男子汉去飞行》歌曲，走出了家门。

争 飞 *

　　昨天下午，司徒军向团长"争"来今天上午十点转场飞行计划后，晚上睡得特别香。

　　凌晨五点半起床，这是他几十年飞行生活早就养成的习惯，比闹钟还准。

　　走出房门，他深深吸了口清凉而新鲜的空气后，开始跑步。宿舍、营房、操场和机库在身边闪过。坚持了近三十年的飞行前四千米体育锻炼，今天被他改成了五千米。他想，只要有强壮的身体，在离飞行年龄"杠杠"越近时，"争"飞行的底气才足，更有说服力。

　　他清楚地记得，三十年前，招飞进入飞行队伍后，19 岁的他自认为身体可以。然而，几次飞行下来，体质与飞行显然不相适应。技术掌握也不快，有人主张让他停飞。

　　"我不能停飞当逃兵！"坚持练长跑，成了他的专题课。开始三千米，之后五千米，再后来一天跑一万米，半年以后，身体明显强壮起来，可以一连飞九个特技心不慌，气不短。他坚信自己身体今后能

---

　　* 原载于 2022 年《青年文学家》8 月下期。

适应各种条件下的飞行，甚至能达到最高飞行年限。

清凉清凉的拂晓，月儿还没有滑落，天地之间似乎涂着同一种青苍苍的底色，期待着浓艳的笔点染。爱好文学的司徒军跑着，尽情享受这日出之前才有的那种沉寂和宁静。

不过，昨天他向团长"争"飞行可没有那么顺利。难忘的场面，不禁浮现眼前。

"我的老教员，快 50 岁的人了，还要玩命飞，身体吃不消的，让当作家的嫂子知道了，也会对我们有意见呀。"团长说这话时认真思考过。

"哈哈，我身体棒着呢!"说着，司徒军用拳头在胸前擂了几下。

"你带出的飞行员，不少人走上了师、团的领导岗位，你已为部队建设和提高战斗力作出了重要贡献，团里都记着呢! 停飞前，少飞点，大家都能理解。"团长知道老教员的脾气，放慢了说话的语调。

"团长，你们还是不理解我。人的生命是用年来计算的，飞行员的'生命'是用小时来计算的。我要延长自己的飞行生命，就要多飞。"司徒军提高了嗓门，脸也涨红了。

"老教员，这次转场是送飞机去工厂，不同于往常一般训练，续航时间长，容易疲劳，加上有些航路天气不太稳定，你还是别上了。虽然你身体、技术都可以胜任，我考虑还是培养年轻人，给他们一个锻炼机会，好吗!"团长完全是一副商量的口吻。

"团长，我怎么看你这不是关心我，倒像是把我这个老同志当成团里的负担了呢? 难道你忘了?"这时，司徒军走过去对着团长的耳朵小声嘀咕，"当初我老司是怎么帮过你的?"关键时刻，司徒军亮出了"绝活儿"。

话到嘴边的团长，突然没词了。可不是吗，二十年前的自己是司教员带出的第三十九名学员。当时，自己身体比较弱，技术掌握很慢，据说内部已列入停飞的名单。司教员发现自己飞行事业心坚定，有一股子韧劲儿。于是就天天叫上自己一道长跑，顶着寒风上六米台，或关在蒸笼一样的练习室练操纵，就连坐卡车，都拉自己站在前面，教自己如何在运动中体会下滑动作。自己飞行时吐了，司教员亲自清洁座舱。连找女朋友，司教员都热心牵线搭桥。

司教员是看着自己飞出来又改装单飞的。自己的一路成长进步，更离不了司教员的指导帮助。如今，司教员想延长自己的飞龄而多飞，在符合规定的情况下，应该尽量满足。短暂沉默之后，面带微笑的团长竖起了大拇指，说："支持你，也请你帮忙带带年轻人！"

十点整，转场的飞机准时起飞。

一个小时后，机身突然一阵剧烈震动，紧接着，飞机便一头向左下方扎去。

凭感觉，司徒军判断是飞机被外来物撞了。他一边喊着："飞机被撞，注意保持飞机状态！"一边断开自动驾驶仪，收油门，迅速向后拉驾驶杆，极力减小飞机下滑率，改平飞。

在年轻的副驾驶配合下，飞机总算改平飞了。但是，飞机在空中就像不听话的风筝一样，忽升忽降，忽左忽右，操纵系统似乎全部失灵。

司徒军知道，此刻需要的是沉着和冷静。他又进行了一番认真的检查，还好，副翼还听话。心想："只要飞机在我的强力操作下，就是使出再大的气力，我也要把飞机飞到工厂，争取人机安全着陆。"

负伤的飞机飞到某机场上空。准备落地时，司徒军发现水平能见度很差，果断放弃。

四十分钟后，前方又发现一个机场。司徒军正要通知地面紧急迫

降，突然看见跑道头和中间停机坪停放了多架飞机，"不好，危险！"毫不犹豫，司徒军强力操作飞机"垂直通过"！

……

焦急难耐的等待，度秒如年。

终于团长接到司徒军安全着陆后打来的电话："报告团长，我们已安全到达飞机工厂。今天，是大自然跟我们开了个不大不小的玩笑！不过，转场发生的一切，千万不要告诉你嫂子啊！"

"安全着陆，每个人都得记功，我决不会跟你们开玩笑的！"

"团长，'争'来的飞行，我不后悔。但是，你可不能因为这次转场发生的事情，让我一直当待命飞行员啊！"

"等你回部队后，再交给你个艰巨的任务。"团长兴奋地说，"你业余时间爱写小小说，面对这次飞机转场航路上出现的一个个险情，我看你完全可以构思创作一篇故事情节惊险、一波三折，飞行员英勇无畏、沉着处置的精品力作，高唱一曲响亮动听的蓝天飞歌！"

选 飞 *

　　下午，在家连着收到两个高院录取通知书的冯浩，激动地给舅舅打电话，半个小时后，冯浩感到心里有了一定底数，才恋恋不舍地挂断电话。

　　冯浩的童年是在外婆家度过的，舅舅一手把他带大。在舅舅身边，耳濡目染，冯浩学习了很多知识和明白了不少道理。直到他上小学五年级时，舅舅招飞离家才转学回到父母身边。

　　此时，本来想休息一会儿，但冯浩却毫无睡意。于是，他再次打开舅舅转业后送给他的礼物——日记本，一篇篇直看得热血沸腾，几度眼眶湿润。

　　傍晚，提前下班的爸妈手里分别提着一些新鲜食材，看样子，像是要做一顿丰盛的晚餐。

　　"晚上你爸爸邀请他单位赵局长来家里吃饭，叙叙旧聊聊天。"妈妈从容地说。

　　"我在场不太合适，可以不参加吗？"冯浩说话不拐弯。

＊　原载于 2023 年第 1 期《大中华文学》。

"合适，很合适。"爸爸接话接得快。

不一会儿，风度翩翩的赵局长忘了敲门，径直走进屋里，"嗵、嗵"的脚步声，仿佛要把地板踩出坑。

看见朝气蓬勃的冯浩，赵局长脱口便问："大才子这回考得怎么样，收到了哪个高院录取通知书？"

刚好妈妈将做好的菜端上桌。冯浩便拿出"北京大学录取通知书"。此刻本来值得高兴的事，大家却突然哑然无声了。

还是赵局长打破沉默："好啊，大喜事，应该祝贺！"

"是真的，我儿子有出息了，让我好好看看通知书。"妈妈激动地流下了热泪。

"中国的最高等学府，真有出息！不但是你们家的喜事，也是我们单位的喜事。"说着，赵局长端起酒杯，说，"来，哥俩干一个。看来，我女儿喜欢冯浩是对的。借喜事，跟你说个心里话吧，局班子后续人选，我非常看好你冯科长。"

"那还得请局长多多关照。至于将来咱两家结亲的事，那就看两个孩子的缘分了！"爸爸心里美滋滋的。

"你们还是先听听我的想法。"没等冯浩拿出另一份录取通知书，爸爸打断他的话，"我知道你要说啥。过两天我到大酒店安排几桌，把单位领导、亲戚们和你要好的同学请来，好好庆贺庆贺，了却你的心愿。"

"这是应该的，喜事共同分享嘛！至于两个孩子的事，老冯要记在心上噢；而你的事，我一定会多加注意。"赵局长喝得高兴，话自然也多起来。

冯浩憋了一肚子的话没法说，心里非常难受。于是，借故回自己房间休息去了。

接下来的一周，冯浩说要办理自己的事，爸爸几次征求他摆酒的事，他总是说不急，等等。

离报到仅剩下三天。冯浩建议开个家庭会议，商量要事。爸妈不知道他葫芦里到底卖的什么药。

晚上，当一直沉浸在喜悦之中的二老，从儿子口中得知决定放弃北京大学时，气不打一处来，"你这个不争气的傻孩子，这个决定，毁了你和你爸爸的前程，也毁了咱们家。"说着，妈妈已泣不成声。

"我要放弃的事，自然有我的道理，为什么都不愿听我解释，你们不支持我，难道要让我痛苦一辈子。我要学习舅舅，做个像他那样的真正男子汉！"冯浩愠怒中态度鲜明。

"不错，你舅舅当过飞行员，是国家的特殊人才，我们很自豪，都支持他；现在，你上北京大学，也成了今后国家的有用之才，应该珍惜、为咱们家争光才对啊！"妈妈语调开始温和了。

"我和你妈不但知道你舅舅是飞行部队技术拔尖的飞行员，还知道，八年前，他在部队飞行比武和大型军演中，荣获过三等功两次，二等功一次。可在飞行事业巅峰期因身体原因停飞，很遗憾！"爸爸不愧为单位的老政工，口才好。

"再说了，当年像你舅舅那样的飞行人才，是百里千里挑一，谁不羡慕。这么说吧，如果儿子你要是真招飞了，爸妈二话不说，全力支持。可是，你收到的是北京大学录取通知书啊，这么好的事，错过了会后悔一辈子。"妈妈也能说会讲。

"我就知道爸妈是通情达理的人嘛！既然思想都通了，那按通知要求，我就去你们同意的大学正式报到！"

"好啊，咱们家这回终于出了个名牌大学生。"爸妈异口同声。

两天后，舅舅来到家里，看见舅舅，冯浩却走进了自己的房间。

"好弟弟，你外甥上北京大学也有你的一份功劳。"姐姐情不自禁地说。

"姐姐、姐夫，请你们好好看看冯浩手里的另一份大学录取通知书，那上面还附有乘坐空军送学的国产运－20军机（2022年空军新的决定）字样。"

"为什么?"爸爸疑惑地问。

"冯浩真正是市里千里挑一选中的飞行人才，听说你们已表态全力支持!"

"没错，我说过的话一定算数。不过，眼见才为实嘛!"妈妈较真地说。

这时，身穿空军蓝的冯浩从房内健步走出，先向爸妈敬了个标准的军礼，然后，双手将"空军航空大学录取通知书"递给惊奇中带着微笑的妈妈。

奋 飞[*]

　　年仅 20 岁的新飞行员丁小虎放单飞第一天，飞机返航降落时起落架放不下，空中耗时二十分钟，在塔台指挥员的指挥下，最终飞机迫降成功。丁小虎负轻伤无大碍，飞机底部轻度受损。

　　林团长在办公室里，为如何向将军写检讨的事犯愁呢。这个将军曾经的老部下，浓眉紧锁，脸色难看。

　　他后悔，在还有一周多的时间，直属团第三十个安全飞行年就稳拿的情况下，不该安排将军的儿子单飞。将军老来得子，如果小虎真有三长两短，如何向首长交代呀！

　　想起来后怕。林团长既感到对不起老首长的培养，更心愧险些毁了直属团几十年得来不易的安全荣誉。带着愧意，林团长打通了将军办公室的电话。

　　"报告首长，我是直属团的林飞武。向首长作深刻检讨，团里发生的这起飞行事故，我这个当军事主官的负全责，并请求上级给予处分。"

---

　　* 原载于 2022 年《大中华文学》第 4 期。

"快说点有用的。我现在就想知道,你目前的工作和下一步工作打算。"

"停飞整顿,查清事故。至于飞行训练,我们想暂时缓一缓,反正离三十年安全纪念日也没两天了。小虎这次可是为安全作出了突出贡献。"

"保守!无能!既然停飞整顿,首先你们主要领导要认真检查一下自己的训练指导思想,看看是否符合当前部队提高战斗力的要求!"没等林团长回答,将军放了电话。

将军的脾气,林团长是知道的。他的额头上明显出了汗。

"老林,你这几天一直没休息好,一脸的疲倦,要注意身体啊!"比林团长大两岁的吴政委进门后提醒道。

"老哥呀,你不也是加班加点抓整顿,跑机场跟班普查飞机起落架嘛。"

"军政分工不分家,遇事咱俩必须一起扛才对呀。"吴政委说。

"唉,刚刚受到了首长的批评,看来首长火气很大。"林团长一脸严肃。

"这两天,我通过深刻反思,想想我们是不是太纠结于丁小虎单飞遇险这件事了,以至于不自觉地把他与三十年安全紧密联系,自己给自己捆住了手脚。这可能是首长发火的主要原因吧。"吴政委分析道。

一阵沉默。

"训练要大胆地上,安全要积极地保。"看见墙上挂着的那幅刚劲有力的墨宝,林团长感慨不已,仿佛刚上任时的那些事又浮现眼前。

两年前,师属团整编改为军区空军直属团后,林飞武受命到这个团队"挂帅"。

当时全团已连续安全飞行二十八年。林团长深深感到肩上担子的重量。

在上任后召开的第一次训练形势分析会上，林团长提出了"要提高全团机动作战能力和快速反应能力，必须在训练上敢于有所突破"的设想，建议及时恢复一些高难科目。

没想到引来一些同志的担忧和争议，更难听的话像针一样刺耳："二十八年安全来之不易，千万别砸在你的手里。"

"安全是要保，但我们不能光靠不出飞行事故装门面。我要的是实实在在的战斗力，而绝非搞华而不实的东西，更不能徒有虚名。"林团长话说得干脆，理由也简单明了。

在恢复昼间复杂特技等系列高难科目训练之后，全团训练任务已超额完成。此时，只要稳稳当当地飞上一个多月，第二十九个安全飞行年就定了。然而，林团长又和团领导研究提出了新的训练设想：飞行有限能见度。

这一训练招数的连续实施，突破了天气变化无常，直接影响正常训练的难关，扭转了"靠天吃饭"的被动局面。将军获报直属团战斗力大幅提升的喜讯后，欣然提笔，以示鼓励。

如今，全团训练安全局面向好，而昔日飞行训练的"林大胆"却变得怕这怕那、裹足不前了。林团长脑海里开始不停地翻腾着"为什么"。

又是一阵沉默。

本已戒烟的林团长，不断接过吴政委递上的一支又一支芙蓉王。

"报告！"新飞行员丁小虎走进团长办公室，请示继续参加下一个飞行日训练。

"我看你是哪壶不开提哪壶。"林团长说话有点急躁。

岁月情怀

"团长，我不能给我们飞行员世家丢脸。"说完，放下一封信就匆匆离开了。

吴政委拆开信一看，原来是份参训决心书。看着看着，不由得读出了声："……从我穿上飞行服那一刻，父亲就告诉我，飞行免不了担风险，说不定啥时候会碰上，有的人飞一辈子也没事，有的人刚飞几天就碰上了。现在，虽然我出了事，背包袱还怎么飞呀！出生在炮火纷飞延安的爷爷，是新中国的第一批飞行员。同是飞行员的父亲，当年坐在马背上的摇篮里，伴随着炮火硝烟长大。在抗美援朝的空战中，不畏惧美国王牌飞行员，在战机负伤的情况下，仍击落了美机，战出了国威和军威。今天，我请求参训，不是头脑发热，而是飞行员世家这个脸，真的丢不起！"

还是一阵沉默。

少顷，如释重负的林团长与吴政委一拍即合，决定紧急召开会议……

三十年安全飞行纪念日这天，老天爷虽然没有给飞行员们"好脸"，可机场上，一架架战鹰腾空而起，穿云破雾，个个展示出自己的"看家本领"……

而领头奋飞的正是丁小虎。

句　号[*]

"肖副科长，这回你可捅马蜂窝了！"谢参谋急迫地说。

"怎么了？"从团里下达完飞行科目回来的肖大华问。

"范副参谋长的飞行特级，你没同意给他的飞行报表填写需要的时间和加盖公章而评不上。昨天下午下班前，唐师长打电话过问此事，我说他的总飞行时间离特级还差 10 小时。"谢参谋实话实说。

"部队从上到下都强调飞行训练的严肃性，特别要从领导干部抓起，挤干水分，咱们总不能违反规定，带头弄虚作假吧！"

"那要是范副参谋长学习回来扶正了，你就不怕他给你小鞋穿。"

"我已经想好了，不行就转业。"

"不过，作为曾经的老科长，不会因此毁了你的前程吧。"

肖副科长作为地面干部，由飞行团训练股长提升师训练科副科长六年有余，天天紧张工作的历练，让他变得成熟老练。首长对司令部各科的工作评价，要数训练科口碑最好，自然，肖副科长就成了重点

＊ 原载于 2023 年第 2 期《北方文学》，2023 年第 3 期《微型小说月报》转载。

培养的后储干部。

虽然肖副科长长着一张娃娃脸，可他在飞行训练中显现的威严，令飞行员们十分怵他；就是首长飞行，他也按要求，严格监督把关。为此，唐师长有一句口头语："天不怕，地不怕，就怕'不讲情面'的肖大华。"

让唐师长印象深刻的是，他任副师长时到几百里外的另一个团参加飞行训练。飞行任务下达后，肖副科长从师航医室了解到唐副师长忘带个人体检本，立即打电话给该团的参谋长，让其果断取消首长的飞行任务，直到唐副师长的体检本送达该团航医室，经过航医例行检查后，唐副师长才被安排下一场次飞行计划。

当时，已由训练科长提任司令部领导的范副参谋长，虽然默认肖副科长能够坚持原则，但也善意地提醒他注意处理好上下级关系，毕竟唐副师长是分管飞行训练的直接领导。没想到，肖副科长"嘿嘿"一笑，说："请老科长相信，我提前做好了铺垫工作，首长肯定这一关把得好，已经消除了不快。"

"我知道，不就是你请团参谋长在取消首长飞行任务时说你肖大华有责任，没有及时提醒或主动给首长下部队飞行准备好需带的物品，你个人也专门打电话向首长作了自我批评吗？要知道，取消飞行任务，已经在首长心理上留下了阴影。"

"不会吧，首长是大肚量。"肖副科长坚信。

范副参谋长虽然嘴上那么一说，可内心里挺欣赏面前的下级。为此，他预测，肖副科长今后可能成为接替科长的不二人选。

听说老公"卡"了范副参谋长定特级的事，唐师长还亲自过问此事，来队探亲的教师夫人没好气地数落他是"一根筋"，不懂得原则里面有灵活性的道理，担心快要扶正的科长，像"煮熟的鸭子"

飞了。

肖副科长的工作情绪并没有受到夫人的干扰，他在飞行团天天为新飞行员的改装训练忙碌着。

这天下午，飞行任务刚下达完，有个飞行教员的家属找到飞行大队，反映部队子弟学校老师教学水平不高，因此孩子们不守课堂纪律，有的还在上课时间跑出教室踢足球。让当爸爸的多管管孩子。之后几天，又有飞行员的家属找到团里，反映部队子弟学校个别教师不安心教学，闹辞职的问题。

说者无意，听者有心。一向对飞行训练讲究严肃性的肖副科长，意识到这些容易牵涉飞行员精力，影响飞行训练。在与政工机关协商的同时，他也不停地琢磨着。

当晚，一个想法在他脑海里形成，经过深思熟虑之后，最终作出决定时，他又有些底气不足，"地方环境和待遇都不错，她能同意来山沟部队吗?"于是，肖副科长首先向唐师长汇报了自己的想法。

"正好，我也要找你说事呢。先说你这个决定，既缓解了子弟学校的师资紧缺，又能够夫妻团聚，我支持！从另一方面，也打消了我的某种担心。"唐师长笑着说。

见肖副科长不明白自己话里的意思，唐师长接着说："听说你在范副参谋长定飞行特级的事上有后顾之忧，进而产生了转业的想法，我可不允许你当'逃兵'呦。其实，范副参谋长在定级之前专门打电话给我，态度鲜明，'不符合规定，坚决不能定'。"

"要转业，只是我一时气话，现在自己都觉得好笑。请首长放心，我决不会辜负组织的培养！"

"这就对了，像个当科长的样。不过，表扬之后我还要严肃地批评你。"

"我的工作没做到位,虚心接受首长的批评。"

停顿了一下,唐师长说:"师党委会后,我总觉得哪里不太对劲,就通过训练科对老范定飞行特级的事,问问情况,然后对照我的飞行记录本和有关资料,发现自己因出差和其他公务耽误了一些飞行训练,存在完成年度飞行任务时间不足的问题,而你们没有及时监督补训。昨天我与师领导分别说明情况并征得同意,郑重请你从组织科那里,尽快将准备上报的空军年度训练先进个人材料中把我的名字拿掉。明年的飞行训练任务,我有信心成功完成。"

"明年?首长,每年评先进你都让了,这次按规定算上你指挥的飞行场次,基本符合先进条件。今年可是……"肖副科长话没说完就被唐师长打断,"别再讲了,就按我说的办!你呀你,鉴于你关心支持飞行训练的实际行动,虽然工作有失误,就算功过抵消了。"

进入新年度,唐师长因飞龄到限停飞,退出领导班子。

老费的心事*

20 年前，老费还是一名驰骋蓝天、威震八方的空军特级飞行员时，对别人喊他老费，感到非常别扭，就让人改称他为老飞。从此，老飞就成了老费的代名词。

10 年前，老费因年龄到限，有的新科目还未来得及飞上，便遗憾地被停飞转业。有人调侃："丢下一杆两舵，老飞成了真老费！"气得老费肚子鼓鼓的，直冲着老婆发火撒气。

去年底，在市政府部门担任副局长的老费退休。这回没等外人说闲话，老费自言自语："废了，我现在真的是废了！"

几家企业根据老费的军地工作资历，有意聘请他担任顾问，老费婉言谢绝之后，还不忘浪漫一回："我是一名老飞行员，左翼挂着太阳，右翼挂着月亮，我要保证飞机安全飞翔！"

在这之后，不知为什么，老费天天少言寡语，心事重重，突然变得让人难以捉摸。

知夫莫如妻。眼见老费每天听不到飞机响，见不到飞机飞，吃饭

---

*　原载于 2019 年 9 月《番禺日报》。

不甜、睡觉不香的难受样，老婆打电话给在空军部队当飞行员的女婿，想陪老费来机场住一阵子，散散心，生怕老费憋出什么病来。

女儿女婿满心欢迎，从收拾房间，创造良好、舒适的休息环境，到每天伙食调整和外出活动安排，都作了精心准备。

没想到，老两口驾到，老费仍然绷着脸，好像谁欠他似的。

女儿见老爸变了个样，心里怪不好受的，问老爸哪儿不舒服，老爸只是摇头不语。女儿有时幽默一下，想逗老爸开开心，哪知老爸更加烦躁，干脆出门去抽闷烟。

一个很有名气的部队文工团来机场慰问演出，一批明星大腕亮相，节目精彩纷呈。老费不但不感兴趣，也不陪老婆去凑热闹。

整天闷闷不乐的老费，难为了老婆和女儿一家，而有着蓝天般胸怀的孝顺的女婿，总是笑眯眯的。他劝岳母和夫人要尊重岳父的个人隐私和情绪反应，尽可能地让其心理活动自然流露，以达到某种程度的平衡和满足。

忙里偷闲，女婿专门花钱一次购买了大小 10 多盆花卉，使原本色彩单调的庭院，一下子变得花团锦簇，五彩缤纷，赏心悦目。

可老费并没有一丝新鲜感，而是脸色凝重地在这些大大小小的花丛边不停地踱步，一句话也不肯说。

这天早上，鲜花盛开、香飘四溢的庭院内，一只辛勤忙碌的蜜蜂突遇一只杀气腾腾的马蜂，狭路相逢，天敌面前，蜜蜂毫不示弱，立即做好迎战准备。瞬间，一场生死激战展现眼前。

嗨！老费当即被吸引住了，并聚精会神地观战。先是沉默不语，紧接着为蜜蜂呐喊助威。明知蜜蜂不是马蜂的对手，老费期待蜜蜂这时候能使出"撒手锏"，战出以弱胜强的经典范例。

好像蜜蜂从老费的呐喊助威声中增添了力量，从高空对抗到中空，从中距缠斗到近距，蜜蜂"斗智斗勇"，攻防手段频出。让老费连连喝彩，赞不绝口……

精彩的一幕，让细心的女婿眼前一亮。随即，一个点子浮现脑际。

周日上午，一场别开生面的"空中突击拦截模拟对抗演练"，在部队演练场拉开帷幕。

老者手持某型歼击机模型率先"升空"。数分钟后，后生"驾驶"某型国产歼轰机模型准时抵达预定"空域"。

"发现目标！"执行拦截任务的老者抵达"空域"不久，率先通过雷达搜索发现对手。接着，悄然接近后生战机。几乎同时，作为对手的后生也发现了老者战机，一个急转摆脱锁定。

半滚、翻转、上升、盘旋……再次"驾驶"战机绕到对方后面，老者死死咬住进行追击。他一边调整姿势，一边锁定准备"发射"。后生也不甘示弱，一边下降高度，一边规避老者的"导弹"模拟攻击。

短短数分钟，双方使出浑身解数，根据"空中"态势，灵活运用战术、战法……

飞机"着陆"。老者内心有一种说不出的快感。只见春风满面的他，不慌不忙地从口袋里掏出一个泛黄的本子交给后生，后生工工整整地写上：停飞12年复飞，安全优质。

仅仅10个字，让老者激动无比，也十分看重，非常知足。忽然，老者向后生敬标准军礼："团长同志，演练结束，请示退场！"

"爸爸，你……?"被称为团长的后生立即向老者还以军礼，有力的大手久久不肯放下。

跟飞机说悄悄话 *

　　自从新兵马文分到警卫连机场警卫班，当了一名给飞机站岗的警卫兵后，让这个从大城市入伍、做着文学梦的文化兵，觉得怎么都不对劲儿。因为，他压根就没有看上这份工作，一米八的大个头，经常使个小性子、发个小脾气什么的，让班里的一些老兵感到非常头疼。

　　比马文个矮一大截、长得黝黑老气的班长，待马文像个大哥哥，经常是不笑不说话，但说出来的话却风趣幽默，让马文对班长平添了几分好感。

　　平复下来的马文，总爱黏着班长。时间久了，虽然对班长的一些生活习惯和工作特点略知一二，但班长还是让马文感到像一本读不懂的书，尤其是查岗，班长总是绕道去机场跑道头前转转。

　　那天，爱思考问题的马文对着停机坪上的飞机正发愣呢。班长查岗看到后，拍拍他的肩头："跟飞机说悄悄话呢？"弄得马文扑哧笑出了声："班长真逗！"

---

　　* 原载于 2018 年 4 月《衡阳晚报》，2018 年 7 月《羊城晚报》，2018 年第 19 期《小小说选刊》转载，被选为广东省改革开放 40 年 40 篇最具影响力的小小说。

"警卫兵嘛，就是要跟飞机建立感情，有什么心事了，跟飞机说说悄悄话，能让人如释重负，身心愉悦，精神振奋！"

"跟飞机说悄悄话，建立感情？"马文有点发蒙。

"老连长的话经常响在俺的耳边。不懂得人与飞机的关系，达不到一种境界，就不能算是合格的警卫兵！"班长像给马文出了一道内涵很深的思考题，完全颠覆了马文先前对机场警卫兵的认识。

"不知道吧，这里面可是有故事的哟！"接着，班长脸色凝重地给马文讲了一段自己很长时间都不能忘却的往事。

15年前，一位风华正茂的年轻飞行员，正值飞行的辉煌岁月，却因身体原因而停飞。他不肯割舍与心爱的飞机那份情感，放弃坐机关办公室，主动要求到场站落后的基层单位警卫连任职。

担任连长后，在与飞机朝夕相处的日子里，他视飞机为自己的亲密战友，赋予飞机活的灵魂和情感，探索用一种独特的方式，帮带年轻稚嫩又不太安心的警卫战士，经常跟飞机说"悄悄话"。结果，飞机拴住了一颗又一颗年轻的心，连长凝聚了一批又一批的兵。连队终于甩掉长期落后的帽子，而连长却因积劳成疾，英年早逝。

爱好文学的马文，此刻被震撼了。

可是班长告诉马文，感动代替不了感情。而这个感情是需要用心锻造锤炼的！

然而，日复一日，月复一月，无论白航还是夜航，目送一架架飞机起飞，又迎来一架架飞机返航，再到从地勤人员手中接收参训的全部飞机，马文始终未能找到不同寻常的"感觉"，更没品出别样的"味道"来。

恰在此时，与自己做着同样文学梦的同学，在地方报刊上不断发表作品，名声大振。马文心里像长了毛，在"白天兵看兵，夜晚数

星星"单调、枯燥的生活和工作中，犹豫了、彷徨了。

夕阳西下，闲暇之中的马文走出营房，走进机场边盛开的茶花间散心。

忽然，辽阔的机场上，一架架银白色的飞机呼啸着直刺天穹。对对战鹰，忽而盘旋，忽而俯冲，双双银鹰时而翻滚，时而升跃。飞行员们用翼下的缕缕轻烟，在蓝色天幕上写下新的训练记录。夜幕降临，几道如昼白光霎时铺向漫长的跑道，一架架返航的飞机频频着陆，如蜻蜓点水，浪里泛舟，载回训练成功的捷报。

好一幅充满诗情画意的精美飞行训练图景！瞬间，马文惊呼，作为飞机的守护神，自己不也正是编织这一幅美丽图景不可或缺的一员吗！

此时此刻，马文的心里无比惬意，舒展！感觉在升腾、感情在激荡！飞机——战友，战友，情同手足……

深夜，轰轰烈烈的机场平静下来，天黑得伸手不见五指。身心愉悦的马文，前去停机坪接班长的那班岗。

在接近飞机时，马文隐约听见班长的窃窃私语：老战友啊，今天是俺给你站的最后一班岗。转业脱下俺穿了 12 年的军装，心里怪不是滋味的，守护你 4000 多个日日夜夜，马上要离开了朝夕相处的你，真有些舍不得！天下没有不散的筵席。陪伴你这么多年，经历了风风雨雨，俺不后悔。俺唯一遗憾的是今后再也不能经常到机场跑道头上老连长的坟前汇报了。

班长说着说着，哽咽了……

马文听着听着，失声痛哭……

和飞机交朋友[*]

　　光阴似箭。转眼间马文军校毕业，回到山沟机场警卫连任职已经两年了。

　　马文的未婚妻梅子在省会城市里有一份很好的工作，并享受优厚待遇，看不起他当一个给飞机站岗的警卫排长，认为这工作既没有技术含量，又没有发展前途，太没出息。与她要求脱军装并托关系在省城安排的工作比，有天壤之别。

　　带着满腹的不解和怨气，梅子来到部队，大有兴师问罪之意。

　　马文知道梅子的脾气，他要稳住她。站在机场附近的营房前，马文请梅子放眼远望，机场上一长排整齐列阵的战机在阳光下，银光闪闪，熠熠生辉，犹如一道亮丽的风景线。

　　马文告诉梅子，自己与飞机朝夕相处，感情很深。一方面，用警卫兵的责任和安全保障，为飞机飞行训练托起一片晴朗的天空；另一方面，经常跟飞机说说悄悄话，抒发情意，愉悦身心，提振精神。和飞机交朋友，正是连队在警卫兵中开展的一项有意义的情感活动，也

---

　　* 原载于 2022 年第 3 期《大中华文学》。

是大家必训的一项心理科目。

一时的新鲜，并没有让梅子感动，头脑里的一个个问号，虽经马文再三介绍和解释，可总是不能拉直。尤其是身临机场一角的那会儿，烈日似火，热浪袭人。梅子叫苦不迭，连连摇头。心想，给飞机站岗，这种枯燥无味的工作，真让人受不了。她要趁此机会，好好开导马文多为自己想想，千万别让两个人好不容易建立起来的感情基础崩塌了。

傍晚时分，天热得让人焦躁难耐。营房里的梅子，憋了一肚子的气，想向马文倾述，偏偏这时马文有事不在身边。

"嫂子，既来之则安之，等马排长回来你们好好聊聊。"夏班长安慰说。

"这时候了，他到底在忙什么？"梅子有点不耐烦。

"到机场的另一头警卫班，看一个患重感冒的警卫兵。"夏班长小心翼翼地回答。

"难道我在他心目中的位置可有可无，一个兵患感冒，这种小病还要他亲自去看？"梅子的话里带有火药味。

"嫂子，马排长爱兵和爱飞机的情感是一样的。他说过，每架飞机都是他亲密相伴的战友，而每个兵都是他情同手足的兄弟。"夏班长有些动情。

梅子对夏班长传达的信息并不感兴趣，甚至认为有些可笑。正要发火时，夏班长的一番解释却给她降了温。

原来马排长去看的这个患病的警卫兵，叫许飞机。名字是当飞行员的父亲给他起的，意在子承父业。他本来在城市有良好的工作环境，还可以享受优厚的生活待遇。但大学毕业后，他毅然当兵进入空军队伍行列。不久前，他在外出办事时见义勇为负伤，刚刚痊愈。这两天，虚弱的身体又患病，马排长有些放心不下他，连续两天，马排长都顶许飞机站后半夜的那班岗。

"看来，我到你们这太不是时候了。"梅子有些哽咽。

"嫂子，你可能误会马排长了，他可是俺们的好领导，像大哥哥一样，大家都十分敬佩他，黏着他。你看上他，是你的福气，真为你高兴。"夏班长显然有些激动。

"既然他工作忙，就不打扰他了。明天我回去，让他安心工作。"梅子态度比较坚决。

夜幕降临。梅子虽然早早入睡，但是辗转反侧，心情无法平静。无意之中，她发现枕头下马文的日记本。开灯阅读，居然越读越有味道。

×月×日　星期六　晴

早起称了一下体重，长了五六斤，几乎成了个小胖子。我说呢，近期，查岗走路腿没有原来利索了，这说明，需要加强体能锻炼。哈哈，到时如果让梅子看见，她该笑话我了。我得量身设计个锻炼计划，控制体重，精干身材，于公于己都有利。

×月×日　星期日　晴

今天收到梅子的一封来信，意思是让我脱军装回城市过舒适的生活，我谢绝了她。说实话，我离不开警卫的飞机，更离不开警卫飞机的战友们。当兵要讲精神，没了精神就等于没了灵魂，机场警卫兵又如何用心锻造锤炼对飞机的那份纯真的感情呢！

×月×日　星期一　晴

明天就是清明节了。上午，我借查岗之便，顺路去机场跑道头老连长的坟前，一是想祭奠一下老连长，二是向老连长汇报工作。没想到，遇见了哭得泪流满面的许飞机，经过再三追问，他才说出老连长是他爸爸的实情。之所以隐瞒，是因为他不想活在爸爸的光环里。我不解：有人托关系走门子往城市部队调，而你却乐意来山沟吃苦受罪。他坚定地说："我爸爸睡在这里，有他盯着我干，我这个守卫飞机的飞机，一定能够和飞机战友交好朋友，让妈妈放心，连队信任，自己更像一架有战斗力的飞机！"多好的兵啊！

读完马文的日记，梅子内心五味杂陈，但更多的是愧疚。不知不觉，她进入了甜蜜的梦乡。

第二天一大早，睡眼惺忪的梅子，突然发现坐在床边两眼红红的马文，心疼地连连叫他："赶快补一觉。"马文笑着说道："习惯了，我不困。"

"求你件事，可以吗？"梅子声音温柔。

"你说，只要我能做到的。"马文回答得很干脆。

"吃过早饭，请你陪我去许连长的坟上看一看，我有话要跟老连长讲。"

"啊……"突然，马文像是明白了什么，连连点头说，"好的，好的！"

亮丽的风景线[*]

　　警卫连赵连长宣布了高展等 15 名战士退伍后，队列里传出一阵阵低声哭泣。紧接着，马指导员作简短的讲话，不料，刚一开口，却哽咽了。

　　少顷，一番动情的讲话之后，马指导员让班长许飞机带领退伍老兵，分别去向飞机和机场跑道头坟上的老连长告别，而后自己和连长走进俱乐部，与部分老兵开始落实另外一项工作。

　　"连长，真舍不得这些兵退伍，他们可是咱连有故事的一批兵。就说高展吧，直到前两天，我才知道他是经过三次报名才入伍的。高展告诉我，离队前会给咱们一个惊喜。"

　　"是啊！这三年里，你我对他们既太操心又爱得深。"

　　赵连长的实话实说，不禁勾起了马指导员对往事的回忆。

　　三年前，马文被上级从场站政治处干事提任"娘家"单位指导员。半月后，赵连长告诉他，从新兵连分来 15 名新兵，而且大部分都是城市带薪入伍。

＊ 原载于 2022 年第 7 期《精短小说》。

"警卫新型战机的兵，应该具有高素质。他们这些跟公子哥似的，让我们如何带好，真不知今后工作会出什么乱子，先进可别砸在他们手上了。"赵连长满脸愁云。

"我也是城市兵，不还当上了指导员？"

"抬杠嘛。现在的城市兵思想多活跃？"

"这么多城市兵分到咱连，说明是上级对你我的信任和考验，是挑战也是机遇。带好这批有特点的兵，咱们要充满信心！"

这天上午，在一阵喧天的锣鼓声和热烈的掌声中，15名新兵到了连队。

只见赵连长大手一挥，"全连集合，请马指导员讲话"。

"欢迎新战友到咱们连。请带薪入伍的举手。"马指导员嗓门很高。

忽地，十只手全举过了头。马指导员发现他正面的一位中等个新同志，手举得最高。

"好！"马指导员高兴地说，"同志们，你们是为地方经济社会发展作出过贡献的有功者，我们要向你们学习！你们的入伍，给部队建设注入了新鲜血液，也成为警卫连建设的一支重要力量。希望你们继续发扬地方爱岗敬业的精神，当好飞机的守护神，咱们一道把警卫连再建设成为响当当的基层先进单位。"

忽然，马指导员发现刚才这个新同志头上直暴青筋，红扑扑的脸上淌着几滴晶莹的汗珠。第二排的几个新兵神色紧张，整齐的队伍有点骚动。赵连长恼火地问："怎么回事？"

一阵沉默。旁边一个老战士报告："一只大黄蜂飞进了这个新兵的脖子！"

"啊？是这样！"赵连长心里有点热辣辣的，便大步走到这个叫高展的新兵身边，把手伸进了他的脖领，掏出大黄蜂，一脚碾了个稀巴烂。然后，让卫生员带高展去给被叮的红肿处上药。随之，解散队伍。

"连长，一个新兵在队列里让黄蜂叮着，竟然纹丝不动，一声不吭，够种！配做警卫连的兵！"马指导员赞不绝口。

"是啊，只怕指导员你高兴得太早了。"赵连长不放心地说。

果不其然。一周后，连队组织新兵熟悉飞机警卫哨位时，几个新兵用私带的一部手机拍照与新型战机合影，班长许飞机及时制止并严肃批评了他们。脸涨得通红的高展，上前拿过违规新兵的手机，删除了合影。然后，请许班长给大家进行短暂的保密教育。回连时，高展跟许班长认错，说："今天这事我有责任，我当过新兵班副班长，思想不敏感，最应该受到批评！"

赵连长听了汇报后，说："认识到错了就好。看来，高展在新兵中的影响力不小嘛。不过，响鼓还要重锤擂！"

一波未平一波又起。周日晚餐前，炊事班战士跑到连部报告："高展跟我们副班长为几棵白菜根和白菜帮吵起来了。高展说，完全可以吃的，为什么要扔掉？这是浪费！"

"嚯！这可是多年没遇到的问题。走，看我是如何治他的！"赵连长脸色泛黑。

"连长，这事我来处理。"马指导员来到炊事班，看出了高展的心思后，便走到那个菜筐前，温和地说："来，咱们抬到水房，边洗边谈。"

望着面带微笑的指导员，高展一弯腰，两手一用劲，把全是白菜根和白菜帮的筐扛了起来，向水房走去……

当晚，新兵开始单独上岗警卫飞机。赵连长在熄灯后查铺，发现

高展不在位，非常生气。恰好马指导员查岗回来，笑着告诉他："高展正在陪一个夜岗害怕的新兵站岗呢！大约半小时前，我让他回来休息，他说下一班接岗，干脆两班岗一块儿站了。"

赵连长望着漆黑的夜空，陷入了沉默……

俱乐部里，马指导员让赵连长再看这批城市兵入伍第一年，参加部队比武获得的优胜锦旗；还有第二年、第三年他们扶贫助学、帮困解难拿到先进的奖牌。然后感慨地说："警卫连这个老先进匾牌，硬是被他们越擦越亮！"

"报告！连长、指导员，你们看谁来了？"许飞机和退伍兵簇拥着一位老同志走进俱乐部。

"老班长！高展说的惊喜可能就是你吧？"马指导员边说边上前拥抱老班长。

"别怪我没告诉你，我是高展的表哥。他可从我这学了不少本事。听高展说近日老兵退伍，我这个保安公司的老总起个大早，从市里开车先到机场跑道头坟上看看老连长，遇到了他们，这不就来连队'抢人'了。"

"太好了！刚刚我和连长与几个老兵用旧画报叠成了这么多迷彩纸飞机，请退伍老兵人手一架，大家合影，做个纪念。"

见此情景，高展扫一眼破涕为笑的退伍老兵们，兴奋地说："空军蓝配迷彩纸飞机，也是一种美好的景致！"

你好，空军蓝[*]

"你好，空军蓝！"

让薛虹校长身旁穿空军服装的爱人成干事惊奇，这句洪亮、专业、热情的问好，竟出自面前的小学生之口。

"你好，小同学！"成干事赶紧回了这个活泼、帅气、高个儿的小学生一句。紧接着便问他："你怎么知道我身上穿的是空军蓝？"

"我表哥当兵穿的也是你这种颜色的军服，他在给家里来信中夹了一张很威武的照片，他说身上的军服叫空军蓝。"

"他当几年兵了？"

"从大学去当兵两年，后来又回到大学继续读两年书，半年后就毕业了。"

"你喜欢穿这身军服吗？"

"何止是喜欢，我还爱看打仗的故事片呢！"

小学生的表达和示出的兴趣爱好，是成干事没有想到的。

可薛校长却不以为然。她清楚地记得，三周前她刚调来学校时，

＊ 原载于 2023 年 8 月《佛山日报》。

这个叫霍兵的六年级学生的父亲，专门到校反映儿子不爱学习，迷恋电视里战争片的头疼事，父母批评他，还跟二老顶嘴。学校老师对他的负面反映也较多。

为此，作为校长的她三次找霍兵谈话，可他每次不是翻墙就是爬树躲避，气得她闷闷不乐。经过详细了解，原来六年级这个班还是全校的老大难班。联系这所条件差、学生学习成绩普遍落后、存在诸多实际困难的偏远小学，她后悔当初不该来这里任职。她更忘不了报到那天，听完副校长介绍学校情况后，脑袋嗡嗡的，浑身像感冒发烧一样，很不自在；笔记本上记录的内容，字迹走形，一片模糊，连她自己都看不明白。

"坚持！坚持！慢慢熟悉适应环境，一切都会好起来的。"在家休假的爱人的安慰，让她心里暖暖的。这不，爱人明天假逾归队，今天专门陪她到学校"助威"。出现了"问好空军蓝"这个小插曲，是她没想到的。

薛虹努力调整状态，逐步适应工作。没几天，六年级班主任老师向她反映，霍兵旷课一天。同学说他去镇上电影院看抗美援朝战争大片《长津湖》了。

没想到，临近周末，这个刺头的学生如此目无校纪。吃晚餐时，她的胸口像有一堵墙挡住了胃门。突然，她的鼻子一酸，眼泪夺眶而出。

夜深人静，辗转反侧的她，有点想老公了。回忆老公休假散步时，经常跟自己叙谈当指导员教新兵爱连队、以连队为家的故事，不知不觉地进入了甜蜜的梦乡。

周六的上午，薛虹放弃所有活动，决定对重点学生进行一次家访，首选霍兵家。

见到亲自登门的薛校长，霍兵父亲连忙放下手中的活儿，向薛校长讲述了让自己很不理解的一件事："昨天下午，霍兵回家手提一袋土豆，洗干净后全部放到冰箱冷冻。然后，向我要了100元钱又急匆匆出了门。到了晚上7点多回家后，打开冰箱就生吃冻得硬邦邦的土豆。我问他，为什么吃冰冻土豆。霍兵回答：我要学习志愿军！"

听到这，薛虹心里一怔。瞬间，连说三遍"不虚此行！"弄得霍兵父亲丈二和尚——摸不着头脑。薛虹离开时告诉老人："霍兵做的事，您老慢慢就会明白的。"

不久，一位70多岁的老人在儿子的陪同下，给学校送来一面锦旗，点名要见霍兵。经过学校详细了解，霍兵是在那天镇上电影院放《长津湖》电影结束散场时，看见老人因血压升高瘫倒，及时拨打120将老人送医院治疗，转危为安。之后，霍兵又买了100元水果送给老人。

开心的薛虹，第二天早起时显得十分精神。对着老公的照片亲切地喊了一声："你好，空军蓝！"此时，她仿佛还看到了老公身边站着霍兵的表哥。

新的一周开始。薛虹通过六年级班主任老师了解到，学生们已在双休日看过《长津湖》大片。于是，她决定请学生们亲口尝尝冰箱里的冻土豆。然后，对照当年志愿军爬冰卧雪啃食冻土豆的事例，写一篇《观大片，谈感受》的作文。

让薛虹和班主任老师兴奋的是，这篇作文在学生们的心湖里，泛起了阵阵涟漪……

周五的下午，霍兵缓缓走进了薛虹的办公室。

"薛校长，我是来向您作检讨的，我错了！"

"错在哪里，能说给我听听吗？"

"那天不该旷课去看《长津湖》电影。"

"看这个电影受教育，本来是个好事。可是你不顾学校纪律，耽误了学习，在同学们的面前当了违纪的典型。不过，你做了救老人的好事，值得表扬；吃冻土豆的体验也值得肯定。"

"我不是不想好好学习，就是坐不住，安不下心。这次，让我们写《观大片，谈感受》这篇作文，对同学们触动太大了。我不怕吃苦，等我长大了就去当兵，那样多神气！"

"是啊，像成叔叔和你表哥，穿着空军蓝服装很威武，可是你知道吗，他们都是名牌大学毕业生。孩子，你想，军队要强大，如果没有高学历的知识型人才去建设，怎么能打胜仗？！"

霍兵沉默了……

新学期开始。霍兵是以优异的学习成绩考入区里初级中学的。当他再次返回母校时，听到广播里播放的是旋律优美的空军歌曲《我爱祖国的蓝天》，看到的是学校特招的教师、身着空军蓝服装的表哥在给同学们上国防教育课。问到同学们的学习成绩时，薛校长告诉他，全部甩掉了落后的帽子。

欣闻学校的现状，成干事也向薛虹微信视频报喜，自己升职符合随军条件，特意征求夫人的意见。薛虹含笑回答："亲爱的，学生们不放我，我也没办法呀！"

机械师与飞行员*

他，飞行员；他，地勤机械师。

他，第一次飞他机组维护的飞机；他从他的讲话音调中听出他们是老乡，而且老家相距不远。

他内心一阵激动，本想上前搭话挑明。但迟疑瞬间，他没去和他拉老乡，而是将这个发现深深地埋在心底。

他，在很长一段时间都被安排飞他机组的飞机。他，将机组成员团结得像一家人，各司其职，各尽其责，兢兢业业保障每一个飞行日优质安全，也练硬了他的钢铁翅膀。

春夏秋冬，周而复始。连续多年，他机组的飞机维护质量全优，保障飞行安全无事故、无差错，赢得了包括他在内众多飞行员的鲜花和掌声……

每年休假，他总少不了给亲朋好友，包括当市领导的哥哥"上课"，讲飞行员是不同于其他行业的重要人才，是国家用黄金堆起来的宝贝疙瘩，是国防安全的蓝天卫士……

---

* 原载于 2017 年 6 月《羊城晚报》，2018 年 6 月《空军报》。

他以亲身说教的方式和通俗易懂的道理，引导他们对部队飞行员家庭的关心，通过实实在在的行动，送去阳光和温暖，让春天永驻空中骄子心里，安心飞行……

他，并不知道他在家乡看门护院所做的工作，他的耳朵里灌满的是家乡父老的深情厚谊。

经常让他感到甜甜的、暖暖的，幸福相随，毫无后顾之忧地飞翔于蓝天。他的飞行事业，风生水起，精彩纷呈。

几年后，他升任令人羡慕的飞行团长，而他仍然是一名普通的地勤机械师。

训练间隙，伴着机场边山茶花散发的清香，他也关心地同他私聊几句，而他总是将话题往飞机的使用和维护质量以及机组建设上引。他不想让他知道是老乡，而且还是很近的。更甭说趁机去攀他这个说话很有权威的首长啊。他，要为他内心里营造一片晴朗的净空。

部队整编是每一名官兵的人生转折，也是对每一个官兵最直接的现实考验。

有人不注意跟他开了句玩笑："岁数不小了，在部队又没有什么发展，转吧！"他气得脸色铁青，险些动粗。他太爱自己维护多年的战鹰，视它为亲密战友；热恋每天"轰轰烈烈"的保障飞行训练的生活，尽管耳朵听出了"茧子"。连续几个晚上，他辗转反侧，失眠了……

星期天，他破例到他家串门。身为团长，他做好了耐心倾听的准备。即使他对转业想不通，说几句难听的话，也是可以理解的。

他用好茶招待他，他用微笑回敬他。

他拿出手机，诚恳向他请求合影一张自拍照，作为转业带给儿子的一份珍贵的礼物，了却儿子想见见飞行团长叔叔魁梧样子的心愿。他告诉他，儿子说，爸爸这辈子当空军地勤机械师，等我长大了就当翱翔蓝天的飞行员！

他的眼睛湿润了。

他的笑容绽放了。

最好的证明 *

  傍晚，父子俩磨破嘴皮，好不容易包了一辆三轮车，从距离小镇十多里的公路上，将身体多处受伤、处于昏迷状态的中年人送到镇中心医院抢救。

  伤者很快脱离危险。松了口气的父子俩办完入院手续，夜幕早已降临。还有近百里的山路，已没有可供父子俩选择的任何交通工具。

  本来，父子俩是从南方回中原偏远的山村家里探视重病的老人。没承想路遇特殊情况，岂有见死不救之理呢！儿子非常理解并十分敬佩父亲的所作所为。

  父亲决定夜宿小镇，第二天再乘早班车赶往山村家里。于是，父子俩进入一家既经济又干净的旅馆。

  登记父亲的军官证时，旅馆大嫂大吃一惊，将钢笔"啪"地扔到桌子上，对站在面前这个穿着朴素、肤色黑里透红、有不少白发并操着同样口音的人详细观察一番后，半信半疑地问道："你是将军？俺怎么看着一点都不像！"

---

  * 原载于 2018 年 5 月《河南小小说》，2018 年 5 月《中国国防报》。

"证件上写得清清楚楚，还会有假？"儿子回答道。

"这年头假冒的事多的是，办个假证件容易得很！"大嫂肯定地说道。

"到底你是怀疑证件还是怀疑人呢？"儿子有些不耐烦。

"两方面都值得怀疑！将军这么大的官，放着城里的大宾馆不住，而来俺这条件简陋的小旅馆，谁相信呢！"

"将军也来自老百姓，普通群众能住的旅馆，将军为啥就不能住了！"儿子的嗓门显然有些提高。

"那谁能够证明老同志的身份是真实的呢？"大嫂的嗓门也随着抬高。

"你这样平白无故地怀疑人，是要后悔的！"

"我是在履行一个公民应尽的义务，打假人人有责。今天你如果不说清楚他的身份，可不好离开本旅馆！"

父亲急忙拍拍儿子的肩头，示意控制情绪。此时，服务台座机电话突然响了，大嫂接过电话，向一名服务员交代几句后，便急匆匆地走出旅馆。

尴尬中的儿子心里有些愤懑。而父亲却心平气和地拉他去镇中心医院，说再看看还在救治中的中年人。

当父子俩走进医院急救室时，发现先前的公交车司机正向旅馆大嫂讲着什么。

父子俩的突然出现，令公交车司机很不好意思。他指着父子俩动情地说："好人哪！这父子俩才是你丈夫真正的救命恩人！"公交车司机激动地回顾了傍晚前发生的那一幕：下午，开着最后一班车的他路过距离镇上十多里的地方，见路中央自行车旁躺着一个不省人事、身受重伤的人，因怕被骗，没敢停下来施救。坐在车上的这父子俩见

状，坚决要求下车救人。下班回家的公交车司机向妻子说了此事，遭到一通责备。"俺想自己确实错了，立马骑上摩托车到原地，未见人影，就赶到镇中心医院了解情况，才知道他父子俩及时将你丈夫送医院抢救……"

听了公交车司机的讲述，旅馆大嫂对父子俩一脸内疚："真对不起！都怪俺，错怪了首长！"

"你们认识？"公交车司机急忙问道。

"你见过农民装扮还住小旅馆的将军吗？远在天边，近在眼前。都怪俺……"大嫂面带愧意地说了之前在自家旅馆发生的事。

"啊！"公交车司机的喉咙突然像被什么卡住似的，半天没说话。

少顷，大嫂执意邀请父子俩回到旅馆住宿……

翌日清晨，当大嫂从医院回旅馆准备好丰盛早餐时，却发现房间已人去屋空，桌上除了放着住宿费外，还多了 5000 元救助金。

选 择 *

冼志远上午参加大学毕业典礼后，没有随同学们去校办打听征兵的事，便急匆匆地坐上公交车往高铁站赶，他要以最快的速度回到佛山老家，与亲戚见面，好落实"含金量"很高的工作。

坐在后排位置上的他正闭目听歌。

突然，平稳行驶的公交车中间出现波动。

"住手！"一个中年男子洪钟般的声音，惊呆了不少乘客。大家你看我，我看你，用眼神传递着疑问。

很快，有个妇女高声呐喊起来："我的钱包被偷了！"

三个瘦瘦的窃贼，匆忙靠拢，抱团壮胆，怒视一米八的大个中年男子。

冼志远替中年男子捏了一把汗，心想："犯什么傻，一对三处于劣势，好汉不吃眼前亏！"

"赶快还回钱包！"中年男子态度坚决。

眼看公交车即将靠站，三个窃贼开始往车门口移动。中年男子手

＊ 原载于 2020 年 12 月《中国国防报》。

疾眼快，伸出双手抓住其中的两个，一只脚又重重地绊住第三个。一个窃贼凶相毕露，掏出匕首刺向中年男子，中年男子迅疾闪身，顺势击倒行凶的窃贼。

公交车缓缓靠站。在众多乘客的协助下，三个窃贼乖乖认栽。

眼前的一幕，令冼志远惭愧不已。当初就是因为胆小怯懦，在发现女友手机被偷时不敢吱声，使他们分手。他忘不了女朋友留给他的一句话："什么时候你才能成为堂堂的男子汉？"

纠结、郁闷填满心头，陪着冼志远上了高铁。好在邻座的几个乘客非常健谈，同他们短暂的聊天让冼志远心空晴朗一片，"几位叔叔谈吐不凡，看起来都像事业成功人士。"

"成功不敢说，只不过我们都吃过苦，经受过锻炼，现在衣食无忧！"一个长者说话浑厚有力。

"要说成功，我们的老班长才是顶呱呱的！"另一个长者紧接着说道。

又一个长者开始给他讲故事，冼志远完全被吸引了。

老班长退伍不褪色，白手起家，艰苦创业，在省城闯出一片新天地。可是，他没有陶醉在鲜花和掌声中。后来组建了商会，为当地经济社会的发展注入了蓬勃生机。老班长发达了不忘千里之外的家乡。组织一声召唤，老班长出任紫南村支书，一干就是10年。

听到这里，冼志远陷入沉思。他清楚记得，曾在紫南村委会当会计的表姐夫，10年前因贪污公款被判刑8年。如今表姐、表姐夫老了，不知他们生活过得怎样。

当冼志远得知邻座的几位叔叔是紫南村某科技公司的高工，刚外出考察回来时，执意要去村里开开眼界："虽然我们是紫南村的近邻，但自己孤陋寡闻。我决定随叔叔们一块去村里补补课。"

　　出了高铁站，一个似曾相识的男人大步流星向他们走来。"这不是公交车上抓窃贼的英雄吗?"冼志远惊喜万分。

　　"他就是我们的老班长范祖升，此次外出考察的顾问兼协调人。"叔叔们抢着介绍。

　　冼志远心里直呼"没想到"，并主动向范祖升介绍了自己。

　　范祖升竟爽快地说:"大学生，我知道你! 你表姐向我提过你的情况。好久没去你表姐家了吧!"

　　"老班长回紫南村任职 10 年，工资分文未领，都作为村里扶贫基金了。你表姐一家过去可是重点帮扶对象! ……"回紫南村的路上，一个叔叔给冼志远讲了表姐家的事。

　　第二天，从表姐家回到自己家的冼志远，仍然兴奋不已。当他接到亲戚催促见面的电话时，坚定地回道:"不好意思，等我上完部队这所大学再说吧!"

三月桃花开 *

　　自从 25 年前牛坚强招飞入伍，桃林村那片桃花盛开的桃园，便成了他魂牵梦绕的乡愁。

　　时间来到 2017 年 2 月下旬。任团参谋长的牛坚强，由于身体原因确定停飞转业。一想起很快就要回到家乡，亲吻那像亲人般的一棵棵桃树，甭提多开心了。

　　这天，在接过一个重要电话后，他立即改变了行程，便风风火火地赶到了南方某市。

　　第二天上午，电话联系几个昔日的战友后，老牛径直来到某公司老总陶干的办公室。

　　"呦，是哪阵风把你牛大参谋长吹到我这来了？"

　　"怎么，脱了军装的老百姓到此，陶总不欢迎？"

　　"我猜你又是来当说客，让我回去当村主任的吧？别说我顽固，如果真是这样，休怪我不给你面子。"

　　"瞧你说的，大哥来看看昔日老战友还不行？"

＊ 原载于 2020 年 4 月《宝安文学》，2020 年第 4 期《河南文学》。

"哪能呀，我请还请不来呢。既然来了，咱们就聊聊昔日部队的事，叙叙过去的战友情。晚上，再约个战友痛痛快快地聚聚。"

"好呵，咱俩是什么关系呀！不光同村人，还是同一个飞行团出来的空、地勤。在我印象中，你小子算是地勤兵中的佼佼者。"

"在部队那阵子，天天维护飞机和服务飞行员们，是不是佼佼者不重要，关键是我们用双手托起战鹰，完成任务并保证了飞行安全，苦点累点从没后悔过。"

"军人就得有这么个境界。不过，我纳闷，当初团里要送你去军校学习，回来提干，怎么放弃了?"

"以我的性格，还不是想退伍回村改变贫穷落后的面貌。"

"为啥后来当了逃兵?"

"为啥?"陶干盯了老牛一眼后说，"贫穷的根源太复杂，要想改变它，单凭一己之力谈何容易。"

"现在机会又来了，何不再搏一下呢?"

"噢，你绕来绕去设了个套，还是让我钻了进去。可是，你别想说动我。"

这时，陶干的手机响了："老哥，听说你家乡桃林村有千亩产胭脂脆桃的桃园，发展潜力很大，我老石很感兴趣。这样，今晚我请客，咱们好好聊聊。"

提起这片 10 年前让他洒泪的桃园，陶干不禁脸红了。

当年陶干退伍雄心勃勃回村，全票当选村主任，凭军人那股劲想大干一番事业。在围绕桃园的生存问题上，陶干认为桃园结出的桃子口感不佳、销售不畅，经济效益也不好，不如砍伐了作为招商建厂用地见效快。

老支书含泪动了真感情："老祖宗留下的这片当年曾救过新四军

的桃园，咋能说毁就毁。以牺牲桃园为代价换取经济效益，等于是在割父老乡亲身上的肉，既对不起祖宗也不好向子孙们交代啊。"

为此，陶干挨了父亲一顿怒斥。气急的陶干，加入了南下打工潮。

"哎，家乡的桃园，如今成了乡愁，想忘都难啊。"陶干自言自语。

"说明你我都是性情中人。"老牛说，"据我所知，家乡的桃园今非昔比，前年不但扩大到了 5000 亩，还进行了嫁接培育，起名叫胭脂脆桃，两年就可挂果，产量较普通桃子高出一倍，亩产高得喜人，一亩可收入几万多元。"老牛说着又打开手机给陶干看一段视频，一人高的桃树上，胭脂脆桃掩映在绿叶之中，毛茸茸的桃，红里透着粉，色泽诱人……

"咱村的胭脂脆桃不光长得漂亮，它的花更美。老牛自豪地说：胭脂脆桃是一种兼赏花和优质果生产的早熟的新品种桃子，花瓣较大、颜色更艳丽。最重要的是，每年花开较普通桃花更是有利于占据早春桃花旅游市场。"

"牛哥，今晚战友小聚，我要给你一个惊喜。但是，兄弟恳求你闭谈村干部的事。"

晚宴上，当陶干把石总介绍给牛哥时，石总笑了："老牛是我的好哥们，航校同学，虽然毕业后分到不同部队，但我们曾有过密切合作，最精彩的要数飞机加授油训练了。"

"老同学，陶大哥是我创业中遇到的大贵人，前几年在我最困难的时候，他及时出手相助，公司才得以强劲发展。滴水之恩，当涌泉相报。不瞒两位老战友，我决定近期去你们桃林村考察投资，为产业扶贫尽一份力。"

"石总，我现在可是报恩无门啊。10 年前南下打工，正当我一头雾水、吃饭都成问题时，得到了匿名战友的及时资助，让我顺利创业，逐步成功。我真想仰天大喊，恩人是谁？你在何方？"

"不是有一首军歌唱得好吗，战友，战友，亲如兄弟。"老牛笑着说。

酒过三巡，菜过五味，陶干有些醉意。他告诉牛哥明天早上要出趟远差，便让石总顺路送他回家休息。

三天以后，当老牛从县城回到桃林村时，惊奇地发现陶干正与乡亲们攀谈聊天呢。仔细琢磨后，他开心地笑了。

进入3月的桃林村，桃花盛开，枝头的桃花姹紫嫣红，或含苞蕾蕾，或迎风怒放，粉嫩的花瓣在阳光的照耀之下，娇艳欲滴，楚楚动人。

置身花香弥漫的桃园，老牛与陶干心情舒畅极了。忽然，陶干停住了脚步说："那晚小聚你又布了个局让我中招，真不愧为称职的参谋长。不过，我也知道了匿名战友是谁，还意外了解到谁是桃园嫁接培育和产品推销的牵线搭桥者。"

"过去的事就让它过去吧。你任代理村主任，老支书举荐有功。他说要脱贫，桃园必须再扩大。今后，就看你的了。"

"什么？是你义父！听说老人家患重症住院了。"

"老支书是诚心的，别辜负他。过一会儿，咱俩去县医院看看老人家。然后，我去县委转个组织关系。"

"安排在哪个局当领导？"

"不，大哥要与你并肩战斗。回村前，在县委组织部我已经立下了军令状！"

爷孙情*

  肖昆打小是听着爷爷讲的故事长大的。在他这个飞行大队长的心目中，爷爷的老兵形象高大，像一座山巍然屹立。

  肖昆父母长期在外地工作。还在他开始上小学的时候，退休的爷爷不怕麻烦，坚决要求自带宝贝孙子，陪他走好少年人生之路。

  拗不过爷爷的父母，只好作罢。爷爷兴奋地抱起孙子打转转。然后，甩给儿子儿媳一句话："10 年后还你们一个棒棒的军事人才。"

  除了上学读书，肖昆最爱与爷爷相处。爷爷教他锻炼身体，勤快做事，启发他领悟人生道理。爷爷讲的故事，让他听得痴迷，即使爷爷有时重复翻讲，他仍然听得津津有味。

  一晃到了上初中的年龄。这天，天气闷热。爷爷身上出了不少汗，爷爷脱下上衣，让肖昆帮他擦擦背上的汗。

  在爷爷瘦而结实的上身，肖昆发现多处伤疤，有的像钱币，有的像钥匙，有的像灯泡……随手轻轻一摸，凹凸不平，吓得肖昆像触电

---

  * 原载于 2020 年 11 月《信阳日报》，2021 年 1 月《嘉应文学》，2021 年第 1 期《西南文学》转载。

一般，急忙收回稚嫩白净的小手。

"爷爷，你身上咋有这么多伤疤？"

"这点儿算啥，你没看到的还有不少呢！"

"为什么？"

"我15岁穿上军装，参加抗联、辽沈战役和抗美援朝等大小战役30次之多。每个形状不同的伤疤背后，都有一个精彩的故事，它是爷爷的革命本钱，也是挂在爷爷身上的一枚枚胜利奖章。"

"爷爷，那您就给我讲讲还没有听过的故事吧。"

"好，我就讲讲抗美援朝的故事。那是我们入朝参战进行的一次主攻团反击战役。阵地对峙阶段，我们就在山中打坑道，让敌人的飞机大炮瞎忙乎。可是，由于我军没有制空权，部队刚挖好的猫耳洞就遭到了敌机的狂轰滥炸，我和同乡战友薛青春负伤并被埋在炸塌的猫耳洞里。当战友们把我和薛青春救出来时，他已奄奄一息，他留给我们的最后一句话是：'狗日的大鼻子，如果老子不死就当飞行员报仇！'"

"爷爷，那后来呢？"

"回国后，我先是按照薛青春之前留下的地址，给他生活在农村怀孕的妻子写了一封信，详细描述了薛青春在抗美援朝战役中的英勇表现，并留下了他牺牲前的遗言。之后，在她儿子出生不久，我和新婚的妻子专程去很远的乡下看望过她。后来，抱定当飞行员的我，通过部队组织去参加选飞，因身体不合格而遗憾退场。"

"多年以后，你爸爸根据我的意愿参加市里选飞，也是身体原因被淘汰。孩子，看来这个愿望只有由你来实现了。"

肖昆点了点头，晃了晃紧攥的拳头。

就这样，爷孙俩快乐地生活着，憧憬着美好的未来……

20年后，已是蓝天骄子的肖昆，每每想起爷爷的良苦用心，而

自己不能陪伴他的身边尽孝，心中不免平添几分愧意。

周日这天上午，年过八旬的肖老吃罢早餐正要阅读当天的报纸，手机突然响了。

"爷爷，您老身体好吧？自从两年前奶奶离世后，您身边少了贴心护理；爸妈又不在您身边，您老一定要保重身体啊！"

"好孙子，爷爷的身子骨还硬朗着呢。只是我这个幸福的老头，等着抱重孙子。可你倒是能沉住气，都三十出头的人了，还八字不见一撇，你不抓紧，爷爷的年龄可等不急啊！"

"爷爷放心，已经有了，现在就是向您老人家报喜的。"

"那就好，那就好！能告诉爷爷她叫啥，家庭状况怎么样吗？"

"爷爷，说来真巧，我们既是老乡又是航校同学，毕业又分到同一个飞行部队，她叫薛玲。我俩真正认识是在部队的一次演讲会上。她是一个孤儿，爷爷您还奖励过她呢。"

"真能有这么巧的事？"

"爷爷，在您当年主持编印的第 100 期《申城关工报》的爱心助学栏目中，有一张图片，薛玲一手拿着空军飞行学院的选飞录取通知书，一手接过您捐助的 2 万元奖励。"

"没错，这个事我有很深的印象，当时学校领导向我介绍说这孩子家庭很苦，初中三年基本没读，全靠自学考入高中，而且品学兼优，德智体全面发展。"

"爷爷，在部队飞行训练时，薛玲总是将您的鼓励化作行动的力量。当她知道设立专项奖励的老干部就是爷爷您时，尤为激动。"

"业余时间闲聊，她告诉我薛爷爷牺牲后，奶奶一直未嫁。在她 2 岁时，爸爸又因病去世，母亲改嫁。她与奶奶相依为命，令她佩服的是，奶奶对生活充满信心。据村里老人讲，20 世纪 90 年代初，在村里担任妇女队长的奶奶，为人处世公道正派，敢于担当，成为大家公认的女强人。为了村里一位受冤屈、被错误定性的老干部的问题得到纠正，奶奶跑到有关部门据理力争，指出人家 15 岁参军，负伤 10 多次，身上至今还存留 2 块弹片，怎么会……奶奶越说越气愤，结果猝然倒地，再也没有醒来……"

肖老听着听着，先是眼睛一亮，随即老泪纵横，泣不成声。

"爷爷，您怎么哭啦？"

少顷，肖老连忙说："爷爷激动的。老天有眼啊！薛姑娘奶奶当年帮助过的那位老干部就是我呀！这么多年，爷爷一直在打听薛奶奶家人的下落，今天终于找到了，还与你喜结姻缘，真是喜上加喜呀！"

"是啊，爷爷的心愿不但实现了，而且还超额完成任务。如果薛爷爷在天有灵，也心安了。"

半年后，肖老心脏病突发驾鹤西去。当爸爸将丧事告诉肖昆后，正准备进场飞行的他，把自己最喜欢的一张爷爷照片，悄悄地装进飞行服，嘴里喃喃地说："爷爷，今天孙子带您去飞行，让您老好好感受一下飞行员的空中生活！"

最后一个军礼[*]

明天早上，年届 60 岁的保安队长——彪叔，就要告老还乡了。

晚上，公司专门设宴欢送这位"功臣"，以表达敬佩之意。而平常酒量"斤巴不违"的彪叔，喝了不到三两就醉成烂泥，早早由人扶回宿舍休息。

有人说："毕竟在公司干了 20 年，感情深，要离开了，心情决定酒量，可以理解！"

还有人说："这个工作中不讲情面的老货，经常怪怪的，走了也好！"

而我说："与彪叔这个军人出身的长辈共事，经常让我这个军人出身的后辈发怵，如履薄冰。他真要离开了，心里还确实有太多感慨！"

记得 5 年前，我退伍从内地来到南方这个城市，到这个小区当保安。刚开始，人地生疏，进入角色慢。彪叔总是看我不顺眼，隔三岔五找事，不是骂我敬礼不标准，就是指责我行、站、坐不规范，没有

---

* 原载于 2017 年 8 月《潮州日报》《静安报》，入选《2017 中国年度作品微小说》，2018 年 4 月参加"同美杯"全国小小说大赛获三等奖。

达到行如风、站如松、坐如钟那种境界。

更令我不好接受的是，他还拿军人的那一套要求我，什么"军人的精神状态就是合格保安的名片""军装换成保安服仍然是个兵""从部队到地方只是转换阵地，训练不息，战斗不止"……面对他这个"假正经""神经病"，有时真想顶撞他一下，但一想到初来乍到影响不好，还是忍了。

没想到，彪叔却得寸进尺，让我在短时间内做到完全不可能做到的事。

一天上午，彪叔趁我休息时拉我先去了车库，他指着进出车辆，如数家珍："我们这个小区到目前为止共有 712 辆 19 个型号轿、卧车。尽快熟记每辆车的车牌号，是我们争取主动做好安全保障工作的基本要求。"

然后，彪叔又带我绕小区 6 栋住宅楼转了一圈，"这个小区在全市属中等，有 626 户业主，共 2015 人。业主来自 21 个省市，大部分都是在本市从事不同行业的外地人。南腔北调，成分复杂。因此，要熟记户主和熟悉他们的家庭成员。咱们当兵的，可要迎难而上，勇往直前啊！"

"啊？晕死了！"我吓得真想辞工回家。

"没出息的家伙！你还是当过兵的吗？是兵就不要装狗熊、当孬种！"此时的彪叔像部队训练场上严酷的连长，咄咄逼人的目光直杵我的自尊心。

没有过不去的火焰山。憋足了劲，顺着彪叔指引的思路，我开动大脑机器，启动智慧阀门，真还别说，两个月之内，我在小区与业主不但做到人熟脸熟、车熟户熟，还带班迎接市、区有关部门进行的规范化检查。大家另眼看待我这个曾经的兵，彪叔还建议公司老总让我

组织对新进的保安员分两批进行军训。

这么一来，小区管理处年轻的物管员姑娘眼神里就多了一些内容，从此，我和她的关系迈进了实质性的一步……

初冬的南方，早晚温差大。深夜时分，冷风习习，寒意阵阵。

此时值班的我，心想彪叔今晚乘着醉意一定会睡得又香又甜。

突然，彪叔背着背包出人意料地出现在岗亭门口。惊奇之时，我正要问明情况，他倒笑着先开腔了："虽然不是公司的员工了，但这内心里的最后一班岗还想站到底！"

"听说今晚你喝醉了？"我急着问彪叔。

"那是我故意装醉，想提前打个盹，好在深夜来岗上陪陪你，顺便再交给你一个笔记本，是我这些年小区物业疑难问题的处理方法和有关工作措施，供你今后参考。"彪叔的言行充满温暖。

"谢谢前辈！要分开了，真是恋恋不舍呀！"我由衷地表达心意。

"天下没有不散的筵席。只要我们始终保持军人优良的本色，积极向上，不管在哪，干好工作都靠谱。"彪叔口气非常坚定。

不知不觉，天边露出了鱼肚白。彪叔连忙背起打好的背包，说去赶第一班车。

望着转身离去的白发老兵，我急忙立正向他敬了最后一个军礼，大声喊道："彪叔，一路好走！"

台风那个吹*

骄阳似火的机场上，一批改装新型战机的飞行员正在加劲训练。突然，气象台长梁宇收到从省台传来的本年度第二号强台风警报，预报台风中心附近风力达十二级，未来两天将正面袭击本市。

十二级强台风可以倒房拔树。不但阻碍了飞行训练，还会威胁到机场上的飞机安全。

卫团长与马站长协商决定，气象台迅速与地方市、区气象台取得联系，交换情况，尽快作出本地气象的补充预报和抗台风的建议，然后向上级气象部门汇报。

很快，气象台预报室内，按照梁宇的分工，大家开始了紧张有序的工作，手中的笔，像烧红了的钢针，既烫手又刺人；记录下的每一个字，仿佛在纸上翻滚，振荡……

任职半年的梁宇，正在心急时，来队休假的夫人打电话，说门钥匙被锁屋内，进不去了。刚要发火的他，立马用粤语跟夫人说了一通，末了还不忘"凶"夫人："简直添乱。滚蛋！"

---

* 原载于 2023 年 8 月《佛山日报》。

从小在海边长大的梁宇，跟着长辈经常出海劳作，海上风云多变经历得多，让他多少也学会并掌握了观天测天的小技能。入伍后，他成为一名气象兵，报考军校的志愿还是气象学院；就是找生活伴侣，也选了个地方气象台的靓女。

此时，梁宇把本台的观测和地方市、区气象台传来的资料进行综合分析和整理，清晰发现，本地气压变化微小、最高温度与最低温度的温差正常、湿度正常、风力风向无异常、动物不烦躁等情况。初步结论：本地范围内，没有台风登陆的明显迹象。

"这可能吗？难道设备先进、人才充足的省台错了？"预报员个个疑惑。

梁宇看看墙上的挂钟，已至六时半。他打开电视，正是市台的气象预报："……预计台风中心将在二十四小时前后从本市东部沿海登陆，中心附近风力达十二级，并有暴雨和大暴雨。望有关部门注意收听收看当地气象台站的消息，做好防风防灾工作。"

眼前的气象预报，终于让大家沉不住气了。"确保新型战机不受损坏，最好的办法，请飞行团尽快将飞机转场到内地，对上对下都好交代。"年轻预报员说。

老资格的黄副台长比较沉着，说："突然，大批新型战机转场，会给内地机场保障增添很大的压力。建议在飞行团制订转场计划的同时，场站迅速拿出加固飞机的应急办法，做到有备无患。"

……

正当大家讨论热烈时，马站长急步走进预报室。气象台长出身的他，鼓励大家说："面对风云变幻，既要有过硬的工作精神，更要有科学态度和科学方法。"

其实，在梁宇面前明摆着一条捷径，如果按照省台的预报，作一份补充报告就可以了，但他不甘心走这条捷径。

回想过去的两年中，本市正面有三次台风登陆，每次当台风光临本地时，衰竭没成大气候，而每次台风来临前天气闷热，云量快速增多，并且飞快移动，偏北风逐渐加强。可今天这一切现象都完全与此不同。

这是偶然的吗？梁宇仰起红扑扑的瓜子脸，眨着黑白分明的大眼睛问马站长："老领导，省台预报真的错了？"

"不能说省台错了！"马站长坚定地说。

"那就是我们这里出现了反常现象，假象欺骗了我们。"

"也不能这么说！"马站长纠正道。紧接着，马站长抬高嗓门，"一切事物都不是一成不变的，要从客观实际出发。台风中心即使不在我们这，影响也在所难免，至于影响到什么程度，我们做后勤保障工作的，必须回答这个问题，这叫责任心！"

最后，大家把焦点聚集到了找出足够的科学根据，证明本地范围内气象的特殊性，证明它与全省、全市、区气象情况不一致的合理性，以便首长作出正确决策。

忽然，马站长冷不丁地问梁宇一个似乎与气象不沾边的问题："听说你午后着急时骂了来队休假的老婆，还把人家撵回老家了，为什么？"

一时没有反应过来的梁宇，打开手机，见屏幕上清晰地显示出一大段文字，连忙激动地叫了起来："有了，有了！"

"有了什么？"马站长急着追问。

"是我老婆发来的有关二号强台风气象资料。我老家靠海边，距咱机场近两小时路程。午后与她拌嘴发火是假，求她办事，要要点大老爷们的威风不是？不然，大家会笑我怕老婆了。其实，就是想让她

这个气象内行出点力，她没让我失望。"

"那你还不快说说情况！"马站长和大家异口同声。

"大家从地区图上看，全市下辖十二个县。沿海一字排开八个县。我们机场在八个县的最东头，方位东南又偏东。台风如果从正东或东南登陆，我们就是正面；要是从东南向西扫，咱就只受影响，而且是边缘影响。但是，就算台风从正南登陆，不直接影响我们，可沿海八个县仍然还有四到五个县处于正面或受严重影响，应该说省台市台都报对了。因此，我建议飞机不转场，紧急加固防范措施。"梁宇一口气讲完，口干舌燥。

"好！我赞成！飞机安全加固已在进行中，我这就去检查。你们继续跟踪观测天气，确保预报准确无误！"

第二天下午四时，气温骤降。不出梁宇所料，台风从正南方向登陆，随后向西北移动。擦着台风边缘的机场周边，风力在上升七级之后，逐渐衰减……

不知疲倦的梁宇，随口学着歌剧《白毛女》的腔调，唱出了"台风那个吹……"忽然，他发现自己口袋里，多了一把家里房门的钥匙。于是，赶紧发微信向夫人道歉。

山丹丹开花*

她终于撑不住了。

苗政委因严重的胃溃疡病，住进了自己任职的部队医院胃肠科。正好，这个科的部分护理员还是她没有来得及接触认识的新同志，她想，借此机会了解熟悉一下姑娘们。

一连两个早晨，当苗政委走到窗前，推开窗子时，总会有一阵清脆、明亮的女高音飞进耳畔："……山丹丹的开花哟红艳艳……"这熟悉的歌声，是很多年一直萦回她脑际的天籁之音。

可是，第三天早晨，优美的女高音却突然消失了，让苗政委心生遗憾。

"政委，该吃药了。"正当苗政委期盼歌声再现时，护理员吴丹丹转移了她的神情。

苗政委一边接过熬好的汤药，一边问："丹丹，前两天早晨那歌是谁唱的？"

　＊原载于 2023 年第 6 期《东京大观》，参加广东省小小说学会主办的小小说大赛获优秀奖。

"唱得不好，让政委见笑了。"

"唱得好听，而且有一定的水准！"

"可我们护理部的晓雯大姐说我一天到晚总是唱呀唱的，不安心本职工作，才当几天兵，就一心想当演员，是癞蛤蟆想吃天鹅肉，根本做不到的事。"

"想当演员是好事，一方面说明你有这个能力，另一方面也说明咱们医院有人才啊！"

"我决定不唱歌了。从现在开始，用心当好护理员。唉，当兵前学了两年声乐，全当自娱自乐了。"

"真心话？我怎么听像是一种气话呢。别，你基础好，一定要好好练，千万不要放弃！"

"昨天跟爷爷通电话，诉了心中的委屈后，爷爷不但没有像往常那样给我上政治课、批评我，反而积极支持我在不影响本职工作的情况下，充分利用业余时间练好歌，然后凭真本事实现自己的理想。我回答爷爷：可能吗？哪会有这么简单的事情。"

"看来，老人家很爱惜人才啊！"

说到人才，丹丹进一步打开话匣子："爷爷十分后悔以前自己做的事。在我的要求下，爷爷爽快地给我讲起这里面的一段故事。"

三十年前，他在部队文艺宣传队当教导员。宣传队的台柱子是个20岁不到的女演员，官兵们称她是个"百灵鸟"。下基层单位演出，《山丹丹开花红艳艳》这首歌是她的压台节目，每当此歌唱到后半部分时，台上台下互动恰到好处，唱得官兵们热血澎湃，高潮迭起。

可是，一年后部队整编，文艺宣传队解散，演员们被上级一纸命令分到部队野战医院工作。

恰在此时，某省级歌舞团相中了"百灵鸟"，主要负责人来医院协商"百灵鸟"转业事宜。已是医院政治处主任的爷爷坚决不同意"百灵鸟"转业，理由是部队需要保留文艺骨干，活跃部队业余文化生活，促进部队建设和战斗力成长。

"百灵鸟"伤心地哭过好几次。但是，一看见那些住院的病员们，她便很快地进入工作状态，嘴里哼出的曲调总是能够吸引病员们。时间长了，病员们有什么事都爱跟她讲，请她协调，那样子亲如姐弟。

"苗政委，听科主任说你下午要来护理室参加我们搓蘸碘酒用的棉签儿的工作，姑娘们可高兴了。我这个党支部委员、团支书一激动，就跑来请示你看有什么具体要求。"晓雯的到来，打断了丹丹的叙述。

见面前的丹丹，晓雯提醒说："丹丹，你不是已经给团支部写了入团申请吗？我看只要丢掉那个'理想'，就能实现这个理想！"

"晓雯姐，你一直帮助我，指出我不安心工作的问题。经过激烈的思想斗争，我决定放弃当演员不切实际的想法。请团支部放心，我现在只有一个理想，踏踏实实，勤勤恳恳地当好护理员。我想，苗政委也一定会同意我这个想法的。"

"不，我不能完全同意。"苗政委的声音温和，但神态却很严肃，"一个人的理想，并不是他（她）的职业。如果说你的理想是当个演员，或当个护理员，那么你当上演员或护理员之后还有没有理想了呢？丹丹，你现在安心本职工作，决定当好一名护理员，这很好。可是你的目的、你的理想却不应该仅仅是当好一名护理员。特别是当组织需要你做其他工作的时候，你应该勇于接受新的任务，像你做护理员工作这样做好新的工作！"

苗政委的这番话，丹丹听着听着瞪大了眼睛，不禁凝思起来。

晓雯也好像有所领悟：苗政委一下子点明了自己以前没有弄通的问题。看来，帮助丹丹更需要做耐心细致的思想工作！

下午，搓棉签时，苗政委将丹丹上午给她讲的故事，很认真地讲给了护理员们听，不过，比丹丹讲得还要具体翔实。末了，苗政委还不经意地透露了她想见丹丹爷爷的迫切愿望。

"苗政委怎么知道的那么多？有些情况我还没来得急说呢，苗政委都讲到了，莫非……"丹丹内心既惊讶又生疑。

两个月后，正当丹丹填写入团志愿书的时候，上级通知：调丹丹到部队新成立的业余文艺宣传队工作。当领导把这个消息正式告诉她的时候，丹丹态度非常坚决："我不去。我要在医院护理员岗位上干一番事业，干出名堂！"

晓雯劝她："丹丹，你喜欢唱歌，嗓子又好，很适合做文艺宣传工作，应该去。再说了，这可是组织的决定！"

此刻，回想起苗政委住院时对自己讲的那番话，丹丹的脸上发烫了……

半年以后，已在宣传队成为主力的丹丹，经过与爷爷多次电话沟通交流，证实了自己的猜测，苗政委就是当年的"百灵鸟"。

于是，丹丹告诉爷爷，自己不但要拜师"百灵鸟"，更想当个超越她的现实版"百灵鸟"！

最美的迷彩服[*]

听村支书大海说，外出创业成功的退伍兵宝凯，办妥申报回村办"民生电影院"手续后，村里三个高中毕业准备外出打工的年轻人，立马跑到宝凯家，见院内堆放的几百盒老电影胶片，先是惊讶，进而异口同声表示愿意跟宝凯一块儿干。

刚好，大海来找宝凯商量振兴乡村工作，听说三个年轻人放弃外出，非常开心。身穿迷彩服的宝凯向大海笑着说：孙悟空永远也跳不出如来佛的手心。学习你这个老兵榜样，我从公司暂时脱身回来办"民生电影院"，是报效父老乡亲的养育之恩，为振兴乡村做一份贡献。比起你，我做得还很不够啊！

好兄弟，你发达后帮助家乡脱贫出了大力，现在又办这个影院，让全村老少不出村、不花一分钱就能看上电影，真叫俺们山村人开眼界了！

宝凯哥，你收集这么多老电影片，肯定有很多故事吧？

是呀！宝凯请大家进屋喝茶。然后，打开话匣子：大海哥还记得

---

* 原载于 2022 年 3 月《信阳日报》，2023 年第 1 期《河南文学》。

15年前我刚退伍那时，听说我在部队当过放映员，几个城里的同学便登门请我出面成立电影公司，并亮明早些年国营电影公司倒闭、从市场低价收购来的三十几部电影片子，想合伙经营赚大钱。开始，我真有点动心了。在事情的运作过程中，我获得大量有关电影的信息。于是，退出合作后凑了一些钱加上退伍费，穿着迷彩服走南闯北，去收购散落在不同地方的老电影片子。我想，作为曾经的电影人，该有这份责任。不然，丢了这些文化财富太可惜了。

说着说着，宝凯打开拉杆箱，拿出几套自备的迷彩服，让年轻人穿上，然后拍着其中一个人的肩膀说：瞧瞧多精神。记住，这身迷彩服，可是当兵人的名片！

见年轻人们有点疑惑不解，宝凯紧接着说：那年我去东北收购老电影片子，正赶上战友的企业成功上市、召开回馈报答社会专项会议。庆贺中，台上台下，一片迷彩，《战友、战友，亲如兄弟》和《咱当兵的人》的歌声响彻酒店大厅。听说我的来意后，战友们解囊相助。在战友们多年的帮助支持下，我边创业，边收购老电影片，可谓物质精神双丰收。

是呀，都是军人情怀。军队是一所大学校，军营像一个大家庭。在部队，战友朝夕相处几年，可以说胜过亲兄弟！大海这个老兵深有感触。

在接下来的日子里，宝凯带教三个穿迷彩服的年轻人，忙前忙后，成了村里一道亮丽的风景线。

宝凯每天虽然工作量比较大，闲暇时间也不忘叮嘱年轻人们：这些老电影中不少红色经典影片，教育了几代人。宣传影片中英雄模范人物的同时，也是在学习他们，当好他们的传人！具体讲，穿上这身迷彩服，既是我公司的员工，也成了村里的"兵"。今后，要把自己当成兵，为振兴乡村尽心献力。

此时的年轻人们，你看看我，我看看你，之后，昂首挺胸，个个精气神十足。

说起迷彩服，还想与你们分享一个心中埋藏已久的故事。宝凯边整理身上的迷彩服边说。

13 年前，在俺们村，一位港商远道而来，说要找一个穿着迷彩服的小伙子。

这个打工小伙子曾到他的公司应聘司机。见站在面前穿迷彩服、身材魁梧、落落大方并且很有精气神的小伙子，港商动心了。

上岗后，港商一连考察他三次，小伙子次次表现优秀。就在最后一次的晚上，港商应酬多喝了几杯，加上工作疲劳，回住地下车时没注意，手提包内滑落 1 万元现金。在打扫车内卫生时，小伙子发现并及时送交全然不知的港商。港商对他赞美有加，同时要求他今后别再穿太土气的迷彩服，并答应送他一套高档西装。

尽管港商对小伙子的各方面非常认可，可小伙子总觉得什么地方不太对劲。不久，便谢绝港商的挽留而辞职。

这之后，港商后悔不已，发誓非找到小伙子不可。这才有了他不辞辛劳来到俺们山村的一趟旅历。

宝凯哥，你说的小伙子，该不是你自己吧？

错了。不过，还是先卖个关子吧！

自从宝凯在村里办"民生电影院"，消息不胫而走。五湖四海的老战友纷纷献计、献策，更多的是免费寄给他一部部老影片。当地电视台记者专访宝凯时，曾对库存的老影片进行精准统计，惊讶得不相信自己的眼睛。随后，《山村"民生电影院"收藏 4000 部老影片，村民不出村，不花一分钱能看电影》，成为地方重大新闻。

　　这天下午，一位操着不太流利普通话又带粤语腔的先生，光临山村。在"民生电影院"门口，他掏钱要买票看电影。年轻人告诉他，免费观看。此刻，环顾四周，村道笔直，村庄山青水绿，村容村貌焕然一新。他想不到这竟是自己曾经来过的穷山村，更想不到，是让他高薪聘请也不动心的退伍兵大海领导下的崭新变化。

　　再看看身穿迷彩服的年轻人们，先生跷起了大拇指。然后，先生请他们转交大海一封信便离开了山村。

　　几天后，大海当着宝凯的面，征求年轻人们去他熟悉的待遇从优的港商企业工作意见时，个个婉言谢绝。

　　不久，在与大海通了电话得知他见过的穿迷彩服的年轻人，都应征入伍去了西藏当兵后，港商十分遗憾：当初我应该与他们合影留念啊！

一堆铁疙瘩*

面前一堆个个锈蚀得变了模样的铁疙瘩，在喜子的眼里就像一堆金子，让他乐不可支。他想，刚刚开始干收废品这活，就逮着了一条大鱼，发笔小财不说，还能在方武跟前长长面子。

于是，有些傲气的喜子，哼着小调去请方武来开开眼界。

喜子在老家农村初中没有读完，便辍学外出打工。看见同村的残疾退伍军人方武在市里收废品挺好，便加入这个队伍的行列。

然而，让他郁闷的是：头一天方武就唠唠叨叨，指料自己什么能做，什么不能做；还说天上不会掉馅饼，真要是有馅饼掉下来，如果吃了，那是会噎死人的。

喜子租住的小院子，杂乱无章，但那一堆锈蚀得非常厉害的铁疙瘩，格外显眼。方武走近一看，吓一跳。"天哪！这是从什么地方弄来的？"

"怎么了？眼红了？"喜子得意扬扬。"不偷不抢，从教育培训中心施工工地民工手里收购而来。虽是废铁一堆，但在俺眼里，那可是

---

* 原载于 2017 年 12 月《番禺日报》，2018 年 1 月《中国国防报》。

俺发财的第一桶金!"

方武一心想让这堆铁疙瘩在小院子内多留几天,甚至还要出高价收购它。这下,喜子虽然感到脸上有光,但有点摸不着头脑。他不知道方武要出高价买这堆铁疙瘩,葫芦里到底卖的啥药。

离开小院的方武,连着几天并不在喜子的视线内。他带着个笔记本,一头扎进市里的地方志史料馆。

大约一周之后,有人看见方武从教育局的大门出来,脸色非常难看,嘴里还不停地嘟囔着什么。

喜子听说后急眼了,他认为方武在要弄自己,他要方武尽快对这堆铁疙瘩给个明确说法。否则,他就要想办法处理了。

"急啥呀,兄弟。君子一言,驷马难追!"

"看你这些天心闲无事不着急,俺可等不及了,手里的本钱全砸进去了。要不,你管俺的吃住!"

"管就管!但你这一堆铁疙瘩,卖给俺没商量!"

"真要是宝贝,再过两天俺涨价了可别怪俺耍孬哟。"

"一言为定!"方武根本不加思索就答应了。

喜子急着想要揭开方武的秘密。连着两天,他看见方武先去了教育培训中心施工工地,还在本子上写写画画的。然后,又去了信访局接待处,出来时,一个领导模样的人还笑着同他亲切握手。思前想后,喜子怎么都没搞懂方武的一举一动。在方武居住的出租屋里,哥儿俩闷头吃着晚饭。方武不言不语,急得喜子都快要尿裤子了。

"武子哥,急死人了,你倒是说句话呀!"

"说什么,有什么好说的?"

"又过去两天,你不长不短的,那一堆铁疙瘩俺可真要卖了哈!"

"浑小子,看你满脑子就知道钱、钱、钱,没出息!"方武这会儿真的发火了。

喜子还是头一回见方武这样。他清楚地记得方武在部队为抢救训练投弹失手的新战友而落下右手残疾，退伍后没有受到照顾安排工作，有人打抱不平。方武不但没有发脾气，还向家乡的养老院捐献了一部分退伍费……

见方武心里有不好言语的东西，喜子只好出门透透气。

溜达一圈回屋，喜子听到方武的手机在响，却不见方武人影。情急之下，喜子接听了电话。听着听着，喜子的眼睛发直了，一下子像犯了傻……

方武回来进屋时，喜子好像仍然没有回过神。直到方武将刚刚从银行取出来的1000元钱递到他手上时，他才如梦初醒，上下嘴唇抖动不停。

"喜子，你这又是唱的哪一出?"

"武子哥，刚才……电话那边说你发现了市里几十年来一直要找的日伪时期的弹药库旧址，排除了一个重大的安全隐患，还说市里要特别表彰奖励你呢!"

见方武一直没动声色，喜子又冷冷地补充道："不过，他们只是电话核实情况。这么大的事，我怕会给你惹出什么麻烦，干脆说电话打错了!"

一听这话，方武先是一惊。然后，微笑指着喜子说："我忙活了这些天，你倒说话不怕咬舌头，让我说你什么好呢。这样，明天我去趟政府部门说明来龙去脉。"

瞬间，喜子脸红到脖子根。"求求武子哥带上我吧，让我在领导面前亮亮丑，心里舒坦些!"

喜子好像忽然心里亮堂了。

军属方阿姨*

"是谁家的孩子撒野，欺负俺的孙子？"方阿姨在月亮湾小区大嗓门地叫着。

几个老姐妹过来哄着哭得满脸是泪的孩子。

"一帮没教养的东西，你们父母亲都干什么去了？"方阿姨气呼呼地又吼又骂。

有人劝方阿姨消消气，别气坏了身子。

"有本事冲俺来，别在孩子身上撒气！"方阿姨怒不可遏的样子，让人平添几分惧怕。

这时，只见方阿姨心疼地将孩子抱起，边走边哄。虽然孩子没有伤着什么，可方阿姨的泪水仍在眼窝里打转。"这事没完，奶奶一定会追究到底，看谁还敢欺负俺孙子！"

方阿姨年龄六十出头，性格开朗。在小区里让大家印象深刻的是，乐善好施，宽以待人。

方阿姨前阵子去部队看儿子，带回宝贝孙子。据说当营长的儿子

---

* 原载于 2018 年第 11 期《佛山文艺》。

是大龄得子。谁家的孩子谁疼，天经地义。问题是方阿姨一副得理不饶人的样子，对比前不久发生的一件事，颠覆了小区一些人对她的看法。

那个周末的下午，方阿姨与邻居张姐在小区散步，张姐没注意被骑单车的学生不慎撞倒，当时，右腿不能站立，疼痛难忍。张姐的爱人接电话匆忙赶回小区，望着非常痛苦的夫人，真想给撞人的学生和家长两个耳光。

"学生的行为不是有意的。事已至此，还是快送医院救治吧!"服侍夫人的方阿姨急忙说。

学生的家长迅速联系了120救护车到小区。方阿姨协助将张姐送上车后，像长辈指导孩子："抓紧拍片检查，有问题由对方负责住院治疗；没问题，回来家自个儿休养，千万别节外生枝向对方提多余的要求。多些宽容谦让大家都好!"

虽然对夫人遭遇不幸内心里一时很不舒服，张姐的爱人冷静下来，还是觉得方阿姨说得在理。事实证明，后面事情的处理确实是"相逢一笑泯恩仇"。方阿姨夸张姐爱人："这才是一个国家公务员应有的素质!"

为什么短短的两个月，方阿姨的言行判若两人？在处理孙子被欺负这件事情上，显得有些过分，对比张姐的遭遇，方阿姨说一套，做一套，不顾面子，自毁形象的表现，邻居们很不理解。

正当大家脑海里的问号，还未拉直的时候，偏偏方阿姨也遇到事情了。

这天上午，风和日丽，群花吐艳，香飘四溢。方阿姨带着小孙子游走在小区的绿荫道上。小孙子追逐翩翩起舞的花蝴蝶，乐不可支，一会儿东一会儿西。突然，一辆小车驶过来，眼看将要撞上小孙子，

说时迟那时快，方阿姨一个箭步冲上去，推开小孙子，而自己的左腿却被车身蹭着，摔倒在地。

"奶奶，你怎么了？"孙子吓哭了。

"宝贝，别哭！到奶奶身边来，奶奶马上帮你捉蝴蝶。"

吓傻了眼的司机，在一片责骂声中急忙将方阿姨送进医院。他不知道他将要面临的是怎样一个结果，他也不敢往下想，只是不停地拍打脑袋："我真倒霉，摊上这事，有理也难说清了。"

"伤筋动骨一百天，没个几万、十几万的，老太太怕恢复不了。"邻床的病人说。

方阿姨出事，小区的人们牵肠挂肚，作为邻居的老姐妹，自然要到医院慰问一番。当大家找到病房，邻床的病人说，老太太见拍片、检查确认没什么大碍，中午一瘸一拐地打车回家了。

在大家又赶回到方阿姨家时，看见老人与小孙子有说有笑，其乐融融。

老姐妹相见，少不了大家要数落方阿姨几句："你呀，太老实，怎么都得让那小子放点血才解气！""别看现在没什么事，留下隐患今后有你后悔的！"

"哎，不管怎么说俺还是个光荣军属。你们看，俺姓方，左边加个'女'字，就念'妨'，俺不能做出妨碍社区和谐的事吧。如果方字右边加个'攵'，就念'放'，放下恩怨，不就海阔天空了不是。一句话，多做好事比什么都强！再说了，俺在医院也不放心宝贝孙子，他安全比啥都值啊！"

"奶奶，我都想爸爸妈妈了。你不是说他们出差去了，怎么这么长时间还不回来？不是说，你家营长叔叔回来接我的吗？尽骗人！"话落音，孩子伤心地哭了起来，慢慢地，孩子困倦入睡了。

"怎么，孩子不是……"

无奈，方阿姨不得不"泄露"军情。

孩子是与自己儿子搭档营教导员的儿子。双军人的夫妻俩，在一次执行抗洪抢险任务中，不幸英勇牺牲。担任营长的儿子，含泪将烈士5岁的孩子交给自己暂时带着。

"太惨了，可怜的孩子！"老姐妹们个个眼泪汪汪。

"带好烈士的这棵独苗，俺在部队可是立过'军令状'的，这事比天还大呢！"方阿姨话里透着慈爱和坚毅。

接着，方阿姨请老姐妹帮忙点上两根又粗又大的香。

看到老姐妹眼睛里的疑问，方阿姨说："今天是孩子父母牺牲的祭日，俺们替孩子做个祭奠吧！"

群鸟来送行[*]

鸟爸爸率领鸟群，从远方不辞辛劳迁徙到这里，终于决定在此筑窝安家，生儿育女。

让鸟爸爸看上的地方，是空军场站的储备油库。库区树林枝繁叶茂，亲密簇拥。绿色环抱下的房前屋后，鲜花争艳，香飘四溢，彩蝶飞舞；不时，有一片片"天空蓝"潇洒移动，随风传来一阵阵悠扬动听的歌声。此情此景，让鸟爸爸十分兴奋！

稍微歇息后，鸟爸爸首先落到"天空蓝"活动的地方，想一探究竟。

突然，守在房门口的大黄犬箭一般地冲向鸟爸爸，心想：我才是这里的宠儿，小小鸟儿，休想取我代之。

"大黄，回来！别以强欺弱，小心受惩罚。"身着鸟爸爸心目中的"天空蓝"军服的老炊事兵安强，及时制止大黄的粗鲁行为。

大黄听懂了安强的话，气呼呼地扭头向营房后面的小山跑去。

---

* 原载于 2020 年 12 月《佛山日报》，2021 年 8 月上《民间故事选刊》转载。

　　紧接着，安强用祖传的口技连忙对话鸟爸爸："欢迎远道而来的客人。希望能与你们和谐相处交朋友，共建美好新家园。不过，请放心，我们首先要为你们建好自己的小家，助一臂之力。"

　　温馨的鸟语，鸟爸爸听得顺耳贴心。本来在大黄粗鲁无礼下，鸟爸爸决定带领孩子们再次远飞流浪，没承想遇到了通晓鸟语的"天空蓝"，及时善意沟通，让它很快打消了念头。于是，鸟爸爸立即回应安强："谢谢'天空蓝'的善待！把自己的小家建在新的大家园里，是我们的心愿。今后就看我们的表现吧！"

　　"好啊！"为了表达自己的一片心意，安强用鸟语告诉鸟爸爸："想必你们翻山越岭，长途飞行已经很累很饿了，我去给你们准备些食物和水。"说罢，安强走进厨房取出平时的食物储备，用手抓一把，撒向门前的操场上；然后，端出水盆，又连着多次把食物撒向欢快进食的鸟群。

　　大黄看在眼里，气在心上，它不满意主人感情转移而冷落自己。心里骂这些讨厌的鸟儿：哼，看到时我怎么惩治你们，不给你们点颜色看看，就不知道大黄爷的厉害。躲在后山树下"绝食"的大黄，赌气回避安强。

　　对于大黄的所思所想，安强心知肚明。他既为大黄粗鲁无礼气恼，又为大黄耍脾气好笑。回想两年来，自己与大黄建立的感情，安强也不免有些内疚。不一会儿，安强带上吃的东西走向后山，想给大黄一些安慰，好平衡一下它的心理。

　　可大黄并不领情，继续使性子怄气。不过，安强并不在意，凭经验，他知道大黄会很快原谅自己的。之后，把吃的东西往边上一放，朝大黄笑了笑，就走开了。大黄赶紧狼吞虎咽，饥饿的肚子好受多了。它想，主人还是疼爱我的。既然这样，好汉不吃眼前亏，面对现

实，与鸟群搞好关系是上策，今后必须有上乘表现，才能赢得主人的青睐。

自从安强交上了鸟爸爸这个新朋友，给库区官兵增添了不少乐趣。平日里，鸟爸爸带着孩子们与混熟的大黄嬉戏玩耍，有时，鸟儿站在大黄的身上一字排队亮相，逗得官兵们急忙拍照留下幽默画面；每当周末，官兵们都会欣赏一段安强与鸟爸爸和鸟儿精彩的对话。一次，宣传部门闻讯，还悄悄录下了有趣的场面。

鸟爸爸家族鸟丁兴旺，鸟群不断扩大，它们爱库区的绿、库区的蓝、库区的一张张笑脸，更想默默做些有益的事儿，报答心目中的"天空蓝"。

有段时间，天旱无雨，库区菜园里蓬勃生长的蔬菜有些不精神了。安强观察发现，不光是缺水的问题，还有害虫的严重破坏。

第二天早晨，着急上火的安强，惊喜地看见鸟爸爸带领孩子们在菜园里捕食害虫，个个吃得非常开心。

安强用鸟语向鸟爸爸表示感谢。鸟爸爸却回答：一家人就别说两家话了。我和孩子们正好也改善一下生活。

大黄自感爱莫能助，远远地看着鸟爸爸和他的儿女们，心里佩服这群自己曾经没有好感的小不点。

在垂头丧气地往回走的时候，大黄突然敏锐地听到不远处鸡圈里传出的奇怪声音。于是，它跑向鸡圈，发现一条大蛇正在吞食一只鸡。说时迟那时快，大黄一个飞身跳跃扑向大蛇，大蛇果断吐出吞食一半的鸡后，立即与大黄进行你死我活的较量。大黄机敏地用嘴咬住蛇的尾巴猛甩，大蛇挣脱后昂起头频频攻击大黄。就这样，大黄与大蛇从鸡圈内打斗到鸡圈外，你闪我躲，僵持不下。忽然，鸟爸爸带着一群鸟儿飞临上空。

　　只见鸟爸爸一个俯冲偷袭，锋利的尖嘴直戳大蛇的右眼睛，顿时，大蛇疼得摇头晃脑，辨不清方向，紧接着鸟爸爸又乘势进行二次攻击，戳瞎了大蛇的左眼睛。这时，群鸟齐啄大蛇的头部，不一会儿，大蛇的头被啄得稀烂，蛇身打滚翻腾，群鸟尽情享用美食。

　　无意间，鸟爸爸看见大黄倒地，四蹄抽搐，口吐白沫。丝毫没有犹豫，鸟爸爸立即飞到厨房的窗台，用鸟语告诉了安强刚刚发生的一切。

　　其实，在安强赶来之前，大黄已中蛇毒去了另一个世界。

　　安强给大黄安葬不久，老兵退伍工作开始，他也被确定退伍。

　　与往年退伍老兵车辆离开库区、大黄都要追送好长好长一段路程不同，今年退伍老兵的车辆刚一驶出库区，鸟爸爸在空中领头，后面紧跟着编队鸟群，护送很远很远一段路程。

老班长的故事*

　　老班长在灯火通明的快递货仓内没有发现我，便迅速跑到 6 楼员工宿舍，好像他猜到今天我没有上班。

　　见他急步走过来，心情非常不好的我，连忙将桌子上还未来得及写完字的纸张收起来。

　　"写什么呢?"

　　我将手上的纸折叠放进口袋，没有吱声。

　　"是不是有了灵感，又在写爱情诗!"

　　我仍然没吱声。

　　"那是身体不舒服吧?"

　　我极力地控制着自己烦闷的内心世界，便将头扭了过去，用背对着他。

　　"你这个家伙，太不礼貌了，有话不说，有屁不放，还算是男子汉吗?"

　　"我算什么，关你屁事。你还以为这是部队呀，讲究礼节礼貌，

---

　　* 原载于 2019 年第 4 期《大风》，2019 年 7 月《梅州日报》。

脱了军装，你已经不是那个说一不二的班长了！"

"脱下军装我还是你哥，就该管你！小子，听好了，只要你还在快递公司干一天，不顺我眼，就该挨骂！"

老班长在宿舍其他员工面前羞辱了我，只让我两眼喷火，怒视着他。

"怎么着？看你小子熊样，还不服，难不成要来打我？今天如果你要是不敢对我动手，就不是你娘生的！"

我心里一直备受压抑的情绪瞬间像被点燃，热血沸腾。尽管我明白自己打架远不是老班长的对手，但我必须倾其全力拼了，此时的我像饿虎下山，直扑老班长……

老班长因伤住院了。快递公司领导严肃地批评了他无事生非的行为，并要给予一定的处罚。老班长却默不作声。

这么一来，我反倒觉得非常不自在了。

其实，老班长与我昔日是同一个部队的战友，他任班长期间，待我像大哥哥一样，关心我的成长进步。每次探亲，他都要顺路到我家慰问当乡村邮递员的父亲。因此，相互间建立了深厚的感情。老人家病逝前，将退伍不久的我交给前来看望他并早已退伍的老班长，让老班长把我带入他正在工作的这个城市快递大军队伍，意味子承父业。跟着老班长，我学有长进，也有了很好的收入。平常风一样地哼着小曲，我这个快递小哥整天快乐地穿梭于城市的大街小巷……

带着愧疚，我去医院看望老班长。他不理不睬，完全拿我当一个陌生人。

还是我首先打破沉默，道歉。然后，如实告诉了老班长那天纸上写的是——遗书。

"什么？"老班长十分惊讶地看着我。

　　"谈了近一年的女朋友，感情很深。她父母知道我是个'邮差工'后，说没出息，坚决不同意这门亲事，最近逼她跟了别人。我的继母也骂我没本事。受到强烈刺激后，心理压力太大，觉着自己太窝囊，活着没意思，想写个遗书之后跳楼自杀，就此了却一生。"

　　"那现在是否还有自杀的念头？"

　　"哪会呢！揍你出了气，泄了愤，如释重负。猛然觉得自己幼稚可笑，还当过兵呢，太不成熟了；接着，就是后怕。今后，我会尊重自己当初的选择，干好快递员这份工作，为父亲和老班长争光的！"

　　"傻小子，这不就好了吗，还像从前那个兵样！前几天见你像霜打的茄子，总是闷闷不乐，太不正常了，当哥的心里直犯嘀咕，着急呀。不然，哥才不会傻乎乎地故意挨你一顿揍不还手呢！"

　　为了我，老班长真是用心良苦啊！

车票去哪儿了 *

　　那一年火车票还未实行实名制。临近春节前三天，石成仁费了九牛二虎之力才买到回老家的票。仓促决定回老家过春节，并非石成仁的本意，在广东打拼、小有成就的他在爱情问题上进展不尽如人意，一度还几乎要亮红灯。他决定回老家过春节，好好散散心。

　　苏秀并不否认石成仁是个比较优秀的男子，但她是个沉稳的姑娘，不会轻易芳心暗许，何况石成仁在她生日宴上迟到，让她觉得有必要再继续了解他。石成仁启程这天早上，她也赶来车站送行。离进站时间还有一个多小时。车站广场上，冷风拂面，寒意阵阵。两个人打过照面后，内心都在努力搜索该用怎样的语言温暖对方才合适……

　　忽然，一个瘦猴似的青年凑近石成仁："请问先生要买卧铺票吗？一张比原价只贵 100 元，回家过年嘛，不在乎了！"

　　"我也有一张卧铺票，加 150 元，你买吗？"石成仁说话有点不客气，因为"黄牛"此时此刻的打扰，令他扫兴。

　　没想到瘦猴像猫嗅到鱼腥似的，立马从内衣口袋里掏出一沓百元

　　* 原载于 2017 年 7 月《佛山日报》，2017 年 9 月《南方法治报》。

钞票:"你真有卧铺票卖?我给你加 200 元一张如何?不行好商量!"

石成仁觉得太无聊,连忙拉开苏秀。没想到又跟来一个很有做派的"老黄牛"对石成仁说:"给你那张卧铺票再加 400 元,卖给我吧。过了这个村,可就没有这个店了!"

"黄牛"的纠缠,令苏秀有些不快,于是她借故去了洗手间。

十几分钟后,因为惦记着石成仁进站的时间,苏秀钻出人群急切地向他走来时,老远看见石成仁在与一个陌生男子不停地说着什么,稍后陌生男子提着包一瘸一拐地径直走向进站口。

尽管苏秀内心充满狐疑,但走到石成仁面前,她仍装着没事地问:"成仁,进站时间到了。你的票呢?"

"票没了!"石成仁一脸苦笑,"陪你过春节好吗?"

"票去哪了?"苏秀表情严峻,"卖了?"

石成仁迟疑片刻,吐出 4 个字:"回去说吧!"与此同时,苏秀手机显示出一条信息,她仔细看后似乎茅塞顿开,但仍然不动声色。

从火车站回到石成仁宿舍,苏秀故意拉出一副冷战架势。

石成仁像个做错事情的孩子一脸无奈,她终于忍不住"咯咯"地笑了起来,然后抡起两个小拳头在石成仁的胸前轻轻敲打起来。

面对苏秀这样从未有过的亲昵表现,石成仁有点受宠若惊,苏秀却含情脉脉地示意他别说话,然后将自己手机上的那条信息来个全文照读:"嫂子!我是在广东打工的小袁。是在成仁哥为我们残疾人做慈善那天认识他的,听说成仁哥为此还迟到了你的生日宴,真对不起!今天因母亲突然病危回家,没想到刚好遇到成仁哥,免费卧铺票可帮了大忙。怕你误会,就向哥要了你手机号特作说明!"

苏秀脸上泛起红晕:"今年春节一起过吧!"石成仁脸上露出了久违的笑容……

面　具 *

　　在月亮湾小区，60 岁的老钱，买彩票算是个数得着的"角儿"，在外打工的儿子给他三万块钱生活费，被他节衣缩食买彩票，花去了差不多一大半，却也没中过使他欢欣鼓舞的奖。

　　小区医疗所的好友陕医生给他忠告："买彩票不但要靠运气，还有一定的技术含量，只买不研究，想中大奖只能是水中月镜中花。兄弟之见，凡事要有度，难道你喜欢做赔本的生意！"

　　小区的酒友老仇也劝他："如果济困助残还落个好，要是鬼迷心窍地老想着中奖发大财，兄弟之见，你想钱，可钱不想你啊！"

　　对两位朋友的好言相劝，老钱不以为然，信誓旦旦地说："万箭齐发，必有一中。我宁肯吃得差一些，也要坚持到底。我就不信这个邪，总有一天你们会看到我中大奖的！"

　　面对老钱的"一根筋"，这天晚上，陕医生请馋酒的老仇在社区小酒馆内安排三人饭局，想与他一块儿再做做老钱的工作，劝其尽快悬崖勒马。

---

　　* 原载于 2023 年 6 月《金雀坊》。

"兄弟之见，你既没有发财的命，更不是发财的人，安心过日子比啥都强。有这些钱，咱兄弟仨多喝几顿小酒不比白白撒钱好？"老仇实话实说。

"仇老弟说得太对了。兄弟之见，大侄儿在外打拼太不容易，挣钱想着养老，你老钱应该珍惜才是。有那几万块钱，平日里多吃点好的，别凑合天天吃垃圾食品，而花钱买彩票。"陟医生说得在理。

俗话说："吃人东西嘴软。"面对美味佳肴和好酒，无论老仇还是陟医生说什么，老钱都点头称"是"，可脑子里那个"发财梦"却挥之不去。于是，酒量大的他频频举杯敬老仇和陟医生。

不一会儿，声称酒力差的陟医生说医疗所不能关门时间太长，便起身回所。

少了监视，老仇与老钱推杯换盏，不到一个小时，一瓶高度剑南春下了肚。老仇意犹未尽，一边让服务员上两小瓶二锅头，一边兴奋地说："酒啊！也不知道是哪个人发明的，兄弟之见，应该获得诺贝尔大奖！"

就这样，老仇的身子越喝越摇晃得厉害。

最后，老钱把醉酒的老仇送回家。看见不省人事、鼾声如雷的老公，老仇老婆气不打一处来，很不情愿照顾他。到了半夜，老仇仍然没有醒酒。他老婆干脆打电话请来了陟医生。

"本来请老钱喝酒是让他开开窍，怎么还把自己喝成了这个样子呢？兄弟之见，酒伤肝，辣伤胃。凡事都要讲个度，千万不能玩命。没有好身体，怎么快乐生活？今后，可要严管严控！"陟医生自言自语。

"管？控？老仇嗜酒如命，要断他这个爱好，他会跟我拼命。曾经他喝酒醉成烂泥时，发誓今后再也不喝了。可三天之后，依然酒不离嘴。为此,我跟他大吵一顿。结果,'冷战'好长时间。唉,要让他戒酒,除非狗不吃屎了。"老仇老婆越说越激动。

"天上下雨地下流,夫妻吵架不记仇。白天吃的一锅饭,晚上睡一个枕头。兄弟之见,弟妹帮助老仇控酒戒酒的功夫还是下得不够呀!"按照陟医生说的方法,老仇老婆赶紧给老公解酒。

这一夜,老仇老婆一直没合眼,只觉得天亮得特别慢。

同样,陟医生和老钱也没睡好觉,都担心老仇发生不测之事。

第二天上午,陟医生听老钱说,在菜市场里看见了老仇买菜,心里便踏实了。他想抽空从身体健康上,深入与老仇好好谈谈"兄弟之见"。

又过了一个月,陟医生与老仇的"兄弟之见"还没落实,又听说老钱买彩票的"钱袋子"已经见底了。决定找时间从心理健康上,深入与老钱好好聊聊"兄弟之见"。

这天早上,陟医生得空,简单吃了点东西便去老仇家,结果"铁将军"把门。邻居告诉陟医生,老仇因患肝病住院半月有余,医院已发了病危通知。

转头,陟医生在社区超市买了慰问品后,约老钱一块去医院看望老仇。

小区内,老钱一路小跑来到陟医生等待的地方。看见嘴里还咬着半截油条的老钱,并且嚼得津津有味,陟医生拉下脸说:"老钱啊,我曾经提醒过你吃油炸等垃圾食品害处多。兄弟之见,身体是自己的,都这把年纪了,保命要紧!老仇自己折腾自己,身体弄到这一步,教训已经够深刻了。"

老钱像犯错的孩子,耷拉着脑袋随陟医生来到城区的肿瘤医院。病入膏肓的老仇看见走进病房的陟医生和老钱,顿时泪流满面。突

然，他倾尽全力骂道："都是混蛋酒惹的祸。兄弟之见，把发明酒的这个家伙枪毙了才解我心头之恨！"瞬间，老仇陷入了昏迷……

从医院出来以后，陟医生给老钱的"兄弟之见"，由浅入深，发挥得淋漓尽致。

老钱坦言："世界上没有卖后悔药的。我想好了，过两天回农村老家，再把我那一亩三分地种好。至于买彩票的事嘛，待我好好研究以后再说。"

半路上，陟医生已是饥肠辘辘，肚饿难耐。他借故有事，独自来到一家小餐馆。先用一片薄薄的千张卷了一条刚出锅的又粗又长的油条，大口地吃起来；接着又点了最爱吃的腊肠和烤茄串，还让店主给自己倒了半斤高度白酒，尽情享受。心想：反正没有熟人看见我。

珍嫂的良心*

兜里装着一笔不小的"巨"款，对于收购废旧物品的珍嫂来说，平生还是第一次。可是，她非但没有一丝快慰之感，反倒觉得它发热发烫，横竖都不自在。

一路连走带跑，让还没吃午饭的珍嫂肠胃咕咕叫。此时，路两旁各种风味小吃，生意正值兴旺，香气诱人。

珍嫂不为所动。她不是不想吃，也不是不爱吃，而是家庭经济困难的现实，不准她随意乱花钱。儿子上学的钱没有筹够；老公肺硒病严重，长年吃药需要钱支撑；家里的住房年久失修，等着钱翻新。想想自己快50岁的人还出来打工，珍嫂有时偷偷地哭："我怎么这么命苦哇……"

别看珍嫂从内地到月亮湾小区从事废旧物品收购不足两月，可凭她的好人缘，很快小区管理处特批给她独家收购权。一个月下来，凡与之打过交道的居民普遍反映珍嫂是个好人。小区的人知道她的家庭情况后，都很同情她。

---

* 原载于 2017 年第 2 季《岭南文学》，2017 年 7 月《人民代表报》转载。

可是，上午珍嫂与小区居民张婶因为 50 多斤硬纸皮和旧书报的事翻了脸。

事情经过是这样的：张婶约好珍嫂到她家门口时，仍在与一帮阿姨打麻将，害得珍嫂在门口等了好一会儿。

"本来这盘马上就要胡了，你一来输了不是？真丧气！"张婶一边嘟囔着一边把要卖的东西胡乱扔一地，开口要价不低。

"婶子，现在经济放缓，废旧物品都大降价了。"珍嫂陪着一张笑脸说。

"你还懂得经济放缓？怎么没有吃政府饭，拿工资，还干这个？"张婶话里带刺，逗得屋内几个阿姨直笑。

"婶子，别尽门缝儿里看人。这国家的经济大事，咱们成天收来的旧报刊，有时也瞄几眼，多少知道些。干好我这个活，也需要动脑筋！当然喽，怎么做也比不过麻将桌上来钱快。"

"你这是拿大道理压人，想乘机发财，赚黑钱没良心。"张婶面对珍嫂的不客气毫不示弱。

"哼，每次卖废旧物品总是斤斤计较，非要占点小便宜才肯罢休。"珍嫂感到非常憋屈。她让几个阿姨和张婶的邻居评理并想讨个说法。不过，在大家的一阵好言相劝之后，珍嫂"消气"如初，结果，还是以高于现在的价格收了张婶那 50 多斤东西。

在小区里，虽然珍嫂内心里十分不舒服，可表情上仍然硬撑着，像没事一般。

中午回到家里，别说做饭吃饭，气都让珍嫂感到肚子饱饱的。

在整理上午在月亮湾小区收来的硬纸皮和旧书报时，忽然，珍嫂的眼睛直了……没容多想，珍嫂出了门拔腿向月亮湾小区方向跑去，心中还调皮地念叨："哼，这回看你还跟我斗不……"

　　珍嫂的租住屋距离月亮湾小区有相当一段路程，珍嫂以坚强的毅力赶到时，已是上气不接下气，几乎瘫痪，但珍嫂仍强打精神。

　　此时，张婶送打麻将的几位阿姨出门，见珍嫂迎面走来，正欲转身回避，珍嫂已站在她面前。

　　"上午的事不都过去了，你还想怎样？"

　　与张婶打麻将的几个阿姨也纷纷围拢过来，准备劝解。

　　"张婶，你误会了。"说着，珍嫂将 2 万元存折掏出来递给张婶，"物归原主！"

　　见张婶仍迷惑不解的样子，珍嫂又笑眯眯地调侃道："张婶，你卖废旧物品干吗要把存折也一块卖了？不过呢，珍嫂的良心可比你的 2 万元存折值钱啊！"

　　翻开存折，张婶的脸突然红了。很快，她和围拢过来的几位阿姨一起，将温暖的手与珍嫂的手紧紧地握在一起。

任 职 *

高尚打小时，在公社当领导的父亲就告诉他："给你起这个学名，是让你今后做个高尚的人！"

也不知听没听懂这话的道理，高尚头点得像小鸡啄米。

直到高尚走上乡镇领导岗位，当县领导的父亲警示他："人在做，天在看！"

望着花白头发、满脸皱纹的父亲，高尚回答两个字："放心！"

四年前，从 5 个副镇长中脱颖而出，高尚被任命为蓼镇镇长。前两年，他带领干部群众封山造林、建万亩蔬菜基地和千亩花棚、建牛奶基地、修路修水利等，政绩可圈可点。

父亲的笑脸开了花。

不久，县长带领旅游部门负责人和几个投资商来考察，看好山区的大圣湖风景，决定在湖畔开发别墅区，建度假山庄。高尚的激情一下被点燃了。

结果，山庄建好后，偶尔有人来度假，偶尔也有会议。但因大圣

---

* 原载于 2018 年 11 月《荷风》冬季刊，2020 年第 11 期《佛山文艺》。

湖太过偏僻，除了旺季人气多一点，其余大部分时间冷冷清清。为此，县里及时踩了刹车。

父亲的浓眉拧成了疙瘩。眼见投了巨资的湖区发展成目前的样子，高尚很不甘心，沉默一阵子后，提出旅游业"再出发"的思路。方案经过新任的县长审批后，一帮老板纷至沓来。湖畔的土地折腾完了，就在岛上动脑筋，将湖中心最大的岛，开发成一个集餐饮、娱乐、"特色"服务为一体的休闲乐园。一时间，汽艇穿梭，小船游荡，客人一批接着一批；岛上莺莺燕燕、灯红酒绿。不料，岛上商家提供色情服务的事被媒体曝光，整顿后，岛上旅游业从此萧条不振。

高尚心灰意冷。正在这时，新任县旅游局长又提出"以文化振兴旅游"的口号，他带着高尚和一群文化人，对湖区人文风俗进行考察，期望从老祖宗那里找到可以利用的商机。于是，开发湖区佛教文化被县政府提上日程。可惜，建起的寺庙不是名山古庙，没有根基，佛教文化还是弘扬不起来。

旅游业砸钱不少，折腾了很久，其结果屡屡遭挫，蓼镇的经济受到重创，高尚如堕烟海。

父亲的脸色一片铁青。

这天早晨，夫人没好气地数落高尚："这么没白没黑地干工作，还不落好，到底图什么？"

"书记病休，很快又要调离岗位，我这一镇之长不干工作行吗！"

"你以为我不知道，书记调整不是你。我算看透了，老头子已经退休，今后你就在基层当个卖苦力的常驻'大使'吧！"

尽管高尚的家距镇机关办公室有一公里，可他学习父亲的好作风，养成了走路上班的习惯。

高尚突然感到这条熟悉的道路，变得又长又窄，走起十分费劲。原本十几分钟的路，足足走了半个小时。

其实，夫人说得没错，书记调整不但不是自己，而且，县委还将要调自己到边远贫困镇任职。

高尚郁闷，比自己后任职的镇长，如今升的升，调到城里当局长的当局长，只有自己还在原地踏步……

"丁零零、丁零零……"一阵清脆的电话铃声，惊醒了办公室里走神的高尚。

"怎么样，近来是否觉得很不开心，特别累？"

"爸爸，孩儿让您老操心了！"

"你也很久没回老家了，要是不太忙，双休日抽空回来放松放松，我让你妈做些山里特色的好东西给你吃！"

高尚的父亲从县领导的位置上退下来后，便回到与蓼镇相邻的黎镇山区的仙湖老家休息，整天与乡亲们朝夕相处，打得火热，生活过得有滋有味。

高尚开着车奔驰在风景如画的湖区，欣赏奇山、怪石、绿水、参天大树等，很久没有这样开心了。

原来比较封闭、人气不旺的家乡，据说现在周末和节假日，周边地区、省城，甚至外省的游客都开车来这里爬山、摄影、露营，四季不辍，玩得非常尽兴。

眼前的情景，让高尚别有一番滋味在心头。

父亲有意问高尚一路感受。虽然不好意思开口，但高尚只能实话实说："家乡的生态环境保护得这么好，又有这样的旅游态势，真是很了不起！"

"这才是仙湖真正吸引人的魅力所在！"

高尚感到脸上火辣辣的。本来一肚子话要向父亲倾诉，现在怎么都开不了口。

两年后，任书记不久的高尚，从组织部门朋友那里意外了解到，当年，是父亲坚决要求组织将自己平调边远贫困镇任职。

高尚微笑着说："在我们家，我最怕的就是这老头！"

美味鸡汤*

　　早饭后，闷热的天突然变了脸，一道闪电伴随着一声炸雷，一阵急促的雨点砸向地面……

　　为找失联 10 天的表弟，老陈冒雨驾车行驶在市区的道路上。在城北拐弯时，老陈看见不远处一个阿姨脚下一滑，重重地摔倒了。他没有多想，本能的一个急刹车，然后开门冲过去，将阿姨扶上车。

　　坐在车内的阿姨，发丝上还挂着水珠，她颤抖的双手紧攥着保温饭盒，生怕里面的食物洒了。

　　"阿姨，伤着哪没有？"

　　"没事，没事，多亏你及时的帮助！"阿姨说着又将保温饭盒紧紧搂在怀里，摇晃中，一丝美味散发出诱人的香气。

　　"阿姨您这是要去哪呀？"

　　"去第一人民医院，给孩子送鸡汤。同志，你去哪？别耽误了你的事情！"

---

　　* 原载于 2018 年第 2 季《岭南文学》，2019 年 3 月《南方法治报》，获 2020 年 8 月佛山小小说大赛一等奖。

"我出来找人。正好，这地方离第一人民医院比较近，我送你过去吧！"

"谢谢！哎哟，年纪大了，骨质松软了，胳膊刚才摔倒时受了点力，现在还真有点疼呢！"

说者无意，听者有心。老陈有点害怕了，他想，如果阿姨讹自己一下，在没有第三人的情况下，还真难说清楚。他心里直骂表弟这个小浑蛋，如果不是为了找他也不会摊上这档子事。

这时候，稍微缓过劲儿的阿姨又将保温饭盒拧紧了一些，确保温度不减。

触景生情，老陈忽然觉得有些伤感。表弟幼年丧母，过早地失去母爱，长大后变得任性、玩世不恭。自己带他到南山市打工好几年，像亲哥哥一样关照他。可表弟不但没有混出个人样，还经常满嘴跑火车，骗了亲人又骗同事，再不然就是打架斗殴惹事捅娄子。老陈对表弟彻底失去了信心，不久前给他下了"最后通牒"。表弟一气之下托人给老陈捎了一个纸条，人便失踪了。

纸条内容是：哥，很感谢你带我出来闯世界，我也长了不少见识。但我文化不高，智商低，连你都看不起我。既然这样，我就不碍你眼了。你尽管放心，从今往后我绝不连累你。不用找我，你也找不到我！

"呵嚏，呵嚏"阿姨连打两个喷嚏，将老陈从短暂的沉思中拉了回来，车也已经驶到第一人民医院的门口。

雨点仍不停地砸下来。老陈看着滂沱大雨，心想算了，不如好人做到底。

"阿姨，雨下这么大，我还是送您到您孩子住的病房吧！"

"我正有此意，可是，不好意思向你开口啊！"

老陈笑着将阿姨扶下车，两人一起走进病房。眼前的病人却让老陈大吃一惊，他指着躺在床上的病人："你怎么在这里？"

"原来你们认识？"

"阿姨，不瞒你说，他正是我要找的不争气的表弟。你俩是怎么认识的呢？"

"噢！不是阿姨说你，你这当哥的就很不称职。那天晚上好险，你表弟能捡回这条命，真是万幸！"

阿姨一边跟老陈说话，一边俯下身子用汤勺小心翼翼地喂老陈表弟："来，阿姨的拿手菜——煲鸡汤，多喝点，大补！"

"我来喂他，阿姨您歇着！"

老陈上前两步，接过碗，小心翼翼地喂了表弟一口，鲜美可口的鸡汤，犹如一股暖流直达表弟的心田。

当老陈与表弟四目相对，老陈终于控制不住感情，哭了起来……

原来，几天前的晚上，表弟与几个哥们喝了些酒后，一个人贼头贼脑地在路边瞎转悠，结果被车撞得昏迷不醒，伤势不轻。还好，阿姨跳广场舞回家，在门口发现他痛苦挣扎，语言不清，及时报警又叫来救护车将表弟送到医院。

喝酒又被车撞？回忆表弟曾留下的字条，老陈分析表弟准是又不学好，被社会上那帮混混给拉下水一块"碰瓷"去了。

这时，一位花白头发的老医生走进病房，打破了病房短暂的沉默。"这是我昨天约好的专家大夫，在他清醒后来进行的查诊，看看还需要做哪些专项检查。"阿姨说。

"劳烦阿姨了，真不好意思！"老陈说的是心里话。

"不过，小伙子你也要吸取这次血的教训，别把自己的命不当命，在这个世界上，还有大把的时间属于你。活着就要活出质量，活出精彩，那才叫真本事呢！"阿姨把母爱写在脸上。

躺在病床上的表弟，用手捂着脸，泪水从指缝中流出……

不久，南山市电视台播出一条新闻，建市以来最大一起"碰瓷"诈骗系列案件，在热心市民的举报下，被市公安局成功侦破。电视机前的阿姨，很有成就感。

给"仇人"做手术*

　　遭遇一场大火肆虐之后，装修一新的某肿瘤医院重症病房内，他面对的第一位重症病人，是他40多年的"仇人"。

　　正是这个"仇人"——妇幼保健医院妇产科退休主任，在40多年前的一次为难产产妇接生中，由于产妇大出血，使呱呱坠地的男婴失去了母亲，年轻丈夫失去了爱妻。与逝者年龄相近的她，扼腕叹息……

　　至此，两家结下了不解的"梁子"。

　　如今，那个过早失去母爱的男婴，已成为一位享誉社会的著名肿瘤胸外科主任，而就是他，即将要为所谓的"仇人"亲自做一台难度较大的癌症手术。

　　他不想，也不愿回首悲痛的那一幕，甚至对几十年来家族中那些喋喋不休的口水仗，都不以为然。

　　可是，自己毕竟是母亲身上掉下的一块肉呀！母子连心，让他太

　　————————————

　　* 原载于2018年7月《南方法治报》，获2019年《珠江时报》小小说大赛三等奖。

怀念自己亲爱的母亲了!

面对眼前的这个"仇人",他的大脑里一刹那间曾掠过一片阴云:当个逃兵,或许能落得一些轻松!

他完全可以向医院领导敞开心扉,并且有十足的理由表达自己最好不去触碰这台敏感的手术。

他也曾听到一些对他主刀这台手术的"杂音"……

他知道,暖一颗心需要很多年,而凉一颗心只要一瞬间。

病床上虽瘦骨嶙峋,但眼睛里始终向他投射希望目光的"仇人",好像在对他说:"阿姨信任你,你可不能当逃兵啊!"

他的脸瞬间红了,心窝像被什么东西狠狠地杵了一下。然后,鼻尖一酸,眼里顿时起了雾水……

他不会忘记一年前因医闹引发的那场大火,市消防支队长率领消防员迅速赶到现场及时扑救的情景——火光冲天,浓烟滚滚,医院住院部、手术室等几个科室处境十分危急,一批患癌病人生命受到严重威胁。没有丝毫犹豫,支队长带头冲进熊熊大火之中……

手术室内,一台紧张的手术终于赶在火势蔓延之前顺利完成。在支队长帮助医护人员快速转移贵重医疗器械设备时,一台大型器械突然倾倒砸向主刀医生,说时迟那时快,支队长猛地推开医生,而自己却被砸倒在地……

经过消防员3个多小时的奋战,大火终于被扑灭。住院的病人和医护人员安然无恙,而支队长不幸牺牲。

追悼会上,白发人送黑发人。当他知道自己的救命恩人就是"仇人"的儿子并且年长他两岁时,他哭成了泪人……

站在病床前的他,久久凝视着"仇人",先前由私心杂念聚积成的强大压力,似乎得到了有效的释放和缓解。

他想，既然机会来了，就要很好地把握它，原谅一个人是容易的，但再次信任，就非常难了。

他与心灵进行默默对话，骤然，支队长的英雄形象又浮现眼前，挥之不去。他仿佛被大爱精神点亮，促使他轻装上阵，哪怕前进的路上有暴风骤雨！

这天早上，和煦的阳光给重症病房送来一片温柔。青春靓丽的护士将他的"仇人"顺利送入手术室。

手术室里，全副"武装"的他，面对"仇人"慈祥的面容，终于情不自禁地喊出亲切一语："娘，儿子今天给您做手术！"

"仇人"露出微笑，闭上眼睛，安详地睡了。

儿媳的"套餐"*

儿媳拿到婆婆的身体检查单，见"一期高血压"的诊断结果后，稍加思考，便微笑走近身体显胖的婆婆。

"娘，您老身体检查没有病。在城里安心住着，孩儿给娘准备一个很好的运动'套餐'，保证娘身体一直健健康康的!"儿媳恪守老公出差前交代的注意事项，确保不触碰婆婆怕病的神经。

"庄稼人能有啥病呢! 前两天我接你大表姨电话，她说年初到现在她和我一样头晕过好几回，撑过去了，天天打牌精神着呢! 哎，岁数大了，吃好喝好身体就好!"婆婆一副满不在乎的样子。

"孩儿用的这个运动'套餐'，娘要慢慢适应呵!"儿媳有意温馨提示。

"放心，我能习惯!"婆婆用期待的眼光看着儿媳。

之后，儿媳每天荤素搭配，尽量把饭菜做得让婆婆吃得可口开心。早饭后，都要递上一支降压口服液，谎称给娘补充营养。

晚饭后，小区林荫道上行走锻炼的人们，谈天论地，兴趣满满，

---

* 原载于 2017 年 5 月《南方法治报》。

不时洒下一串串欢笑。在儿媳的陪伴下，婆婆行走自如，新鲜中带有一丝好奇。

连续一周，碍于儿媳的贴身陪伴和有趣的闲聊，婆婆虽走得有点费力，但感到身子轻松些了，有时还饥肠辘辘。可一想到儿媳的"套餐"，婆婆欲言又止。

又是一周晚饭后的运动，尽管有儿媳的陪同和聊天，婆婆已是腿如灌铅，步履维艰，甚至有些不耐烦，想到儿媳的"套餐"迟迟不上桌，婆婆心里五味杂陈……

接下来，婆婆面对儿媳不心疼人，还甜言蜜语拉她跟邻居阿姨学跳广场舞，终于发火了："说接我到城里享福，哪知是来遭罪的!"

儿子出差回来，婆婆状告儿媳的"罪过"，特别提到"套餐"的事，说着说着委屈地抽泣起来。

"没错，她每天是给娘安排了运动'套餐'啊!"

"什么'套餐'呀，天天折腾人! 你看我都瘦成什么样子了，没见过这么不孝的儿媳!"

听着听着，儿子笑了，笑得很灿烂。

"你这是……?"正当娘对儿子的笑疑惑不解时，儿媳送来手机让婆婆接听姨表妹电话——

"表姨娘，俺娘刚打牌时突发脑溢血，这会正要送医院呢……"话没说完，姨表妹哽咽了，电话里传来救护车呜呜的喊叫声。

此刻，婆婆一阵难受，一阵后怕……

望着儿媳温柔可亲的面容，婆婆突然眼前一亮，似有所悟。

晚饭后，婆婆急着拉儿媳去学跳广场舞，态度那样的坚决……

我的大学*

　　还有半个月，我大学毕业后担任村第一书记满三周年。按照组织的决定，我可以返城工作，同时，也能照顾年迈有病的母亲。

　　快要离开乡亲们，心里自然有些不舍。特别是一想起村主任石伯，总忘不了初到村时，他向我讲过的一席话："你虽然大学毕业，咱这也是所'农业大学'呀，在这里，你不光要带领大伙脱贫甩帽，还可以学到你在大学里学不到的东西！"

　　"农业大学！"经过三年的实践，我真正理解了石伯的这句话。当过"赤脚医生"的他，就是"农业大学"的最好老师。

　　就在那次进村的途中，石伯兴致勃勃地与我聊起来："当前现代农业搞得挺红火，我们之所以落后，就是多数村民思想跟不上趟，观念陈旧。"一提到现代农业，我霎时眉飞色舞，滔滔不绝，一口气讲个不停。末了，又添了一句："我看到人家在这方面搞得比你们这……"

　　石伯听得不是味儿，不等我讲完，就立刻截断了我的话头："你

＊ 原载于 2020 年 10 月《金雀坊》。

现在已经是此地人了，怎么还是'你们''我们'的？应该说'咱们'才对。"这话一针见血，说得我耳根都红了。

石伯，年龄六十出头，个子不高，身体硬朗，眉梢上长颗美人痣，饱经风霜的脸上布满了皱纹，古铜色的皮肤发出熠熠光亮。

我十分钦佩石伯。没想到初来乍到，他事先未征得我的同意，就安排我参加一个家庭的挑粪劳动。虽然，我内心里有些不快，但并不服气，决心不让村民们看我的笑话。

我担起满满的两筐粪，跟着这家人和石伯向二里开外的"八亩地"方向出发了。起先，我一鼓作气，随着石伯跑了近半里路，渐渐担子重起来了，肩胛火辣辣地疼，扁担左来右去地不晓得换了多少回，都不顶事。两个粪筐也不听使唤了，脚步也走不平稳了，渐渐地和石伯的距离越来越远。实在是精疲力尽了，想坐下来休息片刻。正欲放下担子，猛然发现石伯在远处向我招手。心想，关键时刻，大小伙子怎么能掉链子出洋相呢！我闪了闪扁担，咬牙坚持继续前进。汗淋淋的我好不容易到达终点。

石伯看在眼里，喜在心上："虽然你吃了苦，受了累，可与村民的情感拉近了。担子确实不轻。但是比起脱贫甩帽这副担子，你可要花更多的心思和气力才行。今后有什么想法和思路，说出来，我一定好好配合你！"

可是没过几天，我打算引进资金开发土地办厂的想法，却遭到了石伯的彻底否定。我表面上接受了他的意见，可内心里总不是个滋味。

心情不好，我吃不好睡不香，加之没注意天气变化，生病了。母亲知道后，从百里外的县城匆匆赶来村里看我。

也巧了，母亲刚到村委会，正赶上石伯给我送来治病熬好的中药。我主动向母亲介绍石伯。哪知，母亲用颤抖的手指着石伯："是你呀。孩子，就是他当初'坏'了我的事，让我活得很难受，有时犯起病来真要命。"

突如其来的情况，让我一下蒙了。我赶紧请石伯到隔壁办公室，商量村里下一步的工作。

石伯没等我开口，让我抓紧把中药喝了，等两天后到家里再聊。

我如约去石伯家时，他正在熬着一种气味很浓的中药，不时地用勺子舀点尝尝。见是我，他急忙说："针对疑难杂症，搞点研究。"

这时，我发现石伯家的房前屋后种植了很多我不认识的植物。经他介绍，茅塞顿开，我既惊喜又兴奋："大伯，真有你的。我看咱村脱贫有门了。"

"看得出，你是想在我这房前屋后的药材上做文章吧，我也正等你拿主意呢！既然你来了，咱们一起做村民的思想工作，尽快转变他们的观念，增强大家对种植药材脱贫的信心。"

"大伯放心，只要大家拧成一股绳，这事准能成功。"

"好啊，咱俩一起上阵，说干就干。对了，你也要抽空多照顾你母亲。也不知道她浑身痒的病现在怎么样了？我正在研究对症治疗的方子呢。"

"啊！"惊奇的我叫出了声。"难怪母亲那样激动地对你。听她说，二十年前她患了一种浑身痒的病，经很多医院诊治不见好转，痛苦不堪，生不如死。有天上午，十分难受的她跳水寻短见，却被一个拉药材的人及时救了。原来恩人就是你。这回好了，请你这远近闻名的土'专家'给好好治治。"

"孩子放心，只要你信任大伯，我一定尽全力！"大伯的话很有分量。

　　一年后，在我和大伯的努力下，村里189户69人党组织加合作社加贫困户的帮扶模式，应运而生。以种植党参、黄芪、贝母、苦参、板蓝根、鸡冠花为主的中药材，大面积铺开。又一年后，村里帮助一批经济条件好的村户建起了农家乐和食用菌大棚。富了脑袋也鼓了口袋，村民个个充满精气神，笑容洋溢。

　　……

　　时间距我离开村里只有一周了。这天晚上，文书告诉我石伯的耳聋近期非常严重，说是长期试尝中药中毒所致。我心里难过、崇敬交织，一夜未眠……

　　第二天，我想去石伯家看看他，并当面向他宣布重要决定，石伯却来到了村委会，并说："我早上转圈看看地里药材生长情况。顺便过来问问你城里母亲近期用药的反应。"

　　"病情缓解多了。一周后她会来村里，这次来了就不走了。"

　　"你说啥？"石伯因为耳朵重听，追问了一句。

　　我两手围着嘴巴，装作喇叭形，大声告诉他："我决定三年到期不走了，再陪你干三年，直至咱村彻底脱贫！"

　　"好！好！"石伯那张密布皱纹的脸上，堆满了欣慰的微笑。

失踪的理发师 *

　　自从昨晚8时与郝福电话"失联"，阿美急得一夜没睡着觉，一大早就来到郝福的"如意理发店"门口。无奈，"铁将军"把门。她没好气地骂道："浑蛋，从老家办事回来，我刚一提到爸爸，你不是头痛就是脑热，才说几句话就没声了。斗气，玩心眼。分手算了，反正爸爸也不同意咱俩好！"

　　说是说，骂归骂。阿美在回去的路上，两腿像灌了铅，"如意理发店"像块巨大的磁铁，强力吸引着她！

　　虽然自己不是天生的美人坯子，可也长得楚楚动人。加上爸爸是这个旅游名镇的大企业家，不说攀高枝，嫁个门当户对的人家应该不算难事。但是，自己偏偏就爱上了"剃头匠"。

　　在她看来，郝福相貌虽不太出众，但从他骨子里焕发出来对事业孜孜不倦追求的那股精气神，让她敬佩有加，爱慕不已。

　　就说郝福刚来镇上那阵子，还是让谁都看不起的毛头小伙儿，理发让人并不如意，爸爸就是最看不上郝福技艺的"人物"之一，以

---

　　* 原载于2019年《荷风》夏季刊，2020年第1期《澳华文学》。

至此后，门庭冷落，生意萧条。

阿美的出现，点亮了郝福即将熄灭的心灯。至此，郝福不惜重金到百里之外的市里学习理发技艺。

随后的创业中，"如意理发店"逐步形成郝式特色，价格适中。传统发型，稳重成熟；新式美发，青春靓潮。尤其郝式刀法，在客人的后颈、鼻梁、眼皮、耳朵窝，分别能玩出"关公耍刀""张飞打鼓""双龙戏水""月中偷桃""哪吒探海"的绝活，让客人尽享舒服。加之，郝福懂些医，会把脉，一套按摩下来，又令客人气脉贯通，精神提振。

更叫阿美佩服的是，郝福理发，察言观色，善于与客人心理沟通，春风化雨之中，客人顿感清新与开阔。遇有为难之事，郝福又会倾力相助。久而久之，他的生意像被客人镶上了一道闪亮的金边，郝福成了镇上名副其实的旅游形象大使！

阿美还没走出太远，就看见"如意理发店"门口来了一帮要理发的陌生客人。她不由自主地返回，想观察一下情况，后面再跟郝福"算总账"。

"听说'如意理发店'是镇上的招牌名片，如果没在此店理过发，就等于没到此一游！"

"镇领导介绍，理发师是个既有素质又有超高技艺的年轻人，待客诚信友善，值得信赖！"

客人的窃窃私语，阿美听得入耳顺心。

不一会儿，镇长向"如意理发店"匆匆走来。

"镇长，从昨晚郝福'失联'到现在，满世界都找不到他，急死人了！"

"浑小子！这个黄金周除了大批游客，你爸爸的企业也会来不少外地考察的客人。关键时候，他小子怎么能掉链子？"

"在'失联'之前提醒过他，好像他很不耐烦，谁知又出了什么幺蛾子。"

"我猜，一准是生你爸爸这个老顽固的气了。你再想想办法，尽快找到他！"镇长是来理发的，扑了个空，一脸不高兴地走了。

眼看理发店门口客人越来越多，阿美正要向大家解释道歉呢，忽然看见一位很有派头的客人，在爸爸的陪同下，走向理发店。

"坏了。这回郝福咱俩的事算彻底黄了！"阿美哭丧着脸，好想躲进人群里。

"阿美，这么多客人杵在外面，理发店怎么还不开门？"爸爸大嗓门，像兴师问罪。

"这……我……我也不知道郝福干什么去了！"

"如意理发名声在外，客人慕名而来，正是他小子露脸的时候，怎么还摆起谱了？就这，还想当我的女婿，真是癞蛤蟆想吃天鹅肉，没门！"爸爸毫不掩饰地表达了内心的不满！

"是骡子是马，出来遛遛，也好让我们长长见识。总不能让游客带着遗憾离开吧！"

"小镇上的名牌有啥了不起，还不是井底之蛙！"

"不过如此，宣传归宣传，旅游名镇也有不如意的地方！"

客人们刺耳的风凉话，让阿美和爸爸脸上火辣辣的。

正当骑虎难下时，突然，一辆轿车在理发店门口戛然停下，从车上下来的两人打开门锁，不一会儿，店内灯光四射，电剃刀欢唱，一派生机勃勃。

大家还没弄明白情况呢，绅士般的小伙子开腔了："我们从市区出发有些堵车，实在对不起。今天所有来如意理发的客人一律免费，

如意理发一定让远到的客人如意!"

"你们是?"阿美有些纳闷。

"你就是那个叫阿美的姑娘吧!郝福电话请我们帮帮忙,放心,同门师傅教出来的徒弟,我们又经常进行手机视频交流,不会给他抹黑的。这次他'中招'后,所作所为不得不让人佩服!跟了他,是你的福气!"

"他到底怎么了?为什么狠心玩'失联'?"

"大概怕你担心、挂念,干脆关机回避了。最好你这会儿联系他吧!"

还没等阿美联系上郝福,手机屏幕上却显示出一行清晰的文字:"亲,从老家躲流感提前回来,没想到还是中招了。好在及时治疗,已有效控制,庆幸没有扩散!"

阿美喜极而泣,让爸爸看手机信息,内心里态度坚决:这辈子非郝福不嫁。

"臭小子,自导自演,谁信啊!"爸爸不屑一顾。

"爸爸,你太不同情和理解人了!"

"哈哈,只许他小子玩失联,就不准老子开玩笑了!"

发财叔的心事*

　　五十多岁的发财叔到 C 市当小区保安一年后，长他一岁的老伴，经熟人介绍也到 C 市做了家庭保姆。让发财叔闹心的是，自己住保安宿舍，老伴住距自己一个多小时路程的服务家庭家里，分居的生活真有些不好受。

　　中午休息吃便餐，发财叔二两白酒还没下肚，手机响个不停，一听到那个熟悉而又让他厌恶的声音，还没等对方说上几句话，就气呼呼地给挂了。

　　不一会儿，发财叔借着酒劲儿壮胆给老伴打电话：老伴，俺惨了，起早熬夜不说，连口对味的饭都吃不上。刚混熟的几个老保安哥们儿郁闷抱怨，个个想辞职回乡。你也不请假来看看俺，一块吃顿饭，说说话，解解闷也好哇。

　　瞧你说的，你当班时忙，下班后回到集体宿舍，就是想去看你也不方便。

　　那好，你来俺们就去附近的宾馆开个钟点房。

---

　　* 原载于 2017 年 6 月《华夏文学》，2020 年第 4 期《河南文学》。

啥？你可别想歪了，你不害臊俺还害羞呢。

老伴，你咋恁犟！俺们是合法夫妻，开房怕谁？

老头子，俺看你变了，不像当年俺爱的那个人了。

看你说的，俺咋个变了？

你忘了，30年前那个晚上，俺给在牛屋看护即将分娩的母牛的父亲送饭，路过一片小树林时，被村里单相思的刘二杆纠缠欺负，你去村小学看校听到俺的呼救声，及时跑来制止，被刘二杆打伤了腿还不忘脱衣给俺遮羞，大冷天的多温暖啊。没啥说的，俺之后不是嫁给了你。

提起刘二杆这个坏蛋，俺恨他。这几年有人在C市看见过他，说他发达了。就在刚才，也不知道他从哪找到俺的号码给俺打电话，又是道歉又是合作的，俺肯定他没安好心，就没搭理他。

俺看名声是命，一旦被卖出去，再也赎不回来了。

俺知道，以后离他远点就是了。老伴，俺想跟你商量点事，你手上那一大笔私房钱俺想暂时用用，你看……

休想，男人有钱就学坏。俺琢磨着，像俺们上了年纪的人，在城市找份工作多不容易，既然做了就要像样，哪怕吃点苦受点累，都没啥。就是这花花世界的城里，如果不安分，要学坏太容易了！

老伴，咱俩同床卧被几十年啦，你最熟悉俺，难道老了你还不放心？

哈哈，老头子，俺想借10个胆给你也不敢那样。

突然，老伴那边挂断了电话，发财叔还一个劲"喂，喂"地叫，脖子上的筋涨得老粗。

第二天上午，又是发财叔休息时间。他的手机响了一声，是老伴的短信：今个俺想把自己打扮成当年的样子去看你，让你瞧瞧还是不是原先那个年轻的俺。

嗨！老伴还挺赶时髦的。发财叔，一阵兴奋，脸上浮出了一层绯红……

在约定的时间和地点，老伴没让发财叔失望。

发财叔领着老伴穿过大街，拐进一条胡同，在一家惠民宾馆的门前停下。忽然，一个熟悉的身影手捂着流血的肚子，从门内一路快步出去，发财叔没多想便紧紧跟踪，直到看见他进了附近的派出所。15分钟之后，发财叔骂骂咧咧地回来：兔崽子，肯定又出事了，这回是俺亲眼所见。

是谁呀？

还能有谁，刘二杆呗！

一听到刘二杆，老伴神经敏感，扭头就要走，并用异样的眼神瞪了发财叔一眼，然后狠狠地问了一句：老鬼，这到底是什么地方？

是个小宾馆，据说50元钱就可以开房，是专门为俺们外来工夫妻提供服务的。

撒谎。你个死老头，俺真想捶你。连刘二杆这种人都在里面鬼混的地方，你给俺当成什么人了？

真是奇了怪，明明有同事两口子来这里休息，说是很正规的，难道是刘二杆开黑店在骗人骗钱？

俺警告你，不要证件、不正经的宾馆俺死也不会进去。老伴停住了脚步。

老伴，既然来了，参观也罢，考察也罢，今天俺就要彻底摸清宾馆内的真实情况，揭穿刘二杆的老底，也好吸取教训，不影响日后俺要办的大事。

俺不管你办大事还是小事，就是不能干坏事。俺可跟你讲清楚

了，做人有规矩，夫妻生活也有规矩。你记得不，俺嫁给你之前还没领结婚证那阵子，你猴急猴急的，俺死活不依，不登记不入洞房，不也没有影响咱俩后来的好嘛。

正说着，发财叔的手机响了，接过电话，发财叔一脸严肃：老伴，果然没出俺所料，公安同志马上就到俺们小区来处理刘二杆的事情，让俺积极配合。

那就别耽误了，你快回小区。

在小区保安室，发财叔气不打一处来：公安同志，俺早就知道刘二杆不是好人，这一次希望公安机关必须对他进行严惩，不然……

快别说了。公安同志急忙打断发财叔的话：老人家，你错了。大约一小时前，刘二杆同志在自己开的宾馆内发现了被通缉的毒贩，一番搏斗后身负重伤，在他牺牲前的抢救中，我们得知了他的遗愿。

啊?!

这之后，根据公安同志转述刘二杆的临终留言，发财叔与老伴含泪接下了惠民宾馆，发财叔从老伴那借的一大笔私房钱，及时派上了用场。

患重症的母亲 *

文老太，单身，七十有五，性格活泼爽朗，身体硬实，走起路来"嗵嗵"的。可一个月前，身体突然出现不明原因的消瘦，经医院详细检查，确诊患了甲状腺癌，已至中晚期。

平时根本不看望关心母亲的两个儿子，一听说母亲患重症的消息后，觉得机会终于来了，带着媳妇和孩子第一时间回到母亲身边，敬献殷勤，表达孝意。

大家庭时声称不会下厨做饭的小儿媳，烧了一手好饭菜；从不愿和婆婆叙话聊天的大儿媳，"妈"不离口，嘴变甜了，话很中听；孙子孙女围着奶奶亲热，十分温馨；大儿子言谈举止比较得体，像似掌控全家大局的定海神针；小儿子肢体语言充满善意，像似确保家庭稳定的压舱石。

其实，文老太内心里亮着一盏明灯。回想当初，老头子病逝后，儿子儿媳为了钱狠心将自己赶出家门。受到虐待后，自己摒弃前嫌，尽可能地表达爱心，与儿子儿媳和睦相处，岂料，慈母之心感动不了

* 原载于 2018 年 5 月《珠江时报》，2018 年 5 月《佛山日报》。

自己身上掉下来的血肉之躯啊！现在得了重症，好像太阳从西边出了，大人小孩倾其所能，拿出绝活，使出高招，还不就是想着自己手里积攒的这一笔钱吗！想到此，文老太心里总是酸酸的……

总归，教师出身的文老太内心始终是阳光和健康的。她毫不畏惧癌魔给自己今后生活带来的痛苦和不便，而是像健康人一样，依然如故，我行我素。

文老太决定保守治疗。她谢绝了儿子儿媳陪伴伺候，去医院和平时生活，事事亲力亲为。

但是两个儿子，一刻也没有放松对母亲的跟踪"保护"。

连着一个星期下来，大儿子清楚地记得母亲去了两次当地的一所百年老学校，每次均在一小时以上。尤其是第二次母亲从学校出来时，面带笑容，嘴里还不停地哼着小曲。

最让小儿子不解的是，一天中午，天下着小雨。母亲手提黑皮包，站在平远街口 120 路公交站足足 40 分钟没有离开，像在等人，可是他一直也未见到有什么人与母亲接触。之后，母亲就上车回家了。害得站在远处的他，被雨淋得像个落汤鸡。

最后一次是大儿子跟丢了母亲。着急上火时遇见邻居大哥，从他口中得知母亲去派出所报案，说被骗子骗了 9 万元钱。

母亲瞒着儿子去派出所报了被骗案，使两兄弟一时头脑发蒙。想找母亲算账吧，眼前母亲的身体状况不允许；不言不语吧，又觉得心里憋气。

纠结、郁闷一天后，两个儿媳准备向婆婆彻底摊牌。

"文老太，你十分牵挂的事情终于有结果了！"此时，派出所长和一名干警来到家中。

"太好了！我代表全家感谢你们将这笔被骗的现金找回来！"大

儿子及时表达喜悦的心情。

"这……被骗的事……老太太，是个什么情况啊?"所长一时糊涂了。

"所长同志，千万别受干扰，请你继续把要告诉我的事讲清楚。"文老太提醒所长。

"自从几天前，你将在平远街口 120 路公交站捡到的内装 8 万元钱的黑皮包交来所里后，我们哪敢怠慢，连天加夜寻找失主。最后，总算没有白忙乎，不但物归原主，还让本来用作病人做手术的保命巨款，及时派上了用场。老人家，你做了件大好事，我代表失主感谢你呀!"所长有些激动。

"妈妈，照这么说原来你被骗钱的案子是假的了?!"悬在儿子嗓子眼的心总算落下了。

"对。妈今天当着派出所长的面告诉你们，妈的钱压根就没有被骗，而是让妈捐给了百年母校，用作培养国家和社会有用的人才。正好孙子孙女都在这个学校读书，也算留个念想吧!"说到此，文老太眼眶里的泪水，不停地往下流。

此时，屋内一片安静，静得连一根针掉在地上都能听见声响……

母亲节的礼物*

凤她娘走出喧闹的商场，见门口一群人正围着竹篮里被包裹严实的兔唇婴儿，七嘴八舌地嚷嚷着，心里不由得咯噔一下，"又不知是哪个缺德的坏家伙作的孽"。

紧接着，老人家掏出手机，给开餐饮店的女儿凤打电话："凤，你让娘到商场里选'母亲节'的礼物，娘相中了。快过来，看看是什么吧！"

凤，是个知书达礼、勤快聪慧、孝顺的姑娘。大学毕业后，开个餐饮店，母女生活舒适有余，加上乐善好施，街坊四邻口碑不错。

不一会儿，凤骑着电瓶车来到商场门口。眼前啼哭不停的兔唇婴儿，让她惊呆了，"怎么会有这么狠心的父母？可怜的孩子，一定是饿坏了！"

直见她快速跑进商场，买了奶瓶和奶粉，接着向服务员要了开水冲好奶粉。不久，孩子的啼哭声戛然而止。

望着孩子一对紧盯自己的小眼睛，凤心头一阵酸楚。"抱回家，

---

* 原载于 2019 年 5 月《佛山日报》，2019 年 5 月《南方法治报》。

我养着！"凤说一不二。

"凤，你这是要干什么呀？"娘的突然出现，让凤有点措手不及。

"娘，你都看到了，再这样没人管没人问，孩子这条小命就没了！"凤眼里泪光闪闪。

"你可是个未婚的大姑娘，孩子抱回家，街坊四邻会怎么看，唾沫星子淹死人。再说了，你刚谈对象，男朋友见了这孩子还不吓跑了！"娘贴近凤的耳朵小声说。

"娘，这事做了就不怕别人嚼舌头。既然孩子遇到我，就说明咱娘俩今生今世有缘！"说完，凤就将装着婴儿的竹篮放置电瓶车后架上，左手扶着竹篮，右手推着车子往家走。

拗不过凤，娘干脆扶着竹篮，边走边嘴里不停地嘟囔着。

娘知道凤是要强的女儿，很像年轻时的她。回到家里，娘仍不停地数落凤。凤怕与娘闹僵了不好，便使出缓兵之计："娘，咱先救了孩子，过几天就送去保育院！"

一周过去，从家里到餐饮店，凤忙得焦头烂额。娘虽表面不快，自然也要给凤搭一把手，让凤心生感激。眼看距母亲节越来越近，安静下来的凤想起给娘买礼物的事，向娘提出，娘说不急，等把孩子送去保育院以后再说。

凤想，与其一对一改变娘不太容易，不如干脆将孩子的事跟男朋友摊牌，争取他的同意，然后形成二对一的态势，可能会有好的结果。

还有 5 天就到母亲节了。可凤忙得还没来得及跟男朋友谈孩子的事。早起后，凤想当然地告诉娘："过两天男朋友要到家里来看望您老人家。"话落音，凤亲了亲孩子小脸就去餐饮店了。

下午，凤回家休息时发现孩子不见了，当听娘说已经送保育院之

后，第一次跟娘发了脾气。

在保育院，凤看到亲切熟悉的面孔，急切地将孩子紧紧抱在怀里，泪眼模糊，"孩子，妈妈永远爱你！"

在与保育院长阿姨的交谈中，凤几次生气地抱怨娘的行为。

阿姨也几次不客气打断凤的话，"孩子，千万不能这样说你娘啊，天下最有慈母心的大好人，她可算是一个！"

"那娘一直不接受孩子，总是与我唱对台戏，又是为什么？"

"还不是为你好，她不放心啊！"阿姨说着有些来气，"天下母亲都是善良的。20多年前，我家的未婚表嫂就是心肠好，慈母心。在风雨交加的夜晚，救了奄奄一息的女弃婴，并发誓一辈子好好抚养她。结果，狠心的表哥在结婚前一周便提出了分手。"

未婚表嫂痴心不改，含辛茹苦将孩子养大成人，自己却一直未嫁。

"你表嫂太可怜了！也不知那个长大的女孩，对娘咋样。"凤不断用纸巾擦拭着泪眼。

"院长，你让我办的事上午已联系好了，一周后可以入院。"这时，凤当医院护士的男朋友突然出现，打断了两人的谈话，让凤惊讶不已。

"怎么是你？"

"院长让我给你娘送来的孩子联系手术的事，我这不是来保育院回话的嘛。其实，你的义举，从院长这里我已经听说了，令人敬佩令人爱。你真是一个善良的人！"

这时，娘也赶到保育院，院长急忙上前接待。

"娘，未来的女婿就站在你面前，在这里认识一下也好。"凤听了男朋友刚才的一番话，心里有了底气。

"娘知道他是个好小伙!"然后，娘拍了拍院长的肩膀，"他表姑妈更是好样的!"

"什么？娘，难道……"凤有些不可思议。

"娘，您老人家尽管放心，虽然事有巧合，上辈子的悲剧再也不会在下辈子的身上重演了。今后，我和凤抚养孩子长大，给您养老!"

"好了，听你说凤不是要给她娘买母亲节的礼物吗，这就陪你娘一块儿上商场选吧!"

"不用了!"娘指着面前酣睡的孩子说，"这就是娘最中意的母亲节礼物!"

"娘，您永远都是凤的亲娘啊!"拥抱着娘，凤放声大哭，一时间，谁也无法劝止……

孝　女[*]

　　静静忙乎了差不多一个月，安顿好家里，便代表母亲从一百多里外的县城赶到外婆家，准备给老人 75 岁生日祝寿。不过，她诚惶诚恐，不知道后面的日子与外婆如何沟通。

　　没想到，她刚看见外婆，迎面却遭到老人对母亲一顿不客气的数落："眼看一个月了，你妈咋还不回来看我这孤老婆子。娘身上掉下的肉，把娘都忘了，娘活着还有什么意思！"

　　"我妈患心脏病已经住院了。现在不是她让我来看您并给您祝寿的嘛！"

　　"外婆虽然老了，还不至于老糊涂。你妈 50 岁不到能得这种病？外婆知道她憋一肚子气，想折磨娘的。但是，不管如何，给娘打个电话娘心里也好受些。"外婆说着说着哽咽了。

　　说者无意，听者有心，静静感到眼前一亮。连续一个月，始终困扰她的难题，现在终于有了解决的眉目。于是，静静进一步依偎外婆，帮助老人顺气，营造和谐氛围。她对在外婆和妈妈之间架起一座

＊　原载于 2020 年 5 月《佛山日报》。

希望的心桥，充满信心。

外婆虽然年岁已高，腿脚不便，但耳聪目明，记忆力堪比年轻人。一个多小时，外婆对母女感情之事，侃侃而谈。末了，外婆还不无后悔地说："欺老别欺小，欺小一辈忘不了。"

"这怎么行呢？外婆给了妈妈生命，她应该知恩图报才对呀，她不孝，静静指定不会对她讲情面的！"静静说着，像戳到了伤心处，痛哭不已。

静静决定给外婆出出"气"。从外婆家回去后，根本就没去医院，而是进报社、电视台，走社区和文化馆，忙乎一星期后，开始与一个阿姨密切接触，还送去一些不为人知的"礼品"。

一周后，外婆脸上阴转晴。串门邻居从老人的口中得知，住院的女儿与她通了电话，好像有说不完的心里话。

女儿还主动认错，女儿说，自己从小就不太懂事，总和哥哥争吃争喝，惹娘生气。长大了才真正懂得，娘对哥哥关爱有加，是因为父亲早逝后，哥哥就成了家里顶天立地的男子汉。这辈子做娘的女儿是自己的福分，下辈子还要给娘做女儿，孝敬老人家！

静静电话里故意"逗"外婆，与妈妈通电话的感受如何？外婆只是笑个不停。可以想象，虽然没能亲眼见到女儿站在自己面前，但电话里女儿一番亲切、暖心言语，着实令老人感到甜甜的，非常知足。

这之后，老人总能定期吃到女儿让静静捎来的自己喜欢吃的水果和食品，听到女儿熟悉、甜蜜的问候。

有一次，静静帮妈妈接通外婆的电话，女儿说病已基本好转，出院后立即回来看望日思夜想的娘。

谁知事到临头，静静电话告诉外婆，妈妈病情复发，不能出院。

让兴奋几天的老人，潸然泪下。"我苦命的孩子，遭的是哪门子的罪。娘对不起你呀！要不是过早地逼你去工厂上班，挣钱给哥哥买房子结婚，年纪轻轻怎么会得上这么个病？"

老人记得，女儿高中毕业，成绩优异的她正信誓旦旦准备参加高考之际，是自己硬逼着她放弃，而直接招工进厂，小小年纪就承担起家庭生活重任。女儿虽然接受不了，但只能忍气吞声，含泪应允。

谁想到，女儿忍辱负重，拼命挣钱给哥哥买了婚房，可儿媳妇刚一过门，就翻脸给自己看，让她和女儿痛心不已。好在女儿有孝心，没让老娘伤心又伤身，照顾周到，成天过得还算充实开心。

在以后女儿打来的电话中，每每回忆起母女感情，娘总会语带愧意，反思自己过去偏心眼，常常冷落女儿。而女儿却娇滴滴地安慰娘："天下哪个母亲不疼女儿，又有哪个女儿不爱娘呢！"

在日后相当长的时间里，老人虽然没有如愿面见女儿，由于静静的及时解释说明，老人都给予宽宏大量，不再计较。

冬去春来。十几年漫长的岁月，老人与女儿的家庭生活，过得春风和煦，平静有味。

眼下，卧床敬老院月余的老人，在度过 90 周岁生日后，神智日渐模糊。

这天，静静拉着一位阿姨来到老人床前，对着耳朵，大声告诉老人"宝贝女儿看你来了"时，处于半昏迷中的老人，支吾不清，泪流两行。少顷，便永远地闭上了眼睛。

继外婆去世不久，静静 60 岁的阿姨也因患重症病逝。静静含泪收集整理了 15 年前母亲病逝后，替声阿姨与外婆的"母女"通话录音。她说："这是我们家的一笔宝贵的精神财富！"

娘　心 *

　　在风驰电掣的列车上，年过六十岁的俊儿娘，独自一人前往千里之外的某市，处理因车祸致死俊儿的后事。

　　之前，她婉言谢绝了对方让坐飞机的好意；又倔强地拒绝了亲友护送的安排，只带上心爱的军用挎包。她说：这时候保持心静，自己的事情自己做主，是俺这个当过民办教师倔老婆子的行事风格。

　　坐在座位上，汗还没擦干，俊儿娘的眼泪就掉了下来——不出远门真不知世界那么大。俊儿从咱穷乡僻壤走出来上大学，真是太不容易了。

　　俊儿娘是傍晚到达目的地的，市公交公司领导和肇事者姜师傅亲自来接她，并安排好了星级宾馆。

　　"俺不住大宾馆，能有个休息的地方就可以了。"俊儿娘不由分说的态度，让大家心里像揣了个小兔子。

　　"俺想到姜师傅家里看看，麻烦你们这就领俺过去。"俊儿娘不按常理出牌的要求，是陪同领导根本没有想到的。只好赶紧安排，同

---

　　* 原载于 2020 年 8 月《珠江时报》，2021 年 3 月《青年文学家》。

时交代姜师傅:"老人到你家里,无论怎么闹腾,你和你媳妇都要受住了,毕竟人家儿子没了,将心比心啊!"

走进一家老少五口人居住的五十平方米房子内,俊儿娘突然愣住了,心想:听说城里人都住着高楼洋房,这家怎么像个鸽笼子似的呢?再走进一间狭小的屋里,映入眼帘的是床上躺着白发苍苍、骨瘦嶙峋的老人,床边陪着的老妇人一脸无奈。

这时,墙上挂着的两个军人合影照,吸引了俊儿娘,她静观了两三分钟,眼圈红红的。

姜师傅媳妇红肿的眼睛,欲哭无泪,本来不想多说话的她,面对一脸严峻表情的老人,立即与老公姜师傅双双下跪,愧疚地说:"对不起婶子,小姜给您老惹了天大的祸事,该打该骂,任由您老吧!"

"一对傻孩子,快起来。婶子到这边来挺辛苦的,肚子真有些饿了,今晚俺想在你家吃顿饭可以吗?"

"好,好,好,我这就买菜去。"姜师傅媳妇说罢就要出门。

"不用了,你们吃啥俺吃啥,千万别浪费钱。"老人只字不提俊儿的事。

吃饭时,俊儿娘问小两口:"你父亲患的是什么病?"

"癌症中晚期。"

一阵沉默……

紧接着,俊儿娘手指着姜师傅说:"你的两只眼睛好红,精神不太好。"

"自从这事发生后,他天天整夜失眠,一直休息不好。"姜师傅媳妇及时解释道。

"这样,今晚大家都好好休息一下,俺也累了。明天上午俺要专门去趟公交公司,见见姜师傅的领导。"俊儿娘说到领导时,语气重重的，好像话里有话。

消息及时反馈到公司领导们耳朵里，敏感的领导分析："老人家前面很有可能在试水温。人怕见面，树怕剥皮。明天就会直奔主题，要给我们好看喽。"为此，公司领导当晚提前进入一级"战备"状态，随时准备迎接一场狂风暴雨的到来。

夜渐深。俊儿娘辗转反侧。于是，干脆起床，她拿出军用挎包里的小红本，反复看了好一阵子。然后，将其紧贴在脸颊上，久久不愿放下，只见脸上两行泪水不停地流淌。

稍后，她又从挎包里拿出俊儿的照片，仔细端详：二十多岁，国字型脸盘，浓眉大眼，微笑中显现几分成熟的气质。此时，泪水早已模糊老人双眼，她发自心底地呼唤："俊儿，娘的心肝宝贝，娘好想你啊！火化前，娘不敢去看你，是怕在你面前流泪，让你心里难受啊！"

不一会儿，老人将小红本和儿子的照片放回挎包里，自言自语："俊儿爸爸走得早，俊儿虽然出生较晚，如今也不在了，剩下俺孤零零一老婆子，俺的命咋就这么苦呢！"说完，老人实在控制不住自己，放声大哭起来……

第二天上午，出乎公交公司领导意料的是，当他们向老人检讨道歉并征求有什么要求时，俊儿娘还是只字没提儿子的事，只是说："真不好意思，俺给领导们添麻烦了。"

面对如此场景，领导们先前准备的各项应对措施，包括打官司的律师，好像统统都派不上用场了。主要领导纳闷："天下哪有这么好的事，老人家也许是气糊涂了吧，这种事怎么能轻轻松松过去呢?!"

停顿了一会儿，俊儿娘语带商量地说："还想麻烦你们一件事，能不能给俺找一个对本市情况熟悉的同志，再安排一辆车。昨夜里俊

儿托梦给俺，他说，上学期间还有好多地方没去过，让俺回去之前，代他都去转转。"

一听到这，眼含泪花的公司领导一边满口答应，一边将早就准备好的一笔数目可观的现金支票，想在此时交到老人手上。

"俊儿都没了，要钱有啥用。姜师傅父亲治病要紧，钱都快给他家送过去吧。另外，俺还希望你们也不要处理姜师傅。城市这么大，人来人往的，出事故不可避免，况且，他也是为了保护几个小学生才导致事故发生的。不是俺一个乡下老婆子觉悟有多高，多么伟大，俺总得讲道理，把人做好不是？不然，俺就对不起俊儿，更对不起他在部队为救落水儿童牺牲的爸爸。"

两天后，俊儿魂归故里。俊儿娘告诉村上的人，说：你们可能不相信，俺这回见到的所有人都是大好人。

某市市委书记从市报上看到《伟大的放弃》新闻报道后，感动不已。当即决定亲率相关领导和姜师傅，专程赶到千里之外的老人家里慰问，并主动提议与村里签订多个扶贫项目。

当姜师傅惊奇地发现老人家里挂在墙上那熟悉的两个军人合影照时，泪如泉涌。突然，他向老人下跪，嘴里亲切地喊道："娘，我也是你的儿子呀！"

心中的爸爸*

　　打从记事起，小龙女冷不丁地问爸爸："妈妈干什么去了?"爸爸回答："外出打工了，过年就回来。"

　　直到上小学，期盼妈妈回来过年的愿望，竟成了小龙女的奢望。为此，偷偷流泪的龙女，再也没有叫过龙可以一声"爸爸"，生活中，龙女与龙可以只有"你、我"相称，让残疾的龙可以听起来非常别扭和伤感。

　　龙可以是父母的宝贝"疙瘩"，在他 20 岁那年，父母因病相继去世。此后，他天天过着一人吃饱全家不饿的生活。

　　不久，龙可以帮忙建村小学校时意外摔伤，因治疗不及时，左腿致残，行动非常不便。恋爱一年的女友心变情移。一晃五年过去，自己照顾自己，龙可以从不敢奢望心中想要的美好生活。

　　一天凌晨，睡梦中的龙可以被一阵婴儿啼哭声吵醒。他开门发现门外襁褓中啼哭的婴儿高烧厉害，便竭尽全力将孩子送到镇医院。在医生诊断孩子是急性肺炎后，数落龙可以："你当父亲的太不称职，

_____

　　* 原载于 2021 年 6 月《佛山日报》。

再晚送来半小时，孩子的命就不保了！"龙可以哭笑不得，嘴里却不停地感谢医生。

孩子病愈出院后，龙可以给她取名龙女，既当爹又当妈，屎一把尿一把地抚养她。无奈，孩子习性使然，经常半夜啼哭不停，让龙可以休息不好。于是，龙可以趁夜在村口贴了张纸，上面写着："天皇皇，地皇皇，我家生个夜哭郎。行人走过看三遍，一觉睡到大天亮。"至于结果如何，龙可以根本没想，只不过他想学学人家，享受一下当爸爸的真实滋味。

注定父女要相依为命，慢慢长大的小龙女，紧紧依偎在爸爸的怀里，成了龙可以的心肝宝贝，也平添了龙可以坚强生活的信心。他发誓，再苦再累再难，也要把小龙女拉扯大，培养成才。

龙可以琢磨好几天都不明白龙女的怪脾气，一个善意的谎言，竟惹来她的不原谅，那自己一肚子的委屈，又该向谁去诉说呢！心想，看在被残疾父亲养大的分儿上，也应该叫我一声"爸爸"啊。

事后，要维护面子，树立爸爸的权威形象，龙可以每天惜言如金，不与龙女说话，他要堂堂正正地让龙女主动叫他一声"爸爸"。而龙女就是较劲，金口不开。

真正让龙可以释然的，是龙女初中毕业知道了自己的身世以后。

那晚，龙可以辗转反侧，之后闭目静静待睡时，突然感到左腮被人重重亲了一口，紧接着两滴热乎乎的水珠打在脸上。凭直觉，龙可以猜到一定是龙女的悔悟道歉。心想，都多大的孩子了还跟爸爸亲脸。他没有马上睁开眼睛说话，觉得那样太尴尬。于是，翻过身，随之"鼾声如雷"。

可是，不久让龙女始料不及的是，"龙可以在外耍流氓"的丑闻传入耳际。像晴天霹雳，使龙女陷入了极度的痛苦之中。难道这是真的吗？带着疑问，龙女进行详细的调查，直到弄清龙可以是在抢救落水女孩时进行的人工呼吸。让龙女为受到莫大委屈的龙可以流泪。她感叹："在这个世界上，做人真难啊!"

虽然，龙女与爸爸仍然以"你、我"称呼，但生活中，他们黏得更紧了。在她心里，龙可以虽然残疾，但所作所为是那样健康、阳光，形象那样高大。

转眼，高中毕业的龙女已接近 17 岁。为了给龙女准备上大学的经费，龙可以不惧别人的闲话，干起了废旧品回收的行当。

不料，此时传来假期正做家教的龙女身患怪病的消息。紧急送医院检查后，诊断是尿毒症，必须换肾才能保命。

"我和龙女都是 A 型血，请把我的肾移植给她吧!"在听到医生说六至八年才能等到肾源时，龙可以果断决定自己捐出一个肾，并请医生替他保密。

医生告诉他，没有血缘关系的人是不能随便换肾的。除了血型相同，还要白细胞抗原和组织相溶性抗原都能匹配才行。但龙可以无法放弃这个念头，数次请求医生。被龙可以真诚朴实打动，医生决定先进行血液配对，碰一碰运气。

令人意想不到的是手术得以顺利成功。

术后，医生向龙女道喜祝贺："亲生父母给了你第一次生命，养父捐肾给了你第二次生命。在这个世界上，你是最幸运的人。"

"不! 在我心里，他就是我的亲爸爸。"龙女坚定地说，"他养我长大，我要陪他到老!"

神秘的眼睛*

　　刘为科长在偏远的山区县帮扶乡村振兴工作，已经到期，可他没有马上回到市里的工作单位，他向领导汇报还有点收尾的事要做完，将工作画上圆满的句号。

　　不久前，市委组织部考核他，各方面反映都很优秀，被确定为提升对象。这不，昨天市委组织部就公示了他被提拔副处的消息。

　　面对老公的喜事，妻子吴兰兰心弦紧绷，生怕哪个捣蛋鬼坏了老公的好事而暗暗祈祷。谁知怕鬼就有鬼。公示进入第三天，纪委、组织部以及单位领导几乎同时收到了匿名举报信，信中举报刘为在帮扶工作期间，生活作风不检点，有男女关系问题……

　　吴兰兰心急火燎地将情况打电话告诉了刘为，并让他尽快回来一趟。"你相信吗？组织会调查清楚的！"没想到刘为软绵绵的回应，让吴兰兰的期待跌到谷底。

　　俗话说，知夫莫如妻。与刘为同班同学的吴兰兰打心眼里佩服老公的为人处世和敬业精神，以及生活作风的严肃性，熬到副处这一步

---

　　* 原载于 2018 年《福州晚报》，2018 年 9 月《通化日报》。

确实不容易呀！她感觉刘为每当有好事时，总是会出现一些风风雨雨。她清楚地记得，八年前，刘为因工作需要，作为副科优秀干部调到现在的单位，结果原部门转来的鉴定上因写有"有时性急躁"的缺点，引起一场不小的风波，尽管很快查清是工作人员将"性格"的"格"字写漏还以清白，还是害得刘为很长一段时间在女同事面前抬不起头。

"你的事，自己不上心，黄了不讲还会落得个丢人的坏名声，让我怎么出门见人？"吴兰兰想着刘为有一阵子没回家了，借着这个事打电话坚决让老公回来一趟，以便应对。

可是，一波未平一波又起。

刘为还没到家，小区保安送来两瓶补酒，说是一个年轻貌美的女子请其转交，让大哥好好补补身子，并替她保密。保安临走时还留下一句话："你家大哥挺有女人缘的啊！"

吴兰兰心头掠过一片阴云，这到底是怎么了？难道老公真有……她不敢再往下想。

刘为回家的当晚，满脸倦容，睡意明显，吴兰兰频频向他示好，他都无动于衷，就连正常的夫妻义务，他也毫无兴致履行。

吴兰兰和刘为同床共枕十六年，原来，老公的鼾声像催眠曲让她安然入睡。而眼下老公的鼾声却似刺耳的银针，让她一直难以进入睡眠。

她梳理老公近期的一些变化：帮扶工作结束不回、漂亮女人送补酒还让保密、回到家中与自己不亲热……带着疑问，她悄悄拿起老公的手机躲到卫生间翻看，一条来自"雯雯"的短信刺疼她的神经：大哥，汇款已收到。你真好！为了我你连烟瘾都戒了，对你的厚爱我一定加倍报答！

　　回到床上，听着老公那如雷的鼾声，吴兰兰内心五味杂陈，不禁潸然泪下……

　　吴兰兰不相信老公就这样绝情。第二天上午，天阴沉沉的。为解开心中的谜团，她观察老公出门朝市委组织部反方向急步走去，决定尾随其后，一探究竟。结果，老公径直走进了市政府迎宾馆。

　　吴兰兰理智地停止了脚步。她回过头没好气地拨通了"雯雯"的电话。

　　"你好！请问哪位？"

　　"我是刘为的妻子！"

　　"阿姨，找我有什么事吗？"

　　"自己做的事自己知道。刘为是不是和你在一块儿！你为什么要毁他的前程？"

　　"我在学院呢！刘大哥到底怎么了？"

　　"你跟她是什么关系？为什么他要汇款给你？"

　　"阿姨，恐怕你误会刘大哥了。我是来自刚刚脱贫山区的大学生，不久爸爸因病瘫痪卧床，母亲精神失常不能持家，是在我们这进行乡村振兴帮扶工作的刘大哥知道情况后自愿帮助我上学，我才没有辍学打工。要说，我还应该感谢阿姨你呀！眼下我就要毕业实习，想请刘大哥帮忙联系政府宾馆实践一下服务管理工作。今后我打算回山区当一名村干部。"

　　原来是这样。吴兰兰几乎是哭着说了一声"对不起！"就羞愧地挂断了电话。

　　回家的路上，吴兰兰巧遇小区保安，"大姐，你让我好找。错了，两瓶补酒是那个女人送给19层1903房的，我听成了9层903房。真对不起！"

　　此时，云开日出，吴兰兰心里豁然开朗。她反复琢磨老公常讲的"身正不怕影子斜，相信组织才是真"这句话，对老公提升副处的公示更有信心。

　　不过，她转而又想，仕途上始终有一双神秘的眼睛盯着老公，并非坏事！

风雪除夕夜[*]

风吹个不停，雪下个不停。

除夕的下午，各自在家忙活过年的凤凰山村人，感到嗖嗖的冷。刚刚镇里传来上级指示，抗击新冠疫情，需要马上采取隔离措施。让这个省道穿越的村庄，骤然紧张起来。

刚才，村主任郭天成按照县、镇密切配合的要求，先行带领几个村民到与 A 省 S 城搭界的省道连接处设点检查，坚决阻断 S 城有携带新型冠状病毒肺炎的市民传染蔓延。

出门前，郭主任带上爷爷传下的龙头拐杖，以防路滑摔跤。

不一会儿，一辆挂着 A 省车牌的 7 座商务车，在卡点缓缓停下。车主下车心急火燎地说："我是 S 城的人，一家人自驾游寻亲回来，必须尽快赶到城里过年，再晚了雪越来越大，道路上冻太滑，不好行驶。行行好，放我过去吧！"

一听这话，郭主任立即严肃起来，心想：S 城现在疫情非常严

---

* 原载于 2020 年第 4 期《佛山文艺》，2020 年第 2 期《岭南小小说》，2020 年 2 月《河南文学》。

峻，已经封城，大家躲都还来不及呢，这一家人却要急流勇进。

郭主任二话没说，迅速走到司机位置，伸手拔下了车钥匙，大声说："先去村部暖和暖和，今晚就在俺们村部过大年。有俺们吃的喝的，就一定不会让你们饿着看着。"

虽然郭主任态度热情，但车主还是迫切要求回 S 城。于是，缠着郭主任要车钥匙。

这时，其他村民也几乎一边倒地同情车主，甚至还劝郭主任放车放人，以减少麻烦。见郭主任一直不肯松口放行，车主请郭主任借一步说话。突然掏出一沓人民币往郭主任的口袋里塞，嘴里还一个劲儿地说："过年了，送个红包，就算是讨个吉利。"

这下郭主任火了，发抖的手指着车主说："你把俺当成什么人了？为防止疫情蔓延，在这设检查点是两省有关部门事先商量决定好的。今天，就是天王老子也别想通过俺这道关！"说完，郭主任将龙头拐杖往雪地上使劲杵了几下。

"那我们一家不是出城而是回城，凭什么不让过去？是谁给你限制我们自由的权力？"车主口气变硬，步步紧逼。

"今天我要是放你一家人回去了，就是把你们往火坑里推，就是犯罪呀。老弟，告诉你吧，S 城封城命令就在两小时前已经下达了。"

此刻，车主一家人面面相觑，谁也说不出话来。

自知错了的车主，连忙给郭主任赔不是。

"兄弟，你也是一时心急。放心，俺不会怪你的。"

夜幕降临。清洁温暖的村部，灯火通明。车主一家 6 口人的除夕宴，美味佳肴，香飘四溢；现场气氛，其乐融融。

在郭主任给车主一家送来防疫口罩时，车主表示十分抱歉："老哥哥，我们非亲非故，这大冷天里，你既热情周到，又慷慨付出，真

不知让我们一家人怎么感谢你才好哇!"

"快别说了。见危不救那还算人吗!俺们凤凰山村自古以来就有见困知助、见危相救的传统。远的不讲,就说1942年吧,日本侵华期间,伤寒、痢疾瘟疫在俺们这一带大规模暴发。也就在过年这个时候,鬼子和伪军都忙着过年。俺爷爷和一批村民,硬是冒死组织担架队,将被瘟疫感染的9名八路军干部战士,通过鬼子的封锁线送出疫区,及时得到了救治。而俺爷爷和部分村民却染病致死。"

听到这些,车主眼里闪现出惊异的目光。

"你爷爷叫什么名字?"

"叫郭大年,是当时村里天不怕地不怕的抗日骨干成员。据说,还是那9名八路军中的干部发展对象呢。"

噢。车主内心一阵惊喜。忽然,未露声色的车主边摇头边说:"不可能,不可能。"

"爷爷就叫郭大年啊,那还会有错?"

"我是说太巧合了,太不可思议了。哎呀,总之不太可能。"

"兄弟,你这啥意思?有话不说清楚,可要急死俺呀。"

正说着,突然郭主任的手机响了。

原来,郭主任向镇里报告车主一家情况后,按照上级要求,镇里已专门安排好车主一家,到镇上条件较好的旅馆进行隔离。

"兄弟,真不好意思,镇里落实上级政策,安全是为你们一家人好,多理解吧。有啥具体要求尽管提出来。不过,要加一下你的微信,俺们的话题还得聊下去的。"

风仍在刮着,雪越下越大。

镇旅馆内,暖意融融。此时,车主的家人早已进入甜蜜梦乡,而车主这个民企老总,却辗转反侧。他回味着郭主任的一些言语,还有那把龙头拐杖，认定郭爷爷就是爷爷常讲到的那个真正的男子汉。抗疫的除夕之夜意外收获，令他太兴奋了。

于是，他干脆起床，想了想，给郭主任发了一条热情洋溢而又务实的微信……

小镇情缘 *

年初六早上。一阵嘭嘭的敲门声，将被隔离在凤凰山镇宾馆里的潘总，从甜蜜的睡梦中叫醒。

原来，是宾馆经理安排潘总一家人吃早餐呢。

面对热乎乎、香喷喷的早餐，潘总说没胃口吃不下。几天来，S城抗疫严重缺乏防护物资的电视报道，像一块石头压在胸口，让他很不开心。

孙承祖业。虽然，自己是S城一家较大的民营服装企业老总，设备先进、齐全，实力强，但因S城疫情十分严峻，早已封城，不能尽快复工。加之一周前返城时被凤凰山村检查站的郭主任隔离在此，一筹莫展的潘总，真想仰天大吼，释放心中的烦闷。

"潘总身体有什么不适吗？"戴口罩的宾馆经理目光异样。

"有心无力，头疼，胸口堵得慌，太难受了。"潘总显得情绪有点焦虑。

"真的吗？"宾馆经理敏感的神经像被触动。

---

* 原载于 2020 年第 2 期《河南文学》。

"可能没休息好，不碍事的。"潘总一脸疲倦。

"那请潘总一家人用餐后回房好好休息，我就不打扰了。"

不一会儿，副镇长带领医生、护士和消毒人员，突然来到潘总的房间。

见此情景，潘总气也不是，笑也不是："你们这是要干什么呀？"

"潘总，我们接到准确报告，你可能感染上新冠肺炎了，这就送你去县里的定点收治医院。"

"都哪跟哪的事呀。你们完全搞错了！"

"你是有身份的民营企业家。希望配合我们的工作，既是向你及家庭负责，也是对我们全镇人民负责。"

"我没发烧，请相信我好吗？"潘总真是哭笑不得。

"你来自疫情非常严重的 S 城，现在无力、头疼、胸堵、难受，症状已经十分明显，符合新冠肺炎疑似病例症状。不发烧，说明是隐性病状，也会传染的，必须立即送医。"

"我得的不是肺病，而是心病。"潘总的声音有些大，"我请求你们的书记和镇长亲自给我诊治。"潘总话里有话。

副镇长觉得蹊跷，赶紧出门用手机向书记汇报了情况。之后，便安慰潘总："千万别情绪化，讲科学，守法纪，应该是你们企业家尊崇的原则吧！"

见副镇长不依不饶，真把自己当成了新冠肺炎感染者，潘总一边快速给熟悉的郭主任发微信，一边提出要见见凤凰山村的郭主任。

"潘总，目前你只能服从，没有任何条件可讲。"

正相持中，潘总的电话响了，接听后潘总的脸上立刻阴转晴："好吧，我积极配合你们的工作。"

救护车从宾馆还未出发，副镇长接了一个电话后，对潘总的态度

明显和善了。

大约半个钟头，救护车停在了一家叫凤凰服装厂的大门口。

"潘总，接到凤凰山村郭主任和副镇长的电话汇报后，书记和我研判是宾馆经理误会你了。不好意思，给你推荐镇上唯一的服装厂，不知能否如愿?"在此专门等候的镇长和厂长彬彬有礼。征得同意后，厂长打开厂门，引领潘总和厂长边看边聊。交谈中潘总给镇长一些惊喜，让他点头赞同;健谈的镇长，又让潘总兴致盎然，意外收获。潘总还特意用手机拍下了厂史和陈旧的老照片。

凤凰服装厂的前身，是抗战时期八路军的战地被服厂。在炮火连天、硝烟弥漫的艰苦斗争环境中，战地被服厂依靠根据地人民的大力支持，产品满足了前线的急需，成为敌人打不垮、炸不烂的坚固后勤保障基地。之后的凤凰服装厂，在改革开放的大潮中应运而生，为振兴当地的经济久负盛名。

遗憾的是，在经济发展的激烈竞争中，凤凰服装厂受创新制约濒临倒闭。"迷茫中，我们也想找到一条重生之路啊。"镇长语带愧意。

此时，顿感千钧重担压肩的潘总，拉下口罩透了透气后对镇长说:"没有一个冬天不可逾越，没有一个春天不会来临。"

当晚，潘总潜心制订了一份抗疫工作计划:明天上午9点至10点，与凤凰山镇镇长视频电话，商量服装厂转产等相关事宜;明天下午3点至5点，召开本企业二级机构以上经理远程在线视频会议，研究S城外的企业全力支持凤凰服装厂转产，开辟抗疫新战场;明天晚上8点至9点，与凤凰山村郭主任商量服装厂转产复工员工使用、培训事宜。

三天之后，凤凰服装厂建立健全防疫安全保障措施，快速筹备民营口罩生产线改建工程。

　　五天之后，来自凤凰山村的 200 位村民持证上岗，为服装厂出产的第一批口罩半成品，进行鼻调、耳挂包装。

　　八天之后，凤凰服装厂夜以继日生产的 20 万只民营口罩发往 S 城。

　　至此，凤凰服装厂成为全县抗疫首个提前复工的企业。真正多日紧锁的眉头，终于得以舒展。

　　"哈哈，真是一举两得，既为抗疫作出了贡献，又救活了一个企业。不愧为大企业家，太感谢潘总了！"镇长感慨万分。

　　"我才要好好感谢镇长呢。潘总点开了手机中拍下的凤凰服装厂厂史和照片说：你让我意外发现了爷爷当年创建战地被服厂的珍贵资料啊！"

探　亲[*]

　　算起来从当兵退伍到创业成功，杨发奋已有 15 个年头没有回山村探亲了。可是，家乡那一草一木和父老乡亲的音容笑貌，无时无刻不在他的脑海里翻腾。

　　昨晚，他带领一支精干的团队，从省城赶到县城。在安排好一些工作后，好想立即一头扎进山村的怀抱里，尽情享受那温暖的亲情抚慰。

　　第二天差不多小晌午。发奋远远下车，迎着凛冽的寒风，从山村的羊肠小道走进村头，他感到家乡是那样的熟悉和亲切。不过，让他忐忑不安的是离家太久，乡亲们会怎样看待自己呢？

　　好在随着创业艰辛历程的磨炼，他各方面素质日臻成熟，已做好了挨骂的思想准备。

　　村头，躲在避风处晒暖的耄耋老人们，有的袖着手闭目养神，有的抽烟聊天，有的津津有味地嚼着山核桃。活泼好动的孩子们，在寒风中和小狗小猫嬉戏打闹，丝毫没有冷的感觉。

---

　　* 原载于 2018 年 4 月《中国国防报》，2018 年 10 月《河南日报》转载。

发奋三步并作两步走到老人和孩子们中间，一边亲切地喊着"大爷""婶子"，一边发烟和小吃食品，丝毫没有公司老总的派头。

"你这孩子还好意思回来！"一位老人没好气地叫着。

"你不该在参军第二年回来给病故的姨妈处理完后事，就十几年与俺们音信不通啊！"有个老奶奶边哭边说。

"老话应验了'姨妈亲不算亲，死了姨妈断了根'。你父母过世早，是姨妈把你拉扯大又送你参军，到头来还不是落得个如此下场。这回，俺得替表姐跟你算算那些年的养育费！"说话不留情面的是姨妈的远门表妹。

像开批判会，老人们越说越来劲。发奋支棱着耳朵耐心倾听，尽可能地保持低调、谦卑。

"好了，大家快别说了。发奋还不是回来了嘛，看在俺当过他老师的分儿上，给他点面子。走吧，发奋到俺家吃午饭！"村主任大叔说完便拉住发奋。

大叔是山村的文化人。担任村主任之前，在村小学教了三十多年书。爱教学生背诵唐诗宋词，而这偏偏正是儿时发奋的最怕。在老师的眼里，发奋长大难成气候。

路过张奶奶家时，大叔将上午从镇邮局代取的 5000 元钱和身份证交给了老人。张奶奶激动地哽咽着，几乎说不出话了。

见发奋眼睛红红的，大叔从张奶奶老伴患重病去世不久，便收到 5000 元匿名捐款，说到村里两个老五保，连续五年月月收到外面匿名寄来的 2000 元赡养费。再到三年前，有人给村里 70 岁以上的老人设立的"爱心基金"。

"还是天下好人多。查遍村里在外的男男女女，都不是俺们要找的人。"

"大叔，我看找不到也好，就让那些好人当当无名英雄吧！"

"别站着说话不腰疼。你小子啥时候也能给家乡父老做点贡献！"

发奋怕言多必失，干脆装出一副傻呆呆的样子。

在大叔家的餐桌上，饥肠辘辘的发奋，面对冒着热气的粗面馒头和酸辣白菜，虽吃得看似香甜，内心里却沉甸甸的，不是滋味。想想进村时的所见所闻，发奋陷入了沉思……

面对一直木讷不语的发奋，大叔这才留意观察昔日的学生一番，从极普通的装束和干瘦的形象分析判断，发奋在外十几年肯定混得不怎么样。紧接着，大叔摆开架势，教训起学生来。

"别怪大叔说你，十几年前全村老少指望你退伍能回到山村带领大家脱贫，过好日子，谁知你心野了，乡亲们心寒哪！俗话说，乡里乡亲，打断骨头连着筋。俺看你白当了几年兵，与那些一直替山村父老着想的局外人，没法比！"

正说着，大叔的手机响了。镇扶贫办通知，下午县扶贫办主任要陪省里来的杨总到村商量扶贫事宜。

不一会儿，姨妈的表妹气喘吁吁地跑来，发奋以为长辈上门兴师问罪，马上起身行礼。

可长辈连眼皮都没抬，告诉大叔，村头来了几个带着礼品说是陪杨总探亲的年轻人。

嗨！左一个杨总，右一个杨总，莫非？大叔扫了一眼面露笑容的发奋，像哥伦布发现新大陆，"大叔有眼不识泰山。好小子，你也敢骗大叔。如果没猜错，俺们要找的那个人就是你吧！"

大叔话音刚落，姨妈的表妹羞得脸通红。

无情的高压线[*]

桑检，在县级市的检察院副检察长位置上干了整整 20 年。半月前光荣退休，按照他的话说，终于安全着陆了。

不图名利、不要照顾。面对退休，桑检总是笑呵呵的。他说最值得他回忆和欣慰的是，在位时不信邪、不怕鬼，坚持秉公办案，始终敬畏和不触碰那根无形的高压线。他说自己安全着陆，那可是有强大的底气支撑呢。

现在休闲在家，怎样过好今后平静的日子，桑检没去多想。不过，他坚信昔日官场上的成功奋斗，能够做到鲜花、掌声相伴相随，退休生活也一定会风生水起，精彩纷呈。

还好，在老干局工作的小舅子早替姐夫量身订做了规划设计，他花了一千多元给姐夫买了钓鱼的家什，还利用休息时间外出踩点，并确定了几个钓鱼的地方。

第一次在小舅子陪同下外出钓鱼，桑检基本上是稀里糊涂过来

* 原载于 2018 年 7 月《珠江时报》，2019 年第 7 期《微型小说月报》转载。

的，无任何体会可言。

两手空空走进家门，夫人故意调侃他："老头子，我正等着你钓的鱼做红烧鱼呢？"

桑检回答机智幽默："我们哥俩很幸运，半天一共钓了6条无头的，8条半截的，9条没尾巴的，夫人你说到底是几条呀？"

桑检像打字谜，用三个数字绕了一圈，夫人一下子真被问蒙了。当聪明的小舅子解答是0条之后，夫人笑得前仰后合。

说起钓鱼这事，半年前，桑检听已退休的好朋友靳副局长介绍过好多情况。虽然记忆犹新，但理论认识终究替代不了实际操作。每次钓鱼，他两眼紧紧盯着湉湉的水面，时刻盼望着鱼儿上钩，可水里的鱼就像案犯怕见检察官，始终不敢靠近鱼饵。有时，气得桑检火冒三丈，干脆赌气收竿回家。

"唉！钓鱼又不是办案，何必太认真呢！"桑检私下里自嘲可笑，不可思议。

夫人倒是温馨提示，凡事都有规律，要循序渐进，掌握方法，欲速则不达。

小舅子见姐夫天天不开心，脸上始终阴沉沉的，劝他把心沉下来，慢慢体会和总结，不断适应，总能练就钓鱼的真功夫。

桑检哪能听得进去，甚至嫌夫人和小舅子太啰唆。

他想，自己风风光光几十年，什么样的难事没遇到过，什么样的硬骨头没啃过，还能让钓鱼这点雕虫小技难倒不成！他发誓在短期内立竿见影，捷报频传，用能力证明，既然能当好检察长，也完全可以成为钓鱼的高手。

桑检经常起早贪黑，一路奔波，脸晒黑了，人变瘦了，钓到的鱼，还是寥寥无几……

桑检急得去找靳副局长，靳家人告诉他，老靳两个月前已经走了。不过，提供了老靳的一个钓鱼本本给他。

桑检翻着靳副局长的钓鱼小本本，如获至宝。他太想打一个漂亮钓鱼仗了！

这天中午，雨过天晴，一道彩虹挂在天边，和煦的轻风拂面而来，阵阵荷花飘香，沁人心脾。

桑检心情舒畅，骑车十多公里来到这个新的钓鱼地点，他要与那些狡猾的鱼群展开一场智力的较量。

风平浪静的水面，桑检出竿之后，真的神了，屡屡得手，一条条鲜活的大鲫鱼，离水上岸，蹦蹦跳跳，欣喜若狂，让桑检欢喜得不能自已。

兴奋之时，他甩起鱼竿，哼着小曲，得意扬扬，完全陶醉在胜利的喜悦之中……

突然，"哎哟"一声，桑检摇摇晃晃，瞬间倒在了他并没在意的高压线下。陪伴他的，是那几条还未来得及拾起、仍然不知疲倦跳舞的大鲫鱼……

事后，有知情人爆料，桑检是在这个极少有人光顾的地方钓鱼、被高压线电死的第二个有身份的人。

靳副局长是第一个。

在闹鬼的河边钓鱼*

管水科长的家乡蓼镇以西两公里的地方，有个村庄叫西园，一条 S 形的小河绕村而过。

小河不仅给村庄的人们提供了赖以生存的水资源，也让村民打鱼网虾赚得不少的零花钱。

可是，近大半年来，从村里不断传出河边黄昏之后经常闹鬼的惊恐消息，让村民们谈此色变。

更让人不得不信的是，村里几个年纪较大的老人还在黄昏时分隐约看见两个"吊死鬼"在河边洗澡的身影，而且说得绘声绘色，让听者毛骨悚然。

最典型的例子是，村里少妇小惠婆媳关系紧张，硬生生地被"吊死鬼"引到河边溺水死亡。之后，连着好几个晚上还有人听见了小惠在河边凄惨的哭声……

管水科技大学毕业，在外地政府机关工作十多年。此次，回村探亲，耳朵里自然塞满了河边闹鬼的故事。

---

* 原载于 2017 年 4 月《南方工报》，2017 年 5 月《番禺日报》。

笑过之后，隔天下午 4 时，管水准备妥当渔具家什，向母亲打了招呼，便独自来到河边最"鬼"的一段垂钓。

还别说，这个时候的鱼群非常活跃，一阵接一阵，一拨跟一拨，而且贴着岸边欢快地游着、跳着，好像在向垂钓者尽显自由、奔放、潇洒！

让管水感到意外的是，鱼饵虽十分诱惑，但鱼群并不买账。一小时之后，管水竟毫无收获。

天已黄昏。管水兴致完全消失，正准备收竿的他，忽然发现面前来了两只干瘦的猴子，好像并不惧怕他。

只见它们熟练地将长长的尾巴伸向岸边的水里，先打几个圈，然后往岸上一甩，一条活蹦乱跳的鱼儿就成了口中美食。循环往复。两只猴子吃饱了肚子，还将剩下的鱼装进套在身上的兜兜里，才叽叽喳喳地离开河边。

此时，管水连忙收拾渔具，悄悄地跟踪负重的猴子，一直来到镇东头 1.5 公里处的一座土窑内……

在西园村这边，从一开始，母亲就特别惦记在河边钓鱼的儿子管水。

夜幕降临，钓鱼一直未回的管水，不得不让母亲慌了神。一想起村里流传的河边那些活灵活现的闹鬼场面，母亲不禁失声哭了起来。

尤其是管水的大哥带一帮亲属到河边寻找管水未果，有人反映河中央的水面上漂浮着一块黑色物的消息后，母亲瞬间晕了过去。顷刻，整个村庄仿佛也哽咽了……

正当人们搬船准备打捞河上漂浮物时，管水却神奇般地出现在大家的面前。

原来，管水跟踪两只满载的猴子来到镇东头的土窑内后，看见

4 只幼猴正围着一路辛苦的父母亲分享新鲜美味，情景温馨甜蜜……

耍猴的大爷透露，大半年前他耍猴路过西园村河边已是黄昏，聪明的猴夫妻发现了岸边水里的鱼群，就经常赶在黄昏时到这个河边抓鱼。有时扑空，未见鱼影，猴夫妻还伤心地哭叫好一阵子，那声音凄惨、凄惨的，非常瘆人……

至此，西园村河边闹鬼的事真相大白，整个村庄的生活又恢复了往日的平静。

但管水的心里，却一直像那奔流不息的小河，始终无法平静……

5000 枚硬币*

　　星期六上午 10 时，春晖邮政储蓄银行门口，一老汉赶早排了第一名。叫号后，他将一个沉甸甸的皮包放置 1 号综合柜台上，请柜员先认真清点包内的人民币硬币。此时，老汉脸上洋溢着一种浓浓的成就感。

　　紧接 1 号 2 号之后排名靠前的客户，为排除了难熬的等待而暗自庆幸。坐在等候区，客户们有的利用短暂的时间玩微信，有的闭目欣赏歌曲，还有的进行有趣的闲聊……大厅内，一派秩序井然。

　　半个小时过去了。当等待的客户回过神来时，看见 1 号柜台前的老汉仍像钉子一样钉在原地。而 2 号柜台变更资料的客户，似乎也没有结束的迹象。

　　此刻，排名靠前的客户如坐针毡，有几个站了起来在大厅内来回踱步，一股无来由的怨气在等候区徘徊游荡，随之而来的是一片责怪声……

　　接下来就轮到自己的一名中年男客户，终于忍不住地站了起来，

　　* 原载于 2019 年 8 月《河南工人报》。

嘴里不停地嘟囔着："这么大岁数了，给银行找麻烦，还耽误大家的时间，太不像话了。这些值不了几个钱的银毫子丢在家里算了，干吗拿到银行来丢人现眼！"

他本想顺利办完业务再去洗手间方便，岂料，现在遇到了"肠梗阻"，他实在憋得难耐，甩门愤然离去。

一个小时过去了。1号柜台柜员用点钞机点硬币点出了汗，但她不急不躁，熟练地将点过的硬币排齐箍紧，然后，一筒筒摆放有序。只让老汉看得出神，连连佩服。

没过多久，又一位客户显得很不高兴的样子，"本来我要尽快取出一笔大额现金急用，没想到这下时间给错过了，真扫兴！"

也不知为什么，站在柜台前的老汉，左腿开始轻微地抖动，不一会儿发展到不停地大幅度颤抖，而且额头上还冒出了绿豆大的汗珠。

耳闻连连的责骂声，眼见愤愤离去的客户，老汉心里很不是滋味，他强撑着表示歉意："各位客户，都是我不好。对不起，让大家久等了！"

突然，老汉左腿一软倒在柜台前，一条裸露的假肢映入等待区客户的眼帘。瞬间，各种杂音戛然而止，安静极了。

几个客户急忙将老汉扶起搀到座位上休息。只见老汉手握的一份填写好的汇款单上清楚写明：汇款金额"5000元"，收款人"四川省凉山州冕宁县八一村小学"，汇款人"一个普通的菜农"。

面 子*

稚气未脱的知青祁春林，见外号叫老牛皮的人不一会儿就丢下秧母田拔秧苗的活儿，去旁边的小树林里撒尿，开始还感到好奇。见一上午老牛皮连着六七次去方便，而且每次都要十分钟左右才回来，祁春林认定老牛皮偷懒，属于老队长批评的爱讨便宜、不好好干活的那种人，便在大伙面前高声揭了老牛皮"尿滑尿"的短。

"臭小子，管到老子头上了，一点面子都不给，等着瞧，看俺怎么收拾你!"外号老牛皮的人说着，牙咬得咯咯响。

骄阳似火的中午，一片新绿的水田里，完成插秧任务的人们分别回家吃午饭了。唯有春林一人还在深一脚浅一脚地将老牛皮堆积在自己尚未插绿的秧框里多余的秧把，一趟又一趟地送上田埂。苦不堪言的他，痛骂与自己秧框隔壁插秧的老牛皮，"整人的大坏蛋，太不讲道德了"。

夕阳西下的傍晚，在另一片水田里，完成插秧任务的人们，哼着小曲分别收工回家。还是春林一个人，因秧框隔壁插秧的老牛皮讨巧

---

* 原载于 2017 年 6 月《洛神》。

用完了自己摆好的秧把，不得不从田埂上将备好的秧把一趟一趟、深一脚浅一脚地运到尚未插秧的秧框内。然后，吭哧吭哧费劲地插着，嘴里不停地怒骂："老牛皮，你真不得好死！"不过，这回幸亏有老队长出手相助，并教了他快速插秧的一些要领和方法，才没摸黑收工。

当晚，腰酸腿疼躺在床上的春林，回忆白天发生的一幕幕，泪如泉涌……

虽然被老牛皮明整暗辱的滋味不太好受，但性格倔强的春林很不服气。他揣摩着老队长交给的"莫插枕头秧，双手水面忙"的方法，慢慢悟出了一个道理：打铁还需自身硬。熟能生巧，只有不断提高自己，才能叫板老牛皮。想着想着，春林笑了，且笑得很自信，接着放出一句硬话："狗日的老牛皮，咱们走着瞧，好戏还在后头呢！"

谁料想，春林积蓄的智慧和力量还没来得及释放呢，就被老队长、老牛皮等众多的农民提名推荐上工农兵大学深造学习，以便今后造福农村。

带着遗憾，装着梦想，真要离开了，春林的鼻子酸酸的。春林说："俺永远也不会忘记真心实意培养俺的父老乡亲们！"

山不转水转。20多年后，春林由外县一名局长提任家乡分管农业的副县长。

事有巧合，南方某投资商来县里考察，偏偏看上了春林30年前插队的村东三里路那片很不起眼的荒地……

正是插秧季节。这天，春林不打招呼，兴致勃勃地回到村子来"探亲"。

在距村里不远的一块水田边，春林脱鞋下田不声不响地帮助一对小夫妻插起秧来。

面对这个和蔼可亲的陌生人，小伙子首先开腔："不好意思，田里又脏又累，怎能劳你大驾呢！"

"小伙子，30 年前俺当知青就在这儿插队锻炼，信不信？"

"你是春林叔叔呀！俺爹之前跟俺们说起过你，他说你有种，一定是个当官的料！"

"要说呀，你爹这个老牛皮，俺还得感谢他才是。如果没有他那两下子，俺日后不可能拼命发奋努力的！"

"春林叔，你老可能有所不知，俺爹一直为那年插秧圈你'葫芦'，让你吃'秧堆子'，后悔很长时间呢。他说那时因患严重的前列腺炎，尿频尿急尿不尽，夜晚失眠，白天疲劳，内心很痛苦。根本不是干活偷懒耍滑，他不说，大伙也不理解。哎，他是个死要面子活受罪的人。"说着说着，小伙子有些哽咽了。

"啊？原来是这样子！"春林的心好像被什么东西杵了一下。之后，便是一阵沉默，只有春林插秧的手指快速点破水面的"嗖嗖"声……

还是小伙子打破沉默，"俺爹长期患病，又没有钱及时对症治疗，前列腺炎发展成前列腺癌，不到 60 岁就走了，埋在距村东三里路的荒地。俺爹走前不让占有用的土地，说死人与活人争地盘太没面子，睡在荒地里不惹人嫌。"

听着听着，春林泪流不止。他说要尽快去看看老牛皮的坟，似乎这样他才能心安。同时，心里也默默开始酝酿起给老牛皮迁坟的事。

半年之后，春林在给老牛皮新迁的坟地坟头含泪下跪，"老哥哥，春林向你郑重道歉了，今天俺要还你一个面子，让你在那边大大方方、有尊严地过着！你睡的荒地，如今成了聚宝盆，能让大伙甩掉穷帽子。你这个老牛皮确实太有面子啊！"

后 记

我的第二本小小说集《兵魂》刚一整理收笔，就开始思考第三本小小说集的事儿。短时间内，收集整理了96篇作品之后，突然犯难了，如何准确地给这本综合性题材组成的小小说集取名？请哪位老师给本书写序？后记写什么，怎么写？一连串复杂的问题浮现于脑际。足足两周，心思不定，主意全无。

先说"书名"的事儿。琢磨来琢磨去，想了多个书名，不是感觉不够，就是没有眼前一亮的兴奋。当再次翻阅书稿，"岁月情怀"4个字浮现眼前时，立即毫不犹豫地确定《岁月情怀》为本书的书名。考虑有三：一是本书不同题材的作品，述说了不同岁月的不同情怀，具有很强的可读性；二是《岁月情怀》题目吸引人，抒情味道浓，文学色彩鲜明；三是《岁月情怀》收录了多篇军旅题材作品，充满正能量，作为书名具有一定的准确性和代表性。

再说"写序"的事儿。序是一本书的窗口，也是决定读者对一本书认可与否的重要参考。《岁月情怀》是一本以军旅作品为主的集子，其中有不少篇目专业性很强。自然，我所熟悉的军旅作家就成了写序比较合适的人选。

申进科，空军原首席新闻发言人。30年前，他从空军机关下部队"当兵"，我与他有过半年朝夕相处共事的经历。那时我们都还很年轻，朝气蓬勃，精神气十足。一起走进机场保障飞行训练；一起参加部队政治教育和业余文体活动；一起迎着拂面而来的山风，欣赏机场美丽的景色；一起谈论新闻和交流文学佳作。时间虽然有些短暂，我们却建立了深厚的兄弟感情。他是解放军报的特约记者，他的学识和写作才能超群，经常整版大块头新闻作品见诸报端，让我和部队官兵赞不绝口。他还对我的小小说创作规划进行了很好的指导，为我以后走好坚实的小小说创作之路给予了有力的帮助。直到他调回空军机关工作后，我们仍然保持密切的联系。可以说，他在我的文学成长路上，付出了一定的心血。这次，一听说我请他写序，他就干脆且愉快地答应了。没几天就传来初稿，谦逊地征求我的意见，令我感动。

最后说"后记"的事儿，既然读者已经看到"先说""再说"的具体内容，按理说这"最后"就不必赘述了，答案是否定的。在此，我还想说点心里话。小小说创作，犹如十月怀胎。一篇作品一旦形成，而不尽如人意，出不了手，就像分娩不顺难产的婴儿，十分痛苦。反思出现这种现象的原因，是"缺钙"，缺文学之钙，读书读少了，必须强补才能"强体健身"。过去，自认为读了不少文学作品，又有一定文学功底，足够应对创作中遇到的问题。其实，这是一种非常幼稚的认识。要当作者，先当读者。多读书、读好书、读懂书，应该成为文学爱好者读写的一种常态，一以贯之，坚持不懈。

在现今的创作过程中，自己常常产生一种怕的感觉，在与文友交流中终于找到原因。刚开始创作时，初生牛犊不怕虎，一天可以写两篇小小说，只追求数量，忽视了质量，结果收获不多，甚至作品"胎死腹中"。尽管现在出版了几本小小说集，作品也经常上大刊大报，偶尔还上了顶尖国刊，但是这并不能代表自己功成名就了，必须

时刻有如履薄冰、战战兢兢的危机感。敬畏文学，尊重规律，必须不断调整心态再出发，小小说创作永远在路上！从这个意义上说，小小说创作过程中产生的怕的感觉，是福不是祸，是清醒剂，是春天温暖的阳光。

掩卷沉思，《岁月情怀》这个集子的出版，得到了很多老师和文友的支持，特别是《精短文学》主编、著名军旅作家、老战友刘公无私有力的帮助和在百忙中拨冗为我写序的进科兄弟。在此，向两位军旅大家和关心支持我的诸位老师和朋友们表示衷心的感谢！

胡亚林

2023 年 7 月于禅城月亮湾